dtv
premium

Ausführliche Informationen über
unsere Autoren und Bücher
www.dtv.de

Dörthe Binkert

Jessicas Traum

Roman

dtv

Von Dörthe Binkert
sind bei dtv außerdem erschienen:
Bildnis eines Mädchens (21317)
Brombeersommer (21593)
Weit übers Meer (großdruck 25324)

Originalausgabe 2016
© 2016 dtv Verlagsgesellschaft mbH & Co. KG, München
Dieses Werk wurde vermittelt durch die
Literarische Agentur Thomas Schlück GmbH, Garbsen
Umschlaggestaltung: Isabelle Hirtz, Inkcraft
Satz: Druckerei C.H.Beck, Nördlingen
Gesetzt aus der Documenta 9,75/14,25·
Druck und Bindung: CPI – Ebner & Spiegel, Ulm
Gedruckt auf säurefreiem, chlorfrei gebleichtem Papier
Printed in Germany · ISBN 978-3-423-26109-8

So weit, so offen, so leer ist das Tal, dass man vor Glück oder Verlorenheit weinen könnte. Die Hügel, die das Tal zu beiden Seiten begrenzen – breite Wogen mit runden Kuppen, eine weitflächig rollende, sich hebende und senkende See aus Stein, grasüberwachsen. Mast und Segel des sich darin verlierenden, lächerlich kleinen Schiffchens: die Baumkronen, die das Haus beschützen vor fallenden, jagenden Winden.

Das ist Graig Ddu. Jessicas Cottage in Wales. Jessicas Traum.

Wrexham, 13. Februar

Der Himmel ist düster und schwer von Regen. Es ist Februar und mild. Ich bin in Wales, in Wrexham – gestern habe ich mich im Hotel *Belmont* in der Belmont Road einquartiert. Von hier aus ist es nicht weit zum *Maelor Hospital*, wo sie meine Freundin Jess hingebracht haben. Ich bin die Victoria Road bis zum Bellevue Park raufgegangen, dann den Park entlang, bis links die Watery Road direkt zu den Gebäuden des Krankenhauses abzweigt. Weil ich mich in Wrexham nicht gut auskenne, habe ich mir im Hotel einen Stadtplan geben lassen. Man kann den Weg gut zu Fuß machen. Immer wieder ist die Sonne durch die Wolken gebrochen, als ich zum Krankenhaus ging. Die Sonne wandert noch in flachem Bogen. Die Schatten sind tief, das Licht blendet, wenn es auf die Karosserien der Autos fällt.

Was man alles wahrnimmt, während man mit dem Kopf doch ganz woanders ist. Oder worauf man sich konzentriert, um das Schreckliche nicht denken zu müssen.

Ich weiß nicht, ob Jessica mich erkannt hat. Weder gestern noch heute hat sie die Augen geöffnet.

»Ich bin's, Ann!«, hab ich gesagt und ihre Hand genommen. »Hörst du mich? Erkennst du meine Stimme? Ann!«

Aber sie hat nicht reagiert, kein Zucken, nicht der leiseste Gegendruck von ihrer Hand. Nur das monotone Piepsen der Maschinen, das leise Zischen des Beatmungsgeräts. Ihr langes blondes Haar lag ordentlich gefächert auf dem Kissen, eine Krankenschwester muss es gekämmt haben, als sie Jess das Gesicht wusch.

Ihre schön gewölbte Stirn, der dichte Kranz der Wimpern. Was geschieht hinter dieser Stirn, den geschlossenen Augen? Dieser tiefe, unheimliche Schlaf. Ich kann das alles noch nicht glauben.

Am Donnerstag, vorgestern, rief mich Nick in Zürich an. »Vielleicht willst du kommen«, sagte er. »Jess ist im Krankenhaus, in Wrexham. Sie hat versucht, sich umzubringen. Es sieht nicht gut aus.«

»Ich komme«, sagte ich. »Wie heißt das Krankenhaus? Wo bist du untergebracht? Hast du Amy bei dir?«

Er antwortete wie in Trance.

»Okay«, sagte ich. »Ich fliege nach Manchester oder Liverpool und miete einen Wagen. Wenn es irgend geht, morgen. Gib mir die Telefonnummer deiner Freunde in Wrexham, damit ich dich erreichen kann.«

Am nächsten Morgen ging ich in Zürich schon mit gepackter Reisetasche ins Kunstwissenschaftliche Institut, wo ich arbeite, und meldete mich für zwei, drei Tage ab. Das war kein Problem, es lag nichts Dringendes an. Kurz vor Mittag nahm ich den Flug nach Manchester, zwei Stunden später landeten wir. Ich mietete ein Auto und fuhr nach Wrexham. Die Route über Chester ist die schnellste – in gut einer Stunde war ich da.

Nick war im Krankenhaus, als ich bei seinen Freunden anrief, aber die Frau, die sich meldete, holte Amy ans Telefon.

»Hi, Annie«, sagte Amy. Das war alles. Sie war völlig verstört.

»Hi, Amy! Wir sehen uns bald, ja?«, rief ich ins Telefon, aus dem nur Schweigen zurückkam. »Ich geh jetzt zu Jess ins Krankenhaus und zu Daddy. Und dann sehen wir uns. Spätestens morgen.«

Wahrscheinlich nickte Amy auf der anderen Seite.

Amy ist mein Patenkind. Ich kannte sie schon, als man von Jessicas Schwangerschaft noch gar nichts sah. Ich konnte zuschauen, wie sie wuchs, wie Jessies Bauch sich erst sanft und dann immer heftiger wölbte, bis ihre Figur aussah, als wäre sie einem Vexierspiegel entsprungen.

Gott sei Dank hat Nick Bekannte in Wrexham, bei denen er mit Amy wohnen kann. So muss er sie nicht mitnehmen, wenn er ins Krankenhaus geht. Sie ist mit ihren fünf Jahren doch noch viel zu klein, um zu verstehen, was geschehen ist.

Im Krankenhaus fragte ich mich zur Intensivstation durch.

»Ich bin so was wie ihre Schwester«, sagte ich, »ihre deutsche Familie. Bitte, ich muss sie sehen.« Da ließen sie mich durch.

Nick war bei ihr. Wir umarmten uns wortlos und saßen dann an Jessicas Bett, jeder auf einer Seite.

»Wann ist es passiert?«, fragte ich.

»In der Nacht auf Mittwoch.«

Ich sah auf Jessicas verbundene Handgelenke. »Sie hat sich die Pulsadern aufgeschnitten …«

»Und Schlaftabletten genommen.«

Ich sah, dass Nick kaum etwas herausbrachte. Die einen reden im Schock ununterbrochen, die anderen sagen gar nichts.

»Ich kann dich ablösen«, sagte ich, »damit du ein paar Stunden schlafen kannst. Zwei, drei Tage kann ich bleiben und mich auch um Amy kümmern, wenn du willst.«

Er nickte vage.

»Ich kann dich auch mit dem Auto nach Graig Ddu fahren, wenn du zwischendurch mal nach dem Haus sehen musst. Oder hast du inzwischen einen Wagen?«

Nick schüttelte den Kopf.

»Wie seid ihr bloß vom Berg runter zur Landstraße und weiter gekommen? Wie hast du überhaupt Hilfe geholt? Oder habt ihr inzwischen ein Telefon?«

Nick antwortete nicht auf meine Fragen, er sagte nur: »Ja, ich sollte morgen zum Haus rauf. Ich muss dringend nach den Tieren sehen. Aber John fährt mich, kein Problem.«

Ich bot an, dass Amy solange zu mir ins Hotel kommen könne; ich fand es besser, sie nicht gleich mit nach Graig Ddu zu nehmen. Aber Nick wollte, dass sie bei ihm blieb, und ich beharrte nicht auf meinem Vorschlag. Wahrscheinlich wollte auch Amy sich jetzt um keinen Preis von Nick trennen.

»War Amy schon hier im Krankenhaus?«

»Nein«, sagte Nick müde. »Die Intensivstation ist nichts für Kinder. Aber kaum komme ich zu John und Ellen zurück, fragt sie, ob Jess wieder spricht. Und wenn ich sage, nein, sagt sie jedes Mal: ›Ist sie jetzt tot?‹«

Nein, das ist sie nicht.

»Man muss abwarten«, haben die Ärzte zu Nick gesagt, »wir tun, was wir können. Ihre Frau ist jung, das Herz ist gesund. Aber ob sie es schafft, das können wir nicht sagen.«

Gestern Abend habe ich noch kurz Amy gesehen, Nick kam mit ihr im Hotel vorbei. Heute wollten sie zum Haus.

»Die Hühner müssen doch was zu fressen bekommen«, sagte Amy ernst.

»Und der Hund?«, fragte Nick und nahm sie in den Arm.

»Jack auch«, bekräftigte sie, »aber Jack ist bei uns, und die Hühner sind ganz allein.«

Und ich sitze hier in meinem Hotelzimmer und kann nichts anderes tun, als alles über Jess und Nick und mich aufzuschreiben, woran ich mich erinnere. Ich habe schon im Krankenhaus damit angefangen, die stille, reglose Jess in ihren weißen Kissen neben mir. Als ob mir so klarer würde, warum sie sterben wollte. Als ob ich sie am Leben erhalten könnte, indem ich von ihr spreche. Damit sie, gefangen in einer Zwischenwelt mit zwei Ausgängen, die Tür zurück ins Leben nimmt.

―――⁓―――

Ich war dabei, als Nick und Jess sich zum ersten Mal begegneten, damals, im Februar vor sechs Jahren, in London. Jess und ich hatten uns ein paar Monate vorher kennengelernt. Wir studierten beide Anglistik am University College in London und schrieben eine Seminararbeit zusammen. Bis dahin hatten wir noch kein Wort miteinander gesprochen, uns nur immer zugelächelt. Jess kam meist zu spät zur Vorlesung oder ins Seminar und quetschte sich dann irgendwo auf ein freies Plätzchen. Ich bin jemand, der immer zu früh da ist. Aber als der Dozent Gruppenreferate verteilte, zwei bis drei Leute für ein Thema, saßen wir zufällig nebeneinander, zum ersten Mal. Wir sahen uns an, und die Sache war klar.

Es ging um Shakespeare, um die Personenkonstellation in einer seiner Komödien. Ich glaube, es war *Wie es euch gefällt*, aber an mehr erinnere ich mich nicht. Wir nahmen die Arbeit nicht besonders ernst. Natürlich wollten wir englische Literatur studieren, vor allem aber wollten wir in London sein.

Man fragt sich, wie so was geht, aber Jessica und ich hatten uns gefunden, als wenn ein Magnet uns zueinander hingezogen hätte. Sie war Deutsche wie ich, wir beide machten unser »Englandjahr« – und wir wurden sofort dicke Freundinnen. Auch bei Freundschaften gibt es so was wie »Liebe auf den ersten Blick«, eine geheime Anziehung, die man nicht erklären kann. Jess war mir sofort aufgefallen, und ich freute mich riesig, als sie mein Lächeln erwiderte.

Anders als ich war Jessica noch ziemlich am Anfang des Studiums. Sie hatte zuerst Biologie studiert, dann aber sehr bald umgesattelt.

»Ich beneide die Leute, die ganz genau wissen, was sie wollen«, sagte sie und zog ihren typischen Schmollmund dazu.

Sie hatte etwas Verspieltes, Weiches, Anschmiegsames, auch etwas Ungefähres, das noch auf Prägung wartete. Das gefiel mir, vielleicht weil ich selbst ziemlich zielstrebig bin, zumindest entschiedener, ein eher kantiger Typ. Ich war damals vierundzwanzig, fast vier Jahre älter als Jess, und lebte nicht wie die meisten Studenten in einem Studentenheim, sondern in einer Wohngemeinschaft. Jessica kam zum Arbeiten meist zu mir. Sie wohnte zur Untermiete bei einer Witwe, die Owen hieß und es nicht gern sah, wenn Jess Besuch hatte.

»In dem Punkt kann ich sie verstehen«, meinte Jess großmütig, als ich mich darüber wunderte. »Das Haus ist klein, sie vermietet das Zimmer nur, weil sie Geld braucht. Sie fühlt sich bedrängt, wenn dauernd Fremde da ein und aus gehen.«

Jess hat immer Verständnis für andere. Manchmal zu viel, finde ich.

An dem Tag, an dem wir Nick zum ersten Mal sahen, hatten wir bei mir zu Hause gearbeitet. Als wir genug hatten, gingen wir auf ein Bier in den Pub gleich um die Ecke.

Jessica fiel überall auf. Das Blond ihrer Haare leuchtete im Dunst des dunkel getäfelten Pubs und floss ihr über die Schultern, als wollte sie es wie Rapunzel aus dem Turm herablassen, damit der Prinz sich daran hochziehen konnte. Wir zwängten uns an einen Tisch.

Jess sagte: »Bleib sitzen, ich hol uns was«, und ging zur Theke. Sie wandte sich noch einmal zu mir um, rief fragend in den Raum: »Wie immer?«, streifte dabei mit der Schulter den Arm des Mannes, der an der Theke stand, und wandte sich, nachdem ich genickt hatte, wieder dem Barkeeper zu. Dann sagte sie ein paar Worte zu dem Fremden. Ich sah ihn lächeln, es war kein breites Lächeln, nur eine huschende Bewegung, die sein Gesicht kurz aufhellte. Er war dunkelhaarig und älter als wir, an die dreißig, schätzte ich. Gut gebaut. Etwas schwerfällig. Nein, vielleicht eher ernst als schwerfällig, introvertiert, kein Aufreißer auf den ersten Blick.

So fing es an mit Nick und Jess.

Die Biergläser noch in der Hand, setzte sich Jessica neben mich, stellte ein Glas Ale vor mich hin, behielt ihr eigenes in der Hand, sagte »Cheers!« und tauchte die Oberlippe in den dichten, sahnigen Schaum ihres Guinness. Dann ging mir auf, warum sie sich neben mich gesetzt hatte und nicht gegenüber. Nur so konnte sie Nick im Auge behalten, der am Tresen stand: schwarze Jeans, schwarzes Shirt, die Haare glatt und dunkel, eher lang als kurz, wohl weil er keinen Wert auf einen modischen Haarschnitt legte. Definitiv nicht der Typ Banker aus der City, der sich nach Feierabend ein Glas gönnt. Er stand von uns abgewandt, und Jessica, in den Anblick seines Rückens vertieft, schwieg. Ich hatte das

Gefühl, dass sie lieber neben Nick an der Theke stehen geblieben wäre.

»Er gefällt dir, oder?«, fragte ich und zeigte mit dem Kinn in seine Richtung.

Jess wiegte den Kopf und zuckte mit den Schultern, als wisse sie es noch nicht, nickte dann, ohne mich anzusehen, und fing an, über unsere Seminararbeit zu sprechen. Dabei hatten wir die Bücher eigentlich für heute vergessen wollen.

»Essen wir hier was?«, unterbrach ich sie, »oder sollen wir bei mir eine Dose aufmachen?«

Wir aßen selten im Pub, weil vor allem Jess mit jedem Penny rechnen musste, aber ich wollte ihr Gelegenheit geben, noch mal an die Theke zu gehen und Nick anzusprechen, der immer noch an der Bar lehnte, ohne sich mit irgendjemandem zu unterhalten. Er wirkte auch mehr wie ein Einzelgänger.

Sie zögerte. »Nein, lass uns gehen!« Vielleicht war sie enttäuscht, dass Nick sich nicht ein einziges Mal nach uns umgedreht hatte, obwohl die Typen links und rechts von ihm immer wieder herübersahen, dahin, wo Jessicas Haar Gold spann und ihre weiße Haut heller schimmerte als das Licht, das die verstaubten Milchglaslampen verbreiteten. Sie stand auf, zog ihren kurzen Rock mit dem Rosenmuster in Form und ging mir voraus an Nick vorbei aus dem Lokal. Ich folgte mit einigen Schritten Abstand. Jetzt schaute er ihr nach, sekundenlang, und tat es noch immer, als ich an ihm vorbeiging. Jess hielt mir die Pubtür auf und sah dabei in die dämmrige Höhle der Kneipe zurück. Ihr Blick muss seinen getroffen haben.

»Gehen wir zu dir«, sagte Jessica und hakte sich bei mir unter.

Wir bewohnten das kleine Haus in der Bonny Street in Camden Town zu dritt. Alice hatte das größte Zimmer, ich das zweitgrößte und Peter neben seinem kleinen Zimmer noch die ausgebaute Mansarde. In der Küche stand ein ausladender Tisch, an dem wir hier und da zusammen aßen. Im Laufe der Jahre war er mehrmals farbig lackiert worden. Augenblicklich war der Tisch rot, aber die Farbe war an verschiedenen Stellen abgeplatzt und ließ das Grün des vorhergehenden Anstrichs durchscheinen. Unter einem der Tischbeine klemmte ein umgeknickter Bierdeckel, damit der Tee nicht aus der Tasse schwappte, wenn man zufällig die Ellbogen auf die Tischplatte stützte. Der Küchenschrank quoll über von Haferflocken (Alice liebte Porridge), angebrochenen Teedosen, rieselnden Zuckerpackungen, halb vollen Marmeladegläsern (von Peters Mutter), deren verklebte Schraubverschlüsse sich nicht mehr öffnen ließen, und natürlich Dosen: Chili con Carne, Baked Beans in Tomatensauce und dergleichen mehr. Es sah so aus, wie es in den meisten Wohngemeinschaften eben aussieht.

Das Haus war ziemlich heruntergekommen, aber halbwegs günstig, was man von London im Großen und Ganzen nicht grade sagen kann. Die Besitzer kümmerten sich um gar nichts, und die Mieter hatten kleinere Schäden schon immer und ohne viel Sachkenntnis selbst geflickt. Die Badewanne stand auf elegant geschwungenen Füßen, aber das Emaille war gelblich verfärbt und rau von zu scharfen Reinigungsmitteln, rostige Stellen gab es auch. Der Spiegel hatte ein paar blinde Flecken, aber es war eine Sache der Gewöhnung, sich entweder geduckt oder mit gerecktem Hals im blanken Teil zu betrachten.

Jessica war begeistert von unserer Wohnung und dem gewissen Schlendrian, der in vielen Wohngemeinschaften einreißt, wenn sich niemand mehr mit Putzplänen unbeliebt machen will. Die Witwe Owen, bei der sie wohnte, hatte in Bad und Küche Zettel angebracht, auf denen mit Ausrufungszeichen versehene Anweisungen standen, wie beide Räume zu benutzen waren. Im Bad stand: »Türe nach Lüften bei Verlassen anlehnen, nicht schließen!«, in der Küche: »Tür bei Verlassen ganz schließen! Immer Toaster- und Wasserkocher-Stecker rausziehen!!« Mrs Owen hielt sich selbst eisern an ihre Regeln, die in unverwüstlichen, inzwischen opak verfärbten Plastikfolien steckten und, so Jessica, wahrscheinlich schon Mr Owen ins Grab gebracht hatten.

»Und du wirst es nicht glauben«, rief Jess eines Tages aufgebracht, »die Frau geht einfach in mein Zimmer, wenn ich nicht da bin, und wühlt alle meine Sachen durch!« Sie zog die Augenbrauen zusammen, sodass sich zwei senkrechte, bedrohlich aussehende Stirnfalten über der Nasenwurzel bildeten. »Es ist unglaublich! Sie sieht meine Post durch!«

Jess genießt es, sich aufzuregen. Das ist ihr schauspielerisches Talent. Diesmal war sie wirklich sauer, aber manchmal zieht sie auch eine Show ab. Erst viel später habe ich mich gefragt, ob sie hinter ihrer Schauspielerei nicht ihre wahren Gefühle verbirgt.

»Hast du sie denn mal darauf angesprochen?«, fragte ich.

»Ja, hab ich! Ich habe sie höflich gebeten, mein Zimmer nicht unaufgefordert zu betreten. Und weißt du, was sie geantwortet hat? ›Dies ist mein Haus‹, hat sie ganz kühl gesagt, ›und in meinem Haus kann es keine verbotenen Zimmer geben. Ich trage seit Mr Owens Tod die Verantwortung für alles, was hier vor sich geht, also muss ich auch das Recht haben, jeden Ort des Hauses zu betreten.‹«

Ich prustete los. Jess sah mich strafend an und brach dann selbst in Gelächter aus. »Du hast gut lachen!«, brummte sie.

Jess fügte sich in das Unvermeidliche, weil sie kein billigeres Zimmer fand, schlief aber gerne bei mir, wenn es sich ergab. Alice war einverstanden, dass Jessica ihr Bett benutzte, wenn sie nicht zu Hause war (was oft vorkam). Ein paarmal hatten Jess und ich auch schon zusammen in meinem Bett geschlafen, ein breites Monstrum mit dunklem Kopf- und Fußteil aus Nussbaum, in dem man sich im Laufe der Nacht zwangsläufig näher kam, weil die jahrzehntealte Federkernmatratze eine Kuhle hatte. Wenn wir im Schlaf aneinanderstießen, rollten wir uns wieder den Matratzenhang hinauf, ohne richtig aufzuwachen.

An jenem Abend, als wir aus dem Pub kamen, waren weder Peter noch Alice zu Hause. Wir machten uns eine Tiefkühlpizza und aßen sie vor dem Fernseher, der vom Eisschrank auf uns heruntersah. Die BBC brachte die x-te Folge oder Wiederholung von *Inspector Lynley*, und danach hörten wir *Wild Things Run Fast* von Joni Mitchell. Wir summten es beide mit:

> *When I saw you standing there*
> *I said to myself*
> *M-m-m here's a place*
> *I could break down and care ...*

Gegen Mitternacht wickelte sich Jess in den Mantel, den sie in der Portobello Road auf dem Flohmarkt entdeckt und in den sie sich sofort leidenschaftlich verliebt hatte, und ging nach Hause. Nick hatten wir den ganzen Abend mit keinem Wort erwähnt.

In den darauffolgenden Tagen sah ich sie nicht. Und dachte nicht weiter an unseren Besuch im »Prince Albert«, vor allem weil mich am nächsten Tag ein Studienkollege aus Frankfurt anrief, der nach London gekommen war, um sich eine große Whistler-Ausstellung anzusehen. Ich studierte Kunstgeschichte im Nebenfach und kannte Achim aus einem Seminar über Cezanne. Eigentlich kannte ich ihn nur flüchtig und war überrascht, dass er sich bei mir meldete. Wir besuchten zusammen die Ausstellung und bummelten am Nachmittag durch London. Ich weiß noch, dass er in dem Lokal, in dem wir einkehrten, den Pullover auszog und unter seinem kurzärmeligen T-Shirt muskulöse braune Arme hervorkamen. Seine Bräune stach ins Auge unter all der blassen Londoner Haut. Es war schließlich Winter. Achim hatte gerade an einer archäologischen Ausgrabung in der Türkei teilgenommen und lachte, als ich ihn auf seine gute Farbe ansprach. »Die Archäologen sind eben attraktiver, als man meint! Wenn du Kunstgeschichte im Hauptfach hättest, würdest du mehr von meiner Sorte kennenlernen. Viele von uns belegen Archäologie im Nebenfach.«

Zum Abendessen war er schon verabredet. Das fand ich schade, Achim schien es auch zu bedauern.

Ich schlief schon fast, als er anrief und fragte, ob ich noch Lust auf einen Drink hätte. Ja, das hatte ich.

Gegen drei oder vier Uhr morgens, nach einigen Joints und ziemlich viel Alkohol, landeten wir in seinem Hotel und verbrachten die Nacht zusammen. Obwohl One-Night-Stands nie mein Spezialgebiet waren, kam das selbst bei mir schon mal vor. Wir trennten uns am Morgen freundschaftlich und ohne falsche Sentimentalität. Achim packte gleich nach dem Frühstück seine Sachen, er musste zum Flughafen, und keiner von uns wäre auf die romantische Idee gekommen, dass er den Flug meinet- oder der Liebe wegen hätte verfallen lassen können. Vor dem Hotel umarmten wir uns.

»A & A, das passt gut zusammen«, sagte er nur und lächelte. »Falls wir mal ein Unternehmen zusammen gründen sollten, haben wir schon einen Namen.« Er warf die Reisetasche über die Schulter und ging los, drehte sich noch einmal um, winkte mir zu und rief: »Falls du je wieder nach Frankfurt zurückkommst, melde dich!«

Ich winkte mit beiden Händen wedelnd zurück und ging nach Hause. Auch wenn ich mich nur ungenau daran erinnerte – die Nacht war sehr schön.

Auf meinem Handy fand ich eine Nachricht von Jess: »Komme heute Abend vorbei und bringe was zu essen mit. Kiss.«

Sie brachte Fish 'n' Chips, ohne Essig, aber mit Mayo, wie wir es beide mochten, legte die durchgefetteten Tüten auf den Küchentisch und umarmte mich ungestüm. »Ich muss dir was erzählen!«, platzte sie heraus.

»Ich dir auch«, erwiderte ich.

»Dann erst du!« Das hieß, sie wollte sich länger ausbreiten.

»Okay«, sagte ich, »ich hab Achim getroffen, einen Studienkollegen aus Frankfurt. Er rief mich gestern an – ich bin aus allen Wolken gefallen. Wir kennen uns kaum. Aber wir waren den ganzen Tag zusammen unterwegs. War richtig schön.«

Ich holte das Ketchup aus dem Kühlschrank. »Willst du?«

Jess nickte und sah mich forschend an. »War das alles? Das kann ich nicht glauben, du siehst ziemlich glücklich aus. Da war doch sicher mehr!«

Sah ich glücklich aus? »Aber er ist heute früh schon wieder abgereist.«

Jess hatte immer noch ihren prüfenden Blick. »Das heißt rein gar nichts. Du wirst schon sehen!«

»Und du?«, lenkte ich ab, weil ich keine Lust hatte, die Sache zu vertiefen.

Jess holte tief Luft und schob ihren Teller zur Seite, als brauchte sie Platz für die große Neuigkeit. Sie trug den Rock mit den Rosen und strahlte. Es war nicht nur ihr blondes Haar, da war noch etwas anderes an ihr, so als ob der Raum heller würde, wenn sie hereinkam.

»Ich hab den Mann aus dem Pub wiedergetroffen«, sagte sie. »Er heißt Nick.«

Wen? In welchem Pub?, wollte ich fragen, aber dann erinnerte ich mich und sah wieder Nicks Blick vor mir, der sich an Jess' Rücken heftete, als wäre er dort angenäht.

»Und wo habt ihr euch wiedergetroffen?«

»Im selben Pub. Im ›Prince Albert‹.«

Also war sie in der Hoffnung, ihn wiederzusehen, wieder dorthin gegangen. Allein. Ohne mich. Obwohl es *unsere* Kneipe war und ich gleich nebenan und sie ziemlich entfernt in Hackney wohnte. Das gab mir einen kleinen Stich.

»Wir haben uns sofort wiedererkannt, und er hat mich auch gleich angesprochen«, sagte Jess strahlend, und ihre Stimme überschlug sich fast. »Wir standen ewig lang an der Theke, und irgendwann hab ich gesagt: Okay, ich muss dann mal wieder, aber gegangen bin ich nicht. Dann haben wir uns hingesetzt und stundenlang weitergeredet.«

Jess übertreibt gern ein bisschen, aber diesmal schienen es wirklich Stunden gewesen zu sein.

»Als müssten wir uns jetzt oder nie alles übereinander erzählen. Als wäre es nicht wiedergutzumachen, wenn wir jetzt was Wichtiges auslassen würden. Unser ganzes Leben haben wir voreinander ausgebreitet, alles! Was wir denken, fühlen, glauben – einfach alles!«

So hatte ich Jess noch nie gesehen, sie war ganz außer sich.

»Als wenn wir sagen wollten: Da, schau her, das bin ich.« Dann setzte sie leise hinzu: »Als ob wir beim anderen sicherer aufgehoben wären als bei uns selbst.«

Ich sah Jessica an, das Ketchup tropfte von dem Kartoffelchip, den ich gerade in den Mund schieben wollte, und kleckerte auf die Tischplatte. Ungläubig hörte ich zu.

»Du siehst mich an, als ob ich spinne!«, unterbrach sich Jess. »Es klingt ja auch wirklich verrückt. Ich fühl mich selbst, als würde ich wie ein Nachtwandler durch die Straßen laufen, als wäre ganz London nur eine Theaterkulisse. Aber es gibt uns wirklich, Nick und mich, und was ich dir erzähle, ist wahr.«

Jessica leuchtete wie ein Stern in einer klaren Sommernacht, mit diesem vibrierenden, zitternden Schein, der aus Millionen Lichtjahren Entfernung bis zur Erde dringt. Ich kam mir grau und prosaisch neben ihr vor, mickrig. Wortkarg.

»Ob wir uns danach wiedergetroffen haben, fragst du? Ann, wir haben uns seitdem so gut wie nicht mehr getrennt! Es war Donnerstag, als ich in den Pub ging, und jeden Donnerstagabend geht Mrs Owen zu ihrer Schwägerin Bridge spielen. Ich wusste, sie wird nicht vor elf nach Hause kommen. Nick und ich verließen zusammen den Pub, und es war klar: Wir gehen in dieselbe Richtung, egal, welche. Wir redeten einfach weiter, nahmen die Underground, dann den Bus, fuhren zu mir, stiegen die drei Stufen zu Mrs Owens Backstein-Reihenhaus hinauf. Ich schloss die

Tür auf, ging voraus, die Treppe rauf – Mrs Owen war wirklich nicht da. Als ich meine Zimmertür öffne, bleibt Nick auf der Schwelle stehen. Ich dachte zuerst, er wartet auf die Erlaubnis, mein Zimmer zu betreten. Aber das war's nicht. Er stand da, an den Türrahmen gelehnt, und seine Augen riefen mich zurück. Ich war schon dabei, das Fenster zu öffnen, weil es im Zimmer so stickig war, aber ich hab es sein lassen und bin zu ihm zurückgegangen.«

Sie holte Luft.

»Bis zu diesem Moment hatten wir uns noch überhaupt nicht berührt, verstehst du. Wir hatten uns nur gegenübergesessen, waren nebeneinander hergegangen, nichts sonst. Ich ging also zu ihm. Nick schloss die Tür, hob mich wortlos hoch und trug mich zum Bett. Das war mir fast unheimlich, weil er so ernst aussah. Weil das Ganze so, so ... ich weiß nicht, so bedeutungsvoll war. Er fing an, mich auszuziehen, immer noch schweigend. Dann hab ich ihm die Jacke von den Schultern gestreift«, sie machte eine schwungvolle Handbewegung, »und, na ja, dann kam Tempo in die Sache, die Kleider flogen, mein Pullover, sein Gürtel, die Jeans. Und dann haben wir plötzlich angefangen zu lachen, als wäre ein Bann gebrochen, oder nein, ich glaube, wir lachten, weil damit alles klar war: Wir sind zusammen. Wir sind ein Paar!«

Jess atmete wieder tief ein und schwieg, überwältigt von diesem Einbruch der Liebe in ihr Leben.

»Jess, das klingt traumhaft«, sagte ich und umarmte sie. Aber ich hörte selbst, wie fade das klang. Alles, was ich sagen konnte, war zu wenig, ich kam nicht hinauf in ihre Höhen.

Und als hätte Jess gespürt, dass ich mich für sie freute, aber auch leise enttäuscht war, weil sich unser Verhältnis nun verändern würde, verändern musste, sagte sie fast hastig: »Nick freut sich schon, dich kennenzulernen. Du warst dabei, als wir uns zum ersten Mal begegnet sind. Du gehörst dazu. Ihr werdet euch mögen.«

Bei Jess oder besser bei Mrs Owen fühlte sich Nick unbehaglich, aber bei Nick sah es für Jess nicht viel anders aus. Er wohnte mit einem Freund, Dave, zusammen, die Wohnung war klein. Mädchen, so hatten sie abgemacht, sollten sich da nicht einnisten.

»Wir werden uns eine neue Bleibe suchen«, sagte Jess, als wir eines Tages über den Campus gingen. »Bis dahin duldet mich Dave in der Wohnung – wenn ich nicht jede Nacht aufkreuze.«

»Ihr wollt zusammenziehen, Nick und du?«, fragte ich überrascht. »Jetzt schon?« Ich fiel aus allen Wolken und fand das ziemlich überstürzt.

Jess nickte übermütig. »Ja, wollen wir. Ganz am Anfang, nach unserer ersten Nacht, fragte mich Nick, was ich von Treue halte. Ob ich solo sei, ob ich der Meinung sei, dass man zwei Geschichten nebeneinander haben könne. Nein, sagte ich, ich hab keinen anderen, und ich bin auch nicht der Mensch, der Heimlichkeiten aushält. Er sagte nichts darauf und wechselte das Thema. Gestern holte er mich von der Uni ab...« Jess unterbrach sich und hielt mir strahlend ihre linke Hand entgegen. Sie trug einen hellgrünen Jadering, einen einfachen, rund geschliffenen Reif. »Er holte den Ring aus der Tasche«, fuhr sie fort, »steckte ihn mir an den Finger und sagte: ›Jetzt gehörst du zu mir.‹«

Ich freute mich für Jess, auch wenn es mir unheimlich war, mit welcher Geschwindigkeit die beiden aufeinander zurasten. Und ich fühlte mich plötzlich einsam. Nick nahm mir meine beste Freundin weg – die einzige, die ich in London hatte. Es dauerte eine Zeit, bis ich aufhörte, Jess zu beobachten. Wie wichtig war ich ihr jetzt noch? Änderte sich ihr Verhalten mir gegenüber? Veränderte sie sich selbst durch die Beziehung zu Nick?

Ja, natürlich veränderte sie sich. Wenigstens aus meiner Sicht. Wir verbrachten weniger Zeit miteinander. Nick war immer dabei, wenn wir uns verabredeten – nicht körperlich, aber ehe wir etwas zu zweit unternahmen, klärte Jess, wann sie Nick sehen, mit ihm zusammen sein würde. Sie sprach über andere Dinge als vorher. Sie befand sich in einer Euphorie, die mir verschlossen war. Sie war plötzlich ein zweigeteiltes Wesen, dessen eine Hälfte immer bei Nick war. Das verwirrte mich. Ich fragte mich, ob mir etwas fehlte, das sie besaß: Leidenschaft, die Bereitschaft, sich mit Haut und Haar auf etwas einzulassen, absolut auf die Liebe zu vertrauen.

Jess und ich verloren uns nicht – wir hatten weiterhin unser gemeinsames Studium, schrieben an unserer Arbeit, aßen zusammen in der Cafeteria. Aber ihr Lebensmittelpunkt hatte sich verschoben. Ihre Gedanken galten vor allem Nick. Wäre es mir genauso gegangen, wenn *ich* mich so verliebt hätte? Aber würde ich mich überhaupt auf die gleiche Weise verlieben wie sie? Mit einer solch fraglosen Hingabe, einer so vertrauensvollen Hoffnung? Bisher waren wir uns einfach nah gewesen. Jetzt zeigten sich auch die Unterschiede zwischen uns.

Im April verkündete meine Mitbewohnerin Alice eines Morgens, sie ziehe aus, und fragte mich, ob Jessica das Zimmer vielleicht haben wolle. Merkwürdigerweise zögerte ich, Jess davon zu erzählen. Dabei war sie so oft bei uns, dass sie fast schon ein Teil der Wohngemeinschaft war. Peter mochte sie, Nick war schon ein paarmal da gewesen, und das Zimmer war groß genug für zwei. Nichts lag näher, als dass die beiden einzogen.

Peter zuckte gleichmütig mit den Schultern, als ich ihn fragte, was er davon halte. »*That's okay with me*«, sagte er. Er kochte sowieso sein eigenes Süppchen und verzog sich meistens in seine Mansarde. Nur ich hatte Bedenken. Peter würde sich aus allen Diskussionen heraushalten, die die WG betreffen, Jess und Nick würden dominieren und mich jederzeit überstimmen können. Nur in welchen Fragen eigentlich? Mein eigenes Argument kam mir fadenscheinig vor, trotzdem blieb ein Unbehagen, für das ich mich schämte. War es nicht komisch, dass ich davon ausging, Nick und Jess würden immer dieselbe Meinung vertreten? Und immer eine andere als ich?

Es waren sehr diffuse Gefühle, die sich damals in mir regten, gemischt aus gleich vielen Teilen Angst, Jess an Nick zu verlieren, ausgeschlossen zu sein und gleichzeitig in zu große Nähe zu beiden zu geraten, vor allem zu Nick. Aber in Worte hätte ich diese Gefühle in jenem April nicht fassen können.

Ich gab mir einen Ruck und beschloss, am nächsten Abend von dem frei werdenden Zimmer zu erzählen. Wir waren in »unserem« Pub verabredet und wollten später ins Kino, um uns *Blade Runner* anzusehen, einen Film, der schon lange Kult war, den wir aber alle drei noch nicht gesehen hatten.

Als ich um sieben in den Pub kam, stand Nick am Tresen, in den üblichen schwarzen Jeans, dem schwarzen T-Shirt, die Jacke über die Schulter geworfen. Es war mild, der Winter war vorbei. In den Parks blühten die Osterglocken, dichte Inseln von Gelb, die den Frühling verkündeten.

Nick war allein gekommen. »Jess kriegt ihre Tage, es geht ihr nicht gut«, sagte er und umarmte mich.

Sein unrasiertes Kinn streifte meine Wange, ein brennendes Gefühl auf der Haut, das gleich wieder abklang.

»Sie hat gemeint, wir sollen allein ins Kino, der Film sei ihr sowieso zu düster.« Er drehte den Kopf in Richtung eines freien Tisches. »Da hinten ist Platz. Setz dich schon mal, ich hol uns was.«

Während Nick geduldig an der Theke wartete, bis der Barmann das Bier gezapft hatte, betrachtete ich seinen breiten, ruhigen Rücken. Man hätte sich dagegenlehnen können, ohne dass er sich einen Zentimeter verschob. Jess war etwas kleiner als ich. Sie könnte, dachte ich, ihre Stirn zwischen seine Schulterblätter legen und ihr Gesicht an seinem Rücken wärmen.

Jess hatte mit ihrer Einschätzung recht. In *Blade Runner* regnet es nicht nur die ganze Zeit, es herrschen auch Schmutz und Dunkelheit auf der Erde. Die meisten Tiere sind ausgestorben, und die Menschen werden aufgefordert, auf anderen Planeten eine bessere Lebenswelt zu suchen. Science-Fiction mit düsteren Perspektiven. Mich fröstelte bei diesen Bildern, während draußen die Londoner in der sanften Frühlingsluft ihren Planeten ganz und gar nicht verlassen wollten. Nicks Arm hatte die Seitenlehne des Kinosessels in Beschlag genommen und rückte nur wenig zur Seite, als auch ich meinen Arm darauf abzulegen versuchte. Ich zog meinen Ellbogen zurück, besser so, und war froh, als der Film zu Ende war und wir wieder draußen standen.

Inzwischen war es auch über London dunkel geworden. Die Sterne sah man kaum über dem Lichtersmog der Leuchtreklamen.

»Man sollte weg aus London«, sagte Nick, »aufs Land. Wo es noch Natur, Himmel und in der Nacht Sterne gibt. Etwas anderes als Gier und Geld, Konsum und rücksichtsloses Machtgerangel.«

Ich schüttelte den Kopf. »Ich bin gern hier. Ich finde London unglaublich spannend. Ich wollte dir und Jess gerade eine neue Bleibe anbieten. Alice zieht aus, und ihr Zimmer ist groß genug für zwei. Überlegt es euch. Peter hat schon gesagt, er wäre einverstanden, wenn ihr kommt.«

»Und du?«

Wir standen am Eingang zur Subway, bereit, in die gekachelten Tunnel des unterirdischen Labyrinths einzutauchen. Nick sah mich an und lächelte maliziös.

»Was ›und ich‹? Ich auch, natürlich.«

»Ah!«, sagte er und lachte. »Ich sag es Jess.« Er hob beiläufig die Hand zum Gruß und ging davon. Ich sah ihm nach, wie er auf der langen Rolltreppe verschwand, bevor ich eine andere Richtung einschlug.

Jess litt, wenn sie ihre Tage hatte. Sie quälte sich mit Bauchkrämpfen und war schrecklich blass.

»Willst du mit zu mir kommen?«, fragte ich, als wir aus der Uni kamen, »ich mach dir Tee und Toast. Du kannst dich doch bei mir hinlegen.«

Wenig später saß sie in meinem großen Bett, die Wärmflasche auf dem Bauch. Die Farbe kehrte in ihre Wangen zurück. »Und Alice überlässt uns wirklich ihr Zimmer?«, fragte sie jetzt schon zum zweiten Mal. »Ich kann's fast nicht glauben! Ich kann mit Nick zusammenziehen und mit dir wohnen?! Das ist einfach ... grandios!« Sie sprang aus dem Bett und umarmte mich heftig wie ein Kind. Dann wurde sie plötzlich wieder nachdenklich. »Aber ... hoffentlich rücken wir dir damit nicht zu sehr auf die Pelle ... Ann?«

Ich weiß nicht, ob mich diese ständige Rücksichtnahme eher rührte oder ärgerte, als ob Jess dauernd Angst hätte, anderen zur Last zu fallen. »Quatsch«, erwiderte ich nur, »du bist meine beste Freundin, und ich mag Nick. Ihr zieht ja nicht in mein Zimmer, sondern in die WG.«

»Wenn ich mit Nick Krach habe, schlafe ich bei dir!«, lachte Jess und kroch ins Bett zurück. Sie biss krachend in den bröselnden Toast.

Krümel, dachte ich, ich werde heute Nacht auf Krümeln schlafen.

»Wunderbar ist das!«, murmelte Jess unter der Decke hervor. »Schöner als alle Kindheiten, die ich hatte ...«

Jessica kommt aus einem kleinen Dorf zwischen Gießen und Marburg. Die Oma und das Dorf – sie spielen eine große Rolle in ihrem Leben. Ihre Eltern haben sich getrennt, als sie noch keine drei war.

»Du hast keine Ahnung«, sagte Jess, »was das für ein Skandal war. Das gab Gesprächsstoff für Jahre. Es ist schon schlimm, wenn Männer ihre Frauen verlassen, aber das kommt vor, das kennt man auch auf dem Dorf. Aber es war viel schlimmer, meine Mutter ist abgehauen. Mit dem Tanzlehrer. Erich Strohmeier. Den kannte auch jeder.«

»Na ja«, sagte ich, »so was soll vorkommen. Das ist ja nun auch nicht das erste Mal in der Geschichte der Neuzeit.«

»Mensch, Ann, du kommst aus der Großstadt, du hast keine Ahnung, wie das auf dem Land ist. ›Was für eine Demütigung für den Ehemann‹, hat es geheißen. ›Der Andreas hat sie doch gut behandelt, die Lydia, aber die hatte schon immer Rosinen im Kopf. Die war doch nie zufrieden‹, sagten die Frauen, die zur Oma zu Besuch kamen. ›Und für wen hat sie den Andreas verlassen? Für einen Tangotänzer. Einen Tangotänzer mit Schmalzlocke! Mit Sex hat das zu tun, mit nichts anderem. Bei uns nennt man das eine Schlampe.‹ Je heimlicher sie taten, umso mehr kriegte ich davon mit. Man hat doch Riesenohren als Kind für das, was man nicht hören soll. Und in dem Stil ging es dann weiter: ›Die arme Friedhild, hat so eine Tochter. Scheidung, das Wort gab's bis dahin doch gar nicht in ihrer Familie. Hat es ja selbst nicht grade leicht gehabt mit ihrem Mann, weiß Gott nicht. Aber hätte sie je ans Wegrennen gedacht? Bloß gut, dass die Kleine jetzt bei ihr aufwächst! Man kann sich ja vorstellen, was aus einem Kind geworden wäre, das bei einer Frau wie der Lydia aufwächst.‹«

Jess konnte die Sätze noch hersagen, als hätte sie sie damals auswendig gelernt.

»Manche Sätze bleiben einem«, sagte sie mit einem schiefen Lächeln. Sie sagte es wie obenhin, aber ich glaube, dass ihr diese Sätze tief und schmerzhaft in den Knochen saßen.

Kurz nach der Trennung zog Jessicas Vater nach München. Neue Arbeit, neues Leben. München war weit, Jess sah ihn selten. Ein paar Jahre später heiratete er wieder und fragte sie, ob sie gern bei ihm wohnen wolle.

»Und wie gern ich das wollte, obwohl die Oma das gar keine gute Idee fand. Mein Vater wollte mich bei sich haben! Zu Fuß wäre ich nach München gelaufen, um bei ihm zu sein! Wenn man schon keine Mutter hat, will man wenigstens einen Vater, verstehst du? Bei der Oma war ich nur abgestellt, die war nur eingesprungen. Für die Oma war ich doch ein Teil der Schande, ein Überbleibsel all der Dinge, die da passiert waren.«

Und so zog Jess tatsächlich nach München.

»Was das hieß, hab ich erst begriffen, als ich dort war. Ich war sieben, ich wusste nicht, wie das sein würde: alles weg. Die vertraute Oma nicht mehr da, die Spielkameraden, das Land und das Dorf. Jetzt waren da ein Vater, den ich eigentlich gar nicht kannte, und eine Frau, die mir noch fremder war, eine neue Schulklasse, neue Lehrer, ein anderer Dialekt. Ein paar Wochen nach dem Umzug schrieb ich der Oma einen weinerlichen Brief. ›Das wird schon‹, antwortete Oma, ›jetzt hast du doch, was du wolltest, nun beklag dich nicht schon wieder. Man muss auch mal was einstecken. Sich anpassen. Was aushalten. Man kann nicht einfach weglaufen, wenn es schwierig wird. Du wolltest doch unbedingt mit deinem Vater zusammen sein. Nun musst du dir auch ein bisschen Mühe geben. Man läuft nicht einfach so davon, bei der ersten Schwierigkeit‹ … wie deine Mutter, das wollte sie doch damit sagen.«

Jess gab sich Mühe. Aber zwei Jahre nach dem Umzug schrieb sie der Oma einen schamvollen, flehentlichen Brief mit der Bitte, sie wieder zu sich zu nehmen.

»Ich störte einfach im neuen Leben meines Vaters, verstehst du?«

Ich verstand nicht. Ich bin ein geliebtes Wunschkind.

»Stell's dir doch mal vor«, sagte Jess, die für andere immer eine Entschuldigung findet, nur für sich selber nicht, »die waren frisch verliebt, die wollten allein sein. Ich war ein Fremdkörper, eine Verpflichtung aus alten, vergangenen Zeiten. Aber mein Vater hat es sicher gut gemeint.«

Sie sah mich beschwörend mit ihren braunen Augen an, als wollte sie sich selbst unbedingt Glauben schenken. »Der hat mich schon auf seine Weise gern! Aber er wollte doch auch mit seiner neuen Frau gut auskommen. Die war jung. Die wollte ausgehen, reisen. Und irgendwann, später, wollte sie eigene Kinder. Haben sie dann auch gekriegt. Eine Britta. Die kenn ich aber kaum. Seine Frau mochte mich einfach nicht. Wahrscheinlich erinnerte ich sie ständig daran, dass ihr Mann schon mal eine andere geliebt hatte. Ich glaub, sie war sehr eifersüchtig, auch auf mich...«

»Na und? Das soll ein Grund sein, ein Kind aus einer anderen Ehe des Partners schlecht zu behandeln? Und *dass* sie dich schlecht behandelt und häufig bestraft hat, hast du mir doch erzählt.«

Jess wiegte unsicher den Kopf hin und her. »Ich passe einfach nicht ins Bild. Wahrscheinlich hab ich Sachen angestellt, die ich vergessen habe«, sagte sie gequält. »Sicher war ich ein biestiges Kind.«

»Du warst ein unglückliches Kind«, sagte ich. »Dabei hast du jedes Glück der Welt verdient. Und deine Mutter? Hat sich denn deine Mutter nie gemeldet, später wenigstens, als du wieder bei deiner Oma gewohnt hast? Aus ihrem Schmalzlockenglück?«

Jess schüttelte den Kopf.

»Das ist ja, als ob sie gestorben wäre!«, rief ich.

»Schlimmer«, sagte Jess, »schlimmer.«

Ich kann mir nicht vorstellen, wie es ist, keine Mutter zu

haben. Meine Mutter hat gearbeitet, aber es gab sie. Damals, als ich Kind war, jetzt, wo ich erwachsen bin.

»Deine Mutter musst du vergessen«, sagte die Oma zu Jessica. »Die meldet sich nicht mehr. Ich weiß nicht, wo sie abgeblieben ist. Vielleicht ist sie ausgewandert.«

»Aber was heißt vergessen«, sagte Jess und sah plötzlich so verloren aus, dass es mir im Herz wehtat. »Ich hatte ja kaum eine Erinnerung an sie! Doch, da ist diese eine, früheste Erinnerung. Meine Mutter sitzt bei der Oma am Tisch und weint. Und ich trage einen braun-gelb gestreiften Pulli, wie die Biene Maja. Ich seh den Pullover noch ganz genau vor mir. Ich glaube, den hat meine Mutter für mich gestrickt. Aber vielleicht ist das auch nur Einbildung. Ist ja auch egal. Guck nicht so«, sie versuchte ein Lachen, obwohl ihr die Tränen in den Augen standen. »Was willst du, über die Oma kann ich mich nicht beklagen, die war schon in Ordnung. Ein pragmatischer Mensch, ein bisschen spröde, unsentimental. Viele Worte machen, Zärtlichkeiten, Schmusen, das war einfach nicht ihr Ding. Aber in der Not war sie immer für mich da. Die ist schon okay.«

»Und dann hast du wirklich nie mehr nach deiner Mutter gefragt?«

»Doch. Natürlich. Klar. Ich hab meine Großmutter immer wieder damit gelöchert. Irgendwann hat sie mir einen Brief unter die Nase gehalten. Der sei aus Amerika, hat sie gesagt, von meiner Mutter. Meine Mutter und der Tanzlehrer lebten jetzt in Amerika. Der Brief war an Oma gerichtet. Es hätte keinen Sinn, dass ich käme, stand da, ich sei doch bei ihr, der Oma, in Deutschland viel besser aufgehoben. Sie arbeite mit ihrem Mann in einer Tanzschule, es sei ja nie jemand zu Hause, der sich um mich kümmern könne. Und die Wohnung sei auch sehr klein, leider, hat sie geschrieben, die sei nichts für drei. Sie hätten sehr wenig Geld, könnten sich gerade so über Wasser halten. Die Oma solle mir am besten gar nichts von dem Brief sagen, ich wäre hinterher womöglich traurig, wenn ich sähe, dass ich nicht zu Besuch kommen könne. Sie hätten nicht das Geld, um mir die Reise zu bezahlen, abgesehen davon sei Erich auch kein Kinderfreund.«

Ich saß ganz benommen da, als Jess mir davon berichtete. Unglaublich schien mir, der wohlbehüteten Ann, das, einfach nur schrecklich.

Jess nahm mich in den Arm und drückte mich. »Nun komm schon«, sagte sie. »Mach nicht so ein Gesicht, sonst muss ich dich noch trösten. Da krieg ich ja Mitleid mit mir selbst. Du weißt doch, ich bin ein positiver Mensch. ›Gott sei Dank hast du ein sonniges Gemüt‹, hat die Oma immer gesagt.«

Jess packte ihre Sachen und wollte nach Hause.

Ich hielt sie zurück. So eine Lebensgeschichte steckt man doch nicht einfach so weg. »Hast du deine Mutter nie wiedergesehen? Ich krieg es nicht auf die Reihe, dass eine Mutter so einen Brief schreibt. Hast du ihr nicht trotzdem geschrieben? Bist du nicht mal nach Amerika gefahren? Immerhin bist du jetzt erwachsen und kannst machen, was du willst.«

Jess warf sich die große, abgeschabte Ledertasche über die Schulter, öffnete die Tür, drehte sich noch einmal um und schüttelte den Kopf.

Manchmal mache ich mir unnötig Sorgen. Wenn es erst mal so weit ist, ergeben sich viele Dinge von allein. Jedenfalls war das Zusammenleben mit Jess und Nick problemloser, als ich befürchtet hatte.

Nick war schon einige Jahre in London, kam aber ursprünglich aus Manchester. Nach der Schule hatte er sich zunächst an der Manchester School of Art für Architektur eingeschrieben – das klang wenigstens für seinen Vater so, als könnte ein Brotberuf daraus werden. Nick wechselte aber schon bald zur Abteilung Bildende Kunst, ohne zu Hause davon zu erzählen. Die Wahrheit kam heraus, als ein Studienkollege bei ihm zu Hause auftauchte – was Nick immer zu vermeiden suchte –, nach ihm fragte und erzählte, sie studierten beide Malerei. Jedenfalls kam es zu einem Eklat, Nick packte seine Sachen und zog nach London.

Er hatte Glück und Talent: Die St. Martin's School of Art nahm ihn als Studenten auf – eine der einflussreichsten Kunstakademien überhaupt. Geld hatte er keins. Seit er in London war, finanzierte er sich mit Tapezierer- und Malerarbeiten, und er gab an einer Schule in Kensington Kunstunterricht.

Jess und ich bohrten manchmal nach, aber er sprach nicht gern über seine Familie. Ich kann mich nicht erinnern, dass er sie je besuchte.

»Mein Vater hätte es lieber gesehen, wenn ich Polizist geworden wäre«, war die einzige Bemerkung, die er mal fallen ließ. Und dass er aus einer Arbeiterfamilie kam.

Wir waren schnell aufeinander eingespielt. Ich hatte vorgeschlagen, die Betten zu tauschen. Jess und Nick übernahmen mein großes Bett, ich das schmale, das Nick mitgebracht hatte. In den ersten Nächten schlief ich unruhig.

Als habe er das Bett noch nicht ganz verlassen, tauchte Nick immer wieder in meinen Träumen auf.

Peter blieb weiterhin meistens für sich und fuhr an den Wochenenden nach Basingstoke, wo seine Eltern lebten und ein Elektrogeschäft besaßen. Vielleicht hatte er auch eine Freundin dort, aber darüber sprach er nicht.

Jess und ich hatten nun denselben Weg zur Uni, aber Jess schwänzte am Vormittag öfter mal eine Vorlesung und begegnete mir nur morgens gähnend in der Küche, wenn sie für sich und Nick einen Becher Tee oder Kaffee holte. Sie trug nachts am liebsten eins von Nicks T-Shirts, sie sahen an ihr aus wie Hängekleidchen. Kindlich-verführerisch wirkte sie darin, und mit ihren blonden Haaren erinnerte sie mich an Sterntaler – nur dass sie, so sah ich es plötzlich wie in einem Flash vor mir, nicht die Sterne, sondern die Liebe in ihrem Hemd auffangen wollte.

Merkwürdig, dass mir bei ihrem Anblick immer wieder Märchen in den Sinn kommen. Bei keinem anderen Menschen geht mir das so. Vielleicht weil Jess – wenigstens damals – mit einer kindlichen, sehnsüchtigen Offenheit und Freundlichkeit durch die Welt ging. Nicht zuletzt das machte sie so reizvoll. Die Anziehungskraft eines Menschen hängt ja nur zum Teil vom Aussehen ab, oft sind es unbewusste Botschaften und Signale, die auf andere wirken. Bei mir löste Jess das Große-Schwester-Gefühl aus und füllte damit eine Leerstelle in meinem Herzen.

Wenn Jess morgens die Tür ihres Zimmers öffnete, roch es gewaltig nach Marihuana, und wenn beide weg waren, lüftete ich gründlich das Haus. Peter, nüchtern und fleißig – er wollte sein Ingenieurstudium zügig durchziehen –, hatte eines Tages ziemlich heftig interveniert, unsere verhaschte Bude ginge ihm auf die Nerven.

Natürlich lebten wir nicht im luftleeren Raum, auch wenn Jess und Nick so aussahen, als könnten sie von Luft und Liebe existieren. London ist teuer, wir brauchten Geld, um unser Leben zu bestreiten. Ich hatte es am leichtesten, weil ich ein großzügiges Stipendium erhielt; die Stiftung, die mich unterstützte, erlaubte ein Studium, bei dem man eigentlich nichts dazuverdienen musste. Trotzdem und um etwas mehr von Land und Leuten zu erfahren, ging ich einmal in der Woche nach Notting Hill in die Clarendon Road Babysitten. Jeden Freitagabend hütete ich Cheryl und Michael, zwei und vier Jahre alt, damit ihre Eltern Rob und Susan wenigstens einmal in der Woche ausgehen konnten. Man stolperte im ganzen Haus über Spielsachen, Schuhe und Kleider, und jede Woche versuchte ich aufs Neue, Ordnung in den Laden zu bringen – ein absolut sinnloser Versuch.

Nie zuvor und danach habe ich ein so unordentliches Haus gesehen wie das der Bakers. In der Küche stapelte sich das Geschirr, Socken, Kleider, Schuhe wurden offenbar in fliegendem Lauf abgeworfen, aus den halb heraushängenden Schubladen der Kommoden quollen Handtücher, Unterwäsche, Bettwäsche. Ein Sturm schien durch das Haus zu fegen, wahrscheinlich jeden Morgen von Montag bis Freitag, wenn Rob und Susan versuchten, die Kinder anzuziehen, ihre Akten zusammenzusuchen und nach Ablieferung der Kleinen in Krippe und Kindergarten halbwegs rechtzeitig im Büro einzutreffen. Beide waren Anwälte, und sicher war es praktisch, dass sie wenigstens in derselben Kanzlei angestellt waren. Sie waren liebenswürdige, großzügige Menschen und fast immer gut gelaunt.

Wenn ich am Freitagabend kam, lag Susan meist noch in der Badewanne, die Rob am Feierabend für sie einließ, während er mit den Kindern spielte. »*Would you like a glass, too?*«, fragte er mich, denn es gehörte zum Ritual, dass er Susan ein Glas Wein, manchmal auch Champagner an die Wanne brachte. Einmal fragte er mich mit einem charmanten Lächeln, während er sein eigenes Glas füllte, ob es mir was ausmachen würde, wenn er kurz verschwände, um Susan im Bad Gesellschaft zu leisten. Das Lachen und Plätschern, das von oben herunterklang, veränderte mein Weltbild. Nie hätte ich mir vorstellen können, dass *Eltern* so was machten!

Ich mochte auch die beiden Kleinen sehr, sie waren intelligent, eigenwillig und ausgesprochen hübsch. Ich glaube, sie mochten mich auch. Ich gewann ihr Herz mit Pfannkuchen, statt die Mikrowelle anzuwerfen und irgendwas aus dem vollgestopften Tiefkühler aufzutauen. Nachdem ich sie endlich in die Pyjamas gesteckt, deutsche Abzählreime aufgesagt und englische Kinderlieder unter Michaels Anleitung gelernt hatte, schliefen die Kleinen irgendwann vor Erschöpfung ein, Cheryl in ihrem Bettchen, Michael dicht an mich geschmiegt auf dem Sofa. Ich breitete eine Wolldecke über uns und betrachtete das kleine rosige Kindergesicht, den makellosen Kranz der Wimpern, den leicht geöffneten Mund, aus dem ein Speichelfaden rann. Es war ein Bild glücklicher, sanfter Unschuld. Die Augen glitten unter den geschlossenen Lidern nach oben, und auch ich, überwältigt von der plötzlichen Ruhe nach dem Sturm, nickte manchmal unversehens über meinem Buch ein und erwachte erst wieder, wenn mir der Kopf vornüberfiel.

Auch Jess hütete einmal in der Woche Kinder. Im Gegensatz zu meiner war »ihre Familie« ziemlich betucht.

»Kensington«, sagte sie, »du verstehst, und die Möbel – alles der letzte Schrei. Große Bodenvasen, weiße Ledersofas, *you see?*« Mr Singleton war Politiker und saß im Unterhaus, die Kinder, Margaret und Toby, waren gut erzogen und trotz ihres zarten Alters schon ziemlich herablassend. Die Abende, die Jess im Gloucester Walk verbrachte, verliefen ereignislos, bis eines Abends eine Porzellanvase vom Kaminsims fiel, als Jess die dort aufgereihten Familienfotos in ihren Silberrahmen näher betrachten wollte. Die Vase sah nicht nur wertvoll aus, sie war es auch. Auch wenn die Singletons ihr keine große Szene machten, hatte Jess schreckliche Schuldgefühle dieses Vorfalls wegen. Die Vase ließ sich auch nicht kleben, wie sie betroffen vorgeschlagen hatte, und Jess war der festen Meinung, nun habe auch das Verhältnis zu den Singletons einen Riss, der sich nicht kitten ließ. Immer wieder sprach sie davon, und ich verstand nicht, warum der Gedanke, dass die Singletons sie jetzt vielleicht nicht mehr mochten, sie so erschütterte. Sie war überzeugt, die Zuneigung anderer Menschen beim kleinsten Fehlverhalten oder einem Missgeschick für immer zu verlieren.

All mein Reden half nichts. Sie kündigte und suchte sich eine neue Babysitterstelle.

Daneben hatte Jess einen Job im eleganten Brown's Hotel in der Albemarle Street ergattert. Sie bediente zweimal in der Woche beim High Afternoon Tea, auf der untersten Stufe der strengen Service-Hierarchie, versteht sich. Sie schwärmte jede Woche aufs Neue vom *cream tea*, den *scones* (»*plain, raisins, chocolate!*«) und den *finger sandwiches* (»*chicken, smoked salmon, tuna!*«).

»Also, das war das Erste, was sie mir sagten: Wer beim Raustragen in die Küche was von den zurückgehenden Tellern isst, fliegt augenblicklich raus. Ihr müsst euch das vorstellen, diese silbernen Servierpyramiden, noch halb voll mit den entzückenden Häppchen – und alles nur noch Futter für die Schweine!«

In einer zärtlichen Aufwallung beschloss ich augenblicklich, sie zum Abschluss des Frühlingstrimesters zum Afternoon Tea bei Brown's einzuladen.

Nick schwieg zu ihren Erzählungen, bohrte die Zunge in die Backe, was immer ein schlechtes Zeichen war, zog Jess zu sich herüber, weg von diesem bourgeoisen Ort, küsste sie eher besitzergreifend als zärtlich und sagte: »Musst du etwa Hunger leiden, poor thing?«

Nick sah Jess nicht gern bei Brown's arbeiten. Er machte sich in giftigem Ton lustig über die Ehefrauen, die dort das Geld ihrer Männer ausgaben.

»Oder fürchtest du eher die Männer, die sich an hübsche Kellnerinnen ranmachen?« Das war ein Scherz, aber Nick sah mich nur düster an.

Mit Ostern endete das *second term*, das Frühlingstrimester. Jess und ich mussten unsere Ergebnisse zu Shakespeares Personenkonstellation in *Wie es euch gefällt* im Seminar vortragen. Das Referat lief gut. Wir hatten durchgesprochen, wer welchen Teil vortragen sollte, und lasen ein paar Dialoge mit verteilten Rollen. Jess glänzte mit ihren schauspielerischen Fähigkeiten. Wir staunten über die gute Note, die wir bekamen; ich vermute, der junge Dozent war eher Jessicas Charme erlegen als überwältigt von unserer Leistung.

Hinterher machten wir uns auf zum Brown's.

Wir gingen im Gleichschritt, das konnten wir gut. Kein Holpern, kein hastiger Zwischenschritt, kaum gingen wir Arm in Arm, fielen wir in den gleichen Rhythmus.

Jess hatte die Haare zusammengedreht und mit einer großen Spange hochgesteckt, die blonden Spitzen wippten bei jedem Schritt. Der kurze Rock betonte ihre Hüften und die schönen Beine.

Jess ist etwas kleiner und üppiger als ich. Runde, weibliche Formen, ohne dass sie mollig gewesen wäre. Sie aß, sie genoss, sie lebte so gern. Und genau diese Hingabe liebte ich an ihr: an eine Idee, einen Menschen, eine Sache. Und ein bisschen beneidete ich sie auch um ihre Begeisterungsfähigkeit, die jeden mitriss. Sie kam einfach bei jedem an! Man sagt doch, jemand sprudelt nur so, und ich sah Bläschen, die, von unsichtbarer Energie getrieben, nach oben steigen. Und dann kam mir plötzlich das Wort »Strudel« in den Sinn, und ich sah auf einmal einen Wasserwirbel vor mir, der alles mit sich in die Tiefe zieht. Komisch, wie die Gedanken manchmal wandern.

»Jetzt haben wir schon zwei *terms* hinter uns«, sagte ich, »noch das Sommertrimester, und das Studienjahr ist komplett. Und was machen wir dann?«

»Nick will aus London weg«, sagte Jess, »aufs Land. Einfach leben. Ein altes Haus finden, es instand setzen, malen. Mit mir zusammen sein.« Sie wurde lebhaft. »Nick braucht dringend ein Atelier, Platz, Zeit, Ruhe. Er hat schon so lange nicht mehr gemalt.«

»Aber wenn in Sachen Kunst wo was stattfindet, dann doch hier!«, protestierte ich. »Wenn er Karriere machen will, gibt es nichts anderes als London.«

»Weißt du, wie teuer das Leben hier ist? Das muss ich dir doch nicht sagen«, fuhr Jess dazwischen.

»Aber es gibt doch in London Ateliergemeinschaften, Räume in weniger angesagten Gegenden...«

»Du verstehst nicht, worum es geht. London ist toll, London ist aber auch das Gegenteil davon. Die reichen Russen, die London aufkaufen und mit Geld nur so um sich werfen, sehen das vielleicht anders, aber Nick fühlt sich hier nicht wohl. Das ist kein Zuhause für ihn. Er will grundsätzlich anders leben – Natur statt Großstadt, Intensität statt Zerstreuung, Beschränkung statt Konsum und Vergeudung, Langsamkeit statt Hektik. Weg aus der Stadt der übelsten Finanzhaie. Die Freiheit, selbst zu bestimmen, was man braucht und nicht braucht, statt sich von den Zwängen einer total ökonomisierten Gesellschaft bestimmen zu lassen.«

»Und du? Was willst du?«

Jess schien überrascht von meiner Frage. »Eben«, sagte sie, »mit Nick den Ort finden, wo man hingehört.«

Mitten im *summer term*, dem dritten Trimester des akademischen Jahres in England, lernte ich Ravi kennen. Wir besuchten dieselbe Vorlesung über den präraffaelitischen Maler Dante Gabriel Rossetti und seine Musen. Ravi hatte mich schon ein paarmal angelächelt. Eines Tages fragte er mich beim Verlassen des Hörsaals, ob ich Lust hätte, mit ihm essen zu gehen. Er brachte mich zu einem kleinen indischen Lokal, das ein Verwandter von ihm führte. Ravis Mutter war Inderin, sein Vater Engländer. Das erklärte seinen Teint – ein sanftes Braun –, seine dunklen Augen und sein dichtes schwarzes Haar, das wie lackiert wirkte.

Wir wurden in dem winzigen Restaurant mit Hallo begrüßt. Das Essen war hervorragend, aber so scharf, dass ich einen Hustenanfall bekam, als ich das Rogan Josh probierte. Der Kellner schüttelte sich vor Lachen und schob mir den

Yoghurt zu. »Es gibt indische Restaurants, die sich an den europäischen Geschmack anpassen« – er lachte immer noch – »wir nicht!«

Ravi legte mir die Hand auf den nackten Arm. »Soll ich dir den Rücken klopfen?« Seine Hand fühlte sich trocken und kühl an, die Fingernägel schimmerten rosig. Seine Hände gefielen mir. Der ganze Mann gefiel mir. Über uns an der Decke drehte sich summend ein alter Ventilator und wälzte die von exotischen Düften geschwängerte Luft um. Ravi hatte zu viel bestellt, oder wir wurden »nach Art der Familie« bedient, jedenfalls beschlossen wir, nach dem Chai in den nächsten Park zu gehen und uns auf die Wiese zu legen.

Der Tag war hochsommerlich warm, obwohl es erst Juni war. Wir lagen im Gras und genossen die Sonne. Ravis T-Shirt war verrutscht, und ich sah eine Handbreit seines samtig braunen Bauches. Diese Bräune bleibt auch im Winter, dachte ich neidisch.

Eines Morgens – ich hatte mich ziemlich in Ravi verliebt und ihn schon häufiger getroffen – fragte ich Jess: »Seid ihr heute Abend zum Essen da?«

»Weiß noch nicht«, sagte sie. »Ich wollte vielleicht mal mit Nick ausgehen.«

»Schon gut, Jess, kein Problem. Ich wollte nur wissen, ob ihr mitessen wollt. Ich kriege Besuch, Ravi Benson, ein Kunsthistoriker, gleiche Vorlesung, gleiches Semester. Ich dachte, ich mache Avocado mit Krabbensalat und Fisch.«

»Ein Festessen für einen Namen, den wir noch nie gehört haben! Vielleicht sollten wir lieber dableiben und uns Ravi Benson ansehen.«

»Es würde sich lohnen«, sagte ich stolz. »Ihr könntet aber auch dezent verduften.«

Jessica hatte schon entschieden. »Wir bleiben *for drinks, my dear*, und dann ziehen wir ab, damit ihr ungestört seid.«

Der Abend mit Ravi! Ich hatte mich für den Besuch richtig in Ausgaben gestürzt, war sogar zum Friseur gegangen und kam mit einer völlig neuen Frisur zurück, Kurzhaarschnitt à la Jean Seberg. Sehr kurz also. Ich war damit das völlige Gegenstück zu Jess.

Jess war begeistert. Sie fand, mein schmales Gesicht und meine grünen Augen kämen damit super zur Geltung und die Frisur passe perfekt zu meiner knabenhaften Figur.

Ravi kam Punkt halb acht. Diese Pünktlichkeit war ungewohnt und brachte mich ganz durcheinander. Ich stand gerade mit bemehlten Händen in der Küche, je ein Fischfilet in der rechten und der linken Hand. Jess ließ Ravi herein, schob ihn in die Küche und rief nach Nick.

Nick musterte den Gast, als wollte er abschätzen, was Frauen an ihm finden könnten. Offenbar kam er zu einem recht positiven Ergebnis, denn er behielt mich und Jess im Auge, um keine unserer Reaktionen zu verpassen, vor allem nicht die von Jess.

Jess machte mir heimlich ein Zeichen mit erhobenem Daumen, gut gemacht, sollte das wohl heißen, guter Typ. Nick verwickelte Ravi sofort in ein Gespräch über die Londoner Künstlerszene, sie hatten sogar zwei oder drei gemeinsame Bekannte. Ravi interessierte sich sehr für Gegenwartskunst, ein Pluspunkt in Nicks Augen. Im Allgemeinen suchte Nick, angeödet vom Smalltalk, schnell das Weite, aber jetzt hechelte er mit Ravi die ganze Szene durch. Jess und ich kamen gar nicht zu Wort. Nick machte keine Anstalten aufzubrechen und ignorierte alle entsprechenden

Zeichen von Jess. Ich hatte nur zwei Fischfilets besorgt und warf Jess deshalb ab und zu einen fragenden Blick zu. Aber Nick war schon dabei, die Gläser nachzufüllen, und saß am Küchentisch wie festgewachsen.

Also disponierte ich um und sagte knatschig zu Nick: »Ich dachte, ihr geht heute aus, aber wenn ihr gern hierbleiben wollt, teilen wir die Seezungenfilets eben auf.«

»Prima!«, sagte Nick, ohne Jess zu Wort kommen zu lassen, und sah mich mit einem fast triumphierenden Blick an.

»Klar, kein Problem«, sagte Ravi sofort.

Ob das nur eine wohlerzogene Bemerkung war, konnte ich nicht einschätzen, aber mir war der Abend verdorben, denn ein paar Stunden später ging Ravi nach Hause. Nick hatte ihn nicht aus den Fängen gelassen.

Es war sinnlos, Nick auf seinen Sabotageakt anzusprechen, er war stockbetrunken. Aber ich fragte mich, was ihm dabei wohl durch den Kopf gegangen war. Vielleicht fand er Ravi einfach nett. Oder er wollte mir zeigen, wie häufig *ich* störte, wenn er mit Jess am liebsten allein gewesen wäre. Dann dämmerte es mir: Ravi war ein Nebenbuhler, selbst wenn es nur um mich oder darum ging, dass Jess ein harmloses Gespräch mit ihm führte. Nick war eifersüchtig.

Während ich enttäuscht die Küche aufräumte, drang aus dem Zimmer von Nick und Jess kein glückliches Seufzen, sondern ein handfester Krach.

Am anderen Tag war Nick charmant und gut gelaunt.

»Ich hab die letzten Tickets für das Coldplay-Konzert nächste Woche organisiert«, rief er, als er abends nach Hause kam, »für uns drei! Fragt mich nicht, wie ich das gemacht habe. Ihr seid eingeladen!«

Ein überraschender Akt der Wiedergutmachung, Nick

hielt sein sauer verdientes Geld sonst sorgsam, fast geizig zusammen.

Er küsste mich flüchtig auf die Wange. »Bist du mir noch böse wegen gestern?« Und als ich eine Grimasse zog, flüsterte er mir ins Ohr: »Du sahst umwerfend aus. Wie konnte ich da weggehen?«

Ich bin müde. Es ist vier Uhr morgens. Die Hand tut mir weh vom vielen Schreiben. Ich klappe den Laptop jetzt mal zu. Ob Amy das alles irgendwann überhaupt lesen will – wie das war, als ihre Eltern noch jung waren? In erster Linie schreibe ich all das für mich selber auf. Später kann ich immer noch entscheiden, ob ich das Geschriebene Amy geben will oder nicht.

Es wäre gut, jetzt ein paar Stunden zu schlafen. Morgen sind Nick und Amy sicher von Graig Ddu zurück.

Ach, das eine noch, dann ist ein erster Bogen geschlagen:

Als das Sommertrimester Ende Juli endete, war für Jess klar: Sie wollte nicht nach Deutschland zurück. Sie war entschlossen, mit Nick ein Haus auf dem Land zu suchen und in Großbritannien zu bleiben. Noch kannte sie die Landschaft nicht, aber sie war sich sicher, dass Wales ihr gefallen würde. Dort wollte Nick sich niederlassen. Wenn es Nicks Sehnsuchtsort war, würde es auch der ihre sein.

Wrexham, 14. Februar

Nick wollte zuerst allein ins Krankenhaus. Er brachte mir Amy am Morgen ins Hotel, am Mittag wollte er sie dann wieder abholen. Er sagte, er wolle, wenn möglich, mit Amy zwischen Wrexham und Graig Ddu pendeln, es täte ihnen beiden gut, zu Hause zu wohnen und nicht bei anderen Leuten.

Aber wie will er das machen ohne Auto, so abgelegen, wie das Cottage ist? Ich will jetzt nicht dort hinauf, und abgesehen davon, dass ich ihm das Mietauto nicht leihen dürfte, weil nur ich es fahren darf, hat er ja keinen Führerschein.

Amy ist sehr durcheinander. Ich konnte sie ein bisschen ablenken, zeigte ihr das Hotel und machte mit ihr einen Bummel durch die Geschäfte, die sie interessierten. Sie sieht ja zu Hause nur Himmel, Wolken und das Tal. Manchmal, sagt sie, wandert sie mit hinunter zur Straße, und das Trampen nach Bala findet sie aufregend.

»In Bala«, sagt sie, »gibt es eine Bäckerei, den Metzger und einen Supermarkt. Aber der ist nicht so groß wie die Läden hier. Wenn ich mit Daddy nach Bala fahre, gehen wir immer in den Buchladen. Aber mit Jess gehe ich in den Tea Room, in den Charity Shop und Leute besuchen.«

Amy ist Nick wie aus dem Gesicht geschnitten, die Ähnlichkeit wird immer größer, je älter sie wird. Das dunkle, glatte Haar, die Gesichtsform, die kräftigen Glieder. Aber im

Schnitt ihrer braunen Augen erkenne ich Jess wieder. Und in ihrer Stimme. Ich muss lächeln, wenn ich Amy sprechen höre – sie betont alles wie ihre Mutter (mit vielen Ausrufezeichen).

Sie wollte eine Puppe, Pizza essen und ein Prinzessinnenkleid. Ich kaufte noch einen Anorak und neue Gummistiefel für sie, leuchtend rot mit weißen Punkten. Nick sagte, aus ihren alten Stiefeln sei sie herausgewachsen. Es tat mir gut, mit Amy unterwegs zu sein, Einkäufe zu machen, so zu tun, als würde alles wieder gut.

Ja, sicher, alles wird wieder gut.

Jess kann doch Amy nicht allein lassen.

Wir gingen Hand in Hand. Immer wieder, ganz plötzlich, versiegte Amys Redefluss, dann wollte sie wissen, warum die Mama so lange schläft, jetzt müsse sie doch endlich ausgeschlafen sein.

»Die Mama ist sehr müde«, sagte ich, »sie braucht noch Zeit, um sich auszuruhen.«

»Aber der Papa schläft nicht so lange. Der ist nicht müde.«

»Nicht so sehr wie Jess«, antwortete ich. »Das ist auch gut, sonst wär es dir ja langweilig.«

»Wenn Nick auch so lange schlafen würde, wärst du dann bei mir?«

»Ja, wahrscheinlich. Oder du bei mir.«

»Ich will aber in Graig Ddu sein. Bei Papa und bei Jack.«

»Klar!«, sagte ich.

»Keine Neuigkeiten aus dem Krankenhaus.« Nick stand vor mir, groß und erschöpft. »Kannst du Amy noch eine Stunde hierbehalten? Dann nutze ich die Gelegenheit und mache einen Großeinkauf, bevor wir heimfahren. John fährt uns rauf.« Er zögerte. »Oder willst du mit? Ich könnte mit Amy warten, bis du bei Jess im Krankenhaus warst. Wir kämen dann alle morgen früh wieder her. Wann musst du zurück nach Zürich? Morgen?«

»Ich hab den Rückflug offen gelassen. Vielleicht kann ich länger bleiben. Wir sollten auch darüber sprechen, wie es in der nächsten Zeit hier weitergehen soll.«

»Wenn Jess es schafft, wie immer«, antwortete Nick abwehrend, der sich grundsätzlich gegen jede Veränderung sträubt und mich nicht verstehen wollte. »Also«, fuhr er ungeduldig fort, »kommst du nun mit nach Graig Ddu?«

Ich schüttelte den Kopf. »Nein. Lieber nicht.«

Ich war immer so gern dort oben gewesen, aber jetzt ist es anders. Jetzt ist mir nur kalt, wenn ich an das Haus denke. Davon abgesehen, habe ich auch nicht genug warme Sachen dabei, ich müsste Klamotten von Jess überziehen, und das könnte ich im Augenblick nicht. Und auch in Nicks warme Pullover möchte ich nicht schlüpfen. Ich wundere mich, dass der Schatten, der jetzt über dem Haus liegt, Nick nichts auszumachen scheint. Aber vielleicht bin ich ungerecht. Vielleicht will er vermeiden, *nie* wieder zurückkehren zu können. So, wie man nach einem Unfall gleich wieder ins Auto steigen und die Furcht überwinden soll, solange sie sich noch nicht eingefressen hat. Außerdem sind die Tiere oben, die versorgt werden müssen. Aber wäre Graig Ddu noch sein Zuhause, könnte es das überhaupt noch sein, wenn Jess nicht mehr da wäre? Und könnten sie denn, wenn Jess überlebt, wirklich einfach weiterleben wie bisher?

All die Fragen. Am Anfang ist nur der Schock da, ein tiefes Erschrecken und Angst, dann Abwehr, das Denken kommt später. Aber als ich heute bei Jess saß, kamen sie, die Gedanken. Warum hast du das getan? Warum hast du nicht …? Viele Warum-Fragen. Du antwortest nicht. Vielleicht würdest du diese Fragen nicht einmal beantworten, wenn du bei Bewusstsein wärst und sprechen könntest. Vielleicht wüsstest du die Antwort selbst nicht. Oder du hättest andere Antworten als die, auf die ich komme.

Vielleicht will ich jetzt auch nicht mit nach Graig Ddu, weil es mich zum Anfang zurückzieht. Als müsste ich die ganze Geschichte von vorn aufrollen, um Antworten zu finden. Schritt für Schritt.

Wie entschieden Jess war, in Großbritannien zu bleiben, war mir überhaupt nicht bewusst, als ich damals Anfang August für ein paar Tage nach Hause flog, um meine Mutter zu besuchen, die ihren fünfzigsten Geburtstag feierte. Ich selbst wollte den Sommer und den Herbst noch in London verbringen, auch wenn mir dabei ein Semester flöten ging. Ich war noch immer sehr verliebt in Ravi und wollte schauen, wohin die Beziehung führte.

Als ich zurück in die Bonny Street kam, sah es dort ungewohnt ordentlich aus. Niemand war zu Hause. Auf dem Küchentisch lag ein weißer Umschlag. Ein Brief von Jess, an mich adressiert. Seit wann schrieb mir Jess Briefe und steckte sie auch noch in Umschläge? Immerhin lässt sich das meiste in kurze SMS fassen. Wenn sie so formell wurde, musste ihr der Inhalt sehr wichtig sein.

Ein Blick in das Zimmer der beiden würde mir wahrscheinlich schon das Wesentliche verraten. Wir schlossen unsere Zimmer nie ab, und Nick und Jess hatten das auch diesmal nicht getan. Ich öffnete die Tür – alles war noch da! Hals über Kopf ausgezogen waren sie also nicht. Aber Jess hatte offenbar den Putzfimmel gehabt, auch hier herrschte eine überraschende Ordnung. Über dem Bett lag ihre indische Baumwolldecke, straff und säuberlich unter der Matratze eingesteckt, als wollte sie sagen: Liegen in diesem Bett für Unbefugte verboten.

Und dann endlich las ich den Brief. Wie alle Briefe von Jess habe ich ihn sorgfältig aufgehoben.

> Liebe Ann,
> tut mir leid, dass du in eine völlig ausgestorbene Wohnung zurückkommst. Peter ist zu seinen Eltern gefahren (er kommt Ende August zurück), und wir sind – wie du bestimmt schon an der Ordnung gemerkt hast – verreist. Ich weiß nicht genau, wie lange wir wegbleiben, aber erst mal hast du die Wohnung für dich. Nick hat sich endlich breitschlagen lassen, mir Manchester zu zeigen, ich würde gern die Stadt kennenlernen, aus der er stammt. Allerdings hat er es kategorisch abgelehnt, seine Eltern zu besuchen. »Das wäre, als wollte ich dich dort vorstellen«, hat er gesagt. Mir hätte das gefallen. Aber er will mir die Stadt und die Manchester School of Art zeigen, wo er zuerst studiert hat. Vor allem aber wollen wir ein paar Tage nach Wales. Ich hab überhaupt keine Vorstellung von der walisischen Landschaft, das Einzige, was ich kenne, ist der Titel »Prince of Wales«! Aber Nick schwärmt mir was vor. Es ist eine mythische Landschaft, sagt er, wild, einsam und geheimnisvoll. Von der merkwürdigen Sprache werde ich sowieso kein Wort verstehen, das ist schon Geheimnis genug!

Wir gehen auf Häusersuche, Ann. Wir wollen uns einen Fleck suchen, wo wir ganz in und mit der Natur leben können. (Billig muss es natürlich auch sein, wir haben ja keine Knete!) Nick blüht bei dem Gedanken auf. Ich hab viel darüber nachgedacht, was eigentlich mein Traum wäre, nach unserem Gespräch an dem Tag, als wir das Referat hielten. Natürlich habe ich gemerkt, wie skeptisch du warst – aber Ann, das bist du immer! Ich verstehe Nick, weil ich gleich fühle und denke wie er. Wir sind uns so ähnlich! Als ob wir zwei Körper mit einem Herzen wären.
Ich glaube, das ist es, was ich mir am meisten wünsche: eins mit dem Menschen zu sein, den ich liebe. Das Studium bedeutet mir nicht viel, hat es nie. Ich hatte immer gute Noten, aber ich hatte ja sonst nichts, was mich begeistert hätte, also hab ich mich eben für die Schule begeistert. Du kennst mich doch, du weißt doch, dass ich mich immer für was begeistern muss!
Omas Dorf ist nicht der Ort, an den ich zurück möchte, eine Anstellung als Lehrerin für Englisch und Geschichte ist auch nicht gerade mein Traum – und sicher nichts, wofür ich Nick aufgäbe. Was sollte er auch in Deutschland? Selbst wenn ich so vernünftig und überlegt wäre wie du – man muss doch Prioritäten im Leben setzen. Die Liebe zu Nick ist *meine* Priorität. Von meinen alten Freundinnen und Freunden höre ich nicht mehr viel, seit ich in London bin. Meine Freundin bist du und wirst es hoffentlich bleiben, egal, wo Nick und ich landen.

Ann, ich hab mich nie für besonders intellektuell gehalten, ich will Kinder, Tiere um mich haben, mein Brot selbst backen und abends der Sonne zusehen, wie sie sinkt, während die Dämmerung aufsteigt. Ich will teilhaben an all den natürlichen Wechseln: von Tag zu Nacht, von Jahreszeit zu Jahreszeit, von Regen zu Sonne. Hab ich ja vielleicht von Oma geerbt, diese Liebe zur Natur. Ihr Garten war ihr immer unheimlich wichtig. London ist aufregend, aber auf Dauer will ich nicht in einer Millionenstadt leben. Ich bin auf dem Land aufgewachsen. Das Getratsch von den Leuten aus Omas Dorf brauch ich nicht, aber den Geruch des Grases am Morgen.

Das, was uns interessiert, Nick und mich, nehmen wir mit: Nick seine Bücher und Malsachen, ich meine vielen Schuhe (;-)). Ich hoffe, wir werden einen Kamin haben, an dem wir abends reden, Besuch haben und lesen können. Ich sehe dich die Stirn runzeln und sagen: »Man kann nicht immer nur vor dem prasselnden Kamin sitzen und lesen. Man braucht auch mal Anregung von außen, andere Menschen. Das stimmt, aber du siehst ja selbst, dass es in diesem Land leicht ist, Leute kennenzulernen. Das wird auch in Wales so sein, gerade dort. Nick sagt, es gibt dort viele Menschen, die so denken wie wir.

Wir wollen ein paar Tage herumreisen und sehen, was man in der Gegend mieten oder pachten könnte. Nick liebt den Bala Lake, sie sind wohl mal mit der Schule dort gewesen. Vielleicht finden wir ja dort was. Halt uns die Daumen! Jedenfalls wer-

den wir eher zurück sein, als dir lieb ist: Wir haben nämlich kein Geld für lange Ferien. Aber macht nichts – weder Nick noch mir hat Geld je viel bedeutet. Ist es da, ist es gut, ist es nicht da, kommt man auch durch. Es heißt doch immer, unterschiedliche Einstellungen zum Geld würden die größten Probleme in einer Ehe machen, mehr als der Sex. Du siehst, es kann fast nichts schiefgehen bei Nick und mir!
Sei umarmt, Sweetie!
Deine Jessica

Der Brief, so glücklich er klang, machte mich beklommen. Aber ich erklärte mir das ungute Gefühl einfach damit, dass Jess und ich so unterschiedlich sind. Und dabei beließ ich es. Ich bin schon immer eine Stadtpflanze gewesen, das ist das eine, aber darüber hinaus hätte ich, anders als Jess, Bedenken, vielleicht auch Angst davor gehabt, mein ganzes Lebensglück von der Zweisamkeit mit einem Menschen zu erwarten.

Einige Tage später kamen Nick und Jess zurück – sie hatten ein Haus gefunden.

Jess glühte vor Begeisterung. »Ann, stell dir vor! Wir haben ein Haus!« Sie umarmte mich, dass mir die Luft wegblieb. »Mach Tee, setz dich hin, ich muss dir sofort alles erzählen.«

Sie hatten eine Menge Häuser besichtigt und sich dabei auf Nordwales beschränkt. Aber nichts entsprach ihren Vorstellungen. Entweder lagen die Häuser in den Ortschaften, oder sie waren zu teuer, zu klein oder zu groß. Sie hatten schon fast aufgegeben, als dem Landlord, der sie herumgefahren hatte, plötzlich doch noch ein Cottage in den Sinn kam.

»›Ich kann mir kaum vorstellen, dass es was für Sie ist‹, hat er gesagt, ›Sie sind ja junge Leute und an das moderne Leben gewöhnt.‹ Das Haus sei eher was für Menschen, die die Einsamkeit lieben, Strom gebe es dort nicht, von Handyempfang ganz zu schweigen.« Jess machte eine Kunstpause. »Er konnte sich nicht vorstellen, dass wir so was Abgelegenes suchen. ›Können wir's sehen?‹, hat Nick gefragt. ›Würden Sie noch mal umkehren und uns hinfahren?‹«

Jess sprang von ihrem Stuhl auf.

»Wir fahren also ein Stück zurück, biegen rechts ab in einen kleinen Weg und dann – nur noch sattgrüne Schafweiden. Der Mann steigt aus, öffnet ein Gatter, wir fahren mit dem Landrover durch, er steigt wieder aus, schließt das Tor. Wir rumpeln auf einem grasbewachsenen Weg den Berg rauf. Vierradantrieb, sag ich nur, echt ein Fall für den Offroader. Der Himmel wird immer größer und weiter, ein paar Schafe stehen herum und schauen uns mit ihrem Schafsblick nach. Die Lämmer springen und blöken durch die Gegend. Wieder ein Gatter. Keine Bäume, nur grasüberzogene, hügelige Landschaft. Bäche, Rinnsale. Wasser gibt's da genug, sag ich dir. Und dann, auf der breiten Kuppe des Hügels – alt musst du dir die ganze Landschaft vorstellen, abgeschliffen – der Blick in ein weites Tal, das sich dem Himmel öffnet wie, na, ich weiß auch nicht, wie. Und mitten in diesem leeren, unbewaldeten Tal, nicht ganz am Talgrund, zwei, drei mächtige Bäume. Und unter den Bäumen, wenn man die Augen zusammenkneift, sieht man es, das Dach, das Haus...«

Jess stand vor mir in der Küche, die Arme weit ausgebreitet – eigentlich sollten ihre goldenen Haare jetzt wehen, dachte ich, als flöge sie in schnellem Ritt auf einem Pferd durch das Tal.

Aber es war einfach Jess. Sie setzte sich wieder hin, zog die Füße hoch, umarmte ihre Knie und sagte: »Graig Ddu. Unser Haus. So was weiß man sofort. Es wird einiges dran zu renovieren sein, aber es ist alles da, was wir brauchen: ein Wohnhaus und eine Scheune, in der Nick sein Atelier einrichten kann. Und im Wohnhaus ein Kamin, riesig. Der Landlord stieg hinein in den Kamin und sagte, der Abzug müsste eigentlich funktionieren, der sei frei...«

Nick kam in die Küche und lachte. »Sie sagt es. Der Kamin ist okay, der ist unbeschädigt.« Er sah so glücklich aus, wie ich ihn noch nie gesehen hatte. Er stand da, die Arme verschränkt, und hörte Jess zu, die fortfuhr:

»›Okay‹, sagte der Besitzer, ›Sie können das Haus für fünfhundert Pfund im Jahr haben‹ – im Jahr! ›Wenn‹, sagte er, ›wenn Sie dafür das Haus instand halten und die Reparaturen selbst übernehmen.‹ Ich bin ihm um den Hals gefallen, auch wenn Nick das nicht gefiel«, Jess machte eine Grimasse in Nicks Richtung. »Geküsst hab ich ihn! Das hat ihn erschreckt. Er ist schließlich ein Brite!«

Nick runzelte die Stirn, und Jess verabschiedete sich von dem Thema.

»Jedenfalls«, fuhr sie fort, »haben wir so was von Schwein gehabt, dass es auf keine Kuhhaut geht. Du musst das Haus bald sehen. Auch du wirst dich in das Haus verlieben, ich *weiß* es! Ich kann mir keinen Menschen vorstellen, der nicht überwältigt dort oben steht.«

»Du solltest Immobilienmaklerin werden«, sagte ich. Aber ich war beeindruckt von Graig Ddu, bevor ich es zum ersten Mal gesehen hatte.

Nick übernahm einige Unterrichtsstunden mehr nach den Schulferien und verschiedene Maleraufträge. Er wollte sich ein finanzielles Polster anlegen für die Instandsetzung des Hauses. Jess hatte die Uni aufgegeben und arbeitete neben dem Babysitten so viele Stunden wie möglich in Brown's Hotel.

Ich selbst traf mich häufig mit Ravi. Ich war fasziniert davon, dass es, obwohl wir uns so gut verstanden, Seiten an ihm gab, die mir fremd blieben, weil ich mit seiner Kultur nicht vertraut war.

»Hast du dir schon mal überlegt, was du machen würdest, wenn Ravi nach Indien zurückginge?«, fragte mich Nick eines Abends, als Ravi zum Essen bei uns gewesen war.

Der Gedanke, Ravi könne eines Tages nach Indien gehen, war mir noch nie gekommen.

»Da sieht man's!«, amüsierte sich Nick. »Es liegt dir fern, einem Mann nachzufolgen, wohin er auch geht, oder?«

Seine Bemerkung kränkte mich, sie klang abschätzig, aber er hatte recht. Ohne Weiteres und einfach so würde ich einem Mann tatsächlich nicht folgen.

»Mach dir keine Sorgen, das finden die Männer interessant«, setzte er versöhnlich hinzu.

Plötzlich fing ich an, darüber nachzudenken, was ich tun würde, wenn Ravi nach Indien ginge. Ich kam zu keinem Schluss und verdrängte Nicks Bemerkung wieder, ohne Ravi darauf anzusprechen.

Ravi übernachtete ziemlich oft bei mir, und wir schliefen engumschlungen und eher auf- als nebeneinander auf der schmalen Matratze. Manchmal löste sich einer von uns aus der unbequemen Umschlingung und schlief auf dem Teppich weiter, der mit seinem verschossenen Blumenmuster an eine Wiese erinnerte. Bei Ravi, der im Haus seiner Eltern wohnte, übernachtete ich nie. Seine Eltern waren nett, aber ziemlich traditionell, vor allem mit seiner Mutter wollte Ravi sich nicht anlegen, wenn es um nächtlichen Damenbesuch ging.

»Das wäre unvorstellbar für meine Mutter«, sagte er. »Sie würde einen Herzschlag kriegen, wenn du ihr am Morgen in der Küche oder auf dem Weg zum Bad begegnen würdest.«

Ravis Schwestern Usha und Sunita waren wunderschöne, rehäugige Wesen mit hüftlangem, pechschwarz glänzendem Haar. Ich kam mir neben ihnen mager und wie ein geschorenes Schaf vor, aber sie bewunderten meinen Jeanne-d'Arc-Look, der ihnen wie der absolute Beweis weiblicher Emanzipation vorkam. Sie gingen noch zur Schule. Es war kein Geheimnis, sagte Ravi, dass sie bald verheiratet werden sollten, und er schien sich kaum darüber zu wundern. Ich wagte lieber keine Voraussage, wie sie sich verhalten würden, wenn es wirklich so weit kam, wunderte mich aber immer wieder, wie formell er mich bei sich zu Hause behandelte.

Im September fuhren Nick und Jess, bepackt mit Schlafsäcken, für ein langes Wochenende in ihr Haus, um den gröbsten Schmutz im und um das Haus zu beseitigen und abzuklären, was man tun musste, um das Cottage wieder halbwegs bewohnbar zu machen. Das Wetter war strahlend schön, Nick nahm die Kamera mit, um den Zustand des Hauses in allen Phasen der Arbeit daran festzuhalten. Das nächste Mal wollte ich dann mitfahren und mithelfen.

»Ich muss dir was sagen«, meinte Jess etwa zwei Wochen später, als Nick nicht da war und wir uns einen gemütlichen Abend machten.

Wir hatten Kleider getauscht, ein Freundschaftsritual, das wir liebten. Jess hat ein Auge für originelle Kombinationen und überraschende Farbkontraste. Sie fiel auf, selbst im bunten London, obwohl sie nicht viel Geld in Klamotten investieren konnte. Ich fragte sie gern um Rat – ich hab keine Fantasie, was Mode angeht, keinen besonderen Blick dafür, auch aus mangelndem Interesse, das gebe ich zu.

Hosen, Röcke, Pullover und Blusen, die ganzen Schätze lagen um uns herum verstreut, und wir saßen auf Jessicas Bett, die indische Decke, ochsenblut und orange, grün durchwirkt, war nur lose über das Bettzeug geworfen. Wir lehnten uns an die Kissen, die vage nach Nick rochen, und tranken Wein. Jess nippte nur an ihrem Glas.

»Ach, mach doch mal lauter!«, sagte sie, und ich stand vom Bett auf und drehte den Lautstärkeregler am Radio hoch, damit Jess *Beautiful Vision* von Van Morrison mitsummen konnte. Und als brauchte sie Musikuntermalung oder als wollte sie ihre Worte in der Musik gleich wieder untergehen lassen, weil sie sich nicht sicher war, ob sie sie wirklich aussprechen sollte, zog sie mich nahe zu sich heran und flüsterte: »Ich hab's dir noch nicht gesagt, Ann. Ich bin schwanger.«

Mir blieb die Luft weg. Sie war schwanger.

»Du bist schwanger«, wiederholte ich. »Deshalb trinkst du nichts! Ich hab mich schon gefragt, was los ist.« Blöde Reaktion. »Deshalb sieht Nick also so glücklich aus!«, versuchte ich es erneut. »Seit wann weißt du's?« Warum war ich so langsam? Warum war mir das Leben immer weit voraus, während ich versuchte zu begreifen, was um mich herum geschah?

»Jess! Ist das wahr?«

Sie nickte aufgeregt, ihre Augen glänzten.

»Schön, dass du's mir sagst!« Ich hatte ihre Hand genommen, drückte sie und hielt sie fest, um mich daran zu hindern, all die blöden Fragen zu stellen, die mir ins Hirn schossen. Ich sah ja, dass sie glücklich war. Dass dieses Gefühl alles zur Seite drängen würde, was man dagegen in Stellung hätte bringen können. Und warum auch hätte ich das sagen sollen: dass sie gerade mal zwanzig war, dass sie ihr Studium abgebrochen, dass sie kein Geld, keinen Rückhalt bei ihren Eltern, keinen Beruf hatte. Dass sie Nick erst ein gutes halbes Jahr kannte und seine Familie überhaupt nicht. Das wusste sie alles selbst. Mit welchem Recht hätte ich mich einmischen sollen?

»Ich weiß es erst seit zwei Tagen sicher. Der Arzt hat einen Schwangerschaftstest gemacht, ich war überfällig. Aber eigentlich sollte ich es noch niemandem sagen ... Ich bin ja noch ganz am Anfang. Viel zu früh, um die Nachricht rauszuposaunen. So richtig beabsichtigt war's nicht. Aber du kennst mich ja, ich nehm's oft nicht so genau. Ich hab die Pille manchmal am Morgen vergessen und erst Stunden später genommen, einmal hab ich es ganz verschwitzt.« Sie lächelte und hielt mir ihr Glas hin. »Gib mir noch einen Schluck. Ich will mit dir anstoßen!« Sie lachte laut, ihr altes, herausplatzendes, kehliges Lachen. »Auf das Baby! Und du wirst Patentante! Willst du?« Und leise: »Vielleicht hätte ich besser aufgepasst, wenn ich nicht so sicher wäre, dass wir für immer zusammenbleiben, Nick und ich. Und ... ein Haus haben wir ja schon.«

Dann sah ich Graig Ddu mit eigenen Augen, noch im September. Ravi hatte ein Auto, und wir fuhren zu viert nach

Wales hinauf, im Kofferraum prall gefüllte Rucksäcke und Taschen, um einige wichtige Dinge hinauf ins Haus zu schaffen – Werkzeug, Taschenlampen, Kerzen, Streichhölzer, einen Camping-Kocher und einen Dosenvorrat, Abfallsäcke, die wir dann gefüllt wieder mit hinunter- und wegschaffen wollten. Die Männer würden sicher zweimal den Weg hinauf- und hinunterwandern während dieses Wochenendes.

»Zelte brauchen wir nicht«, hatte Nick gesagt. »Man kann im Haus schlafen, das Dach ist nur an zwei Stellen leck.«

Wir parkten das Auto nahe der Straße. Bepackt wie die Esel zogen wir los, öffneten die Viehgatter, wie Jess es beschrieben hatte, und schlossen sie wieder hinter uns. Es kam mir vor, als ließen wir mit jedem Tor einen Teil der uns vertrauten Zivilisation hinter uns zurück, als tauchten wir mehr und mehr ein in eine Welt aus Gras, Buschwerk und Himmel. Einzelne Wolken zogen über uns hin, lautlos schien alles, nur das leise Rappschen der Rucksäcke war zu hören, die sich an unseren Anoraks rieben, und das metallische Klappern der Werkzeuge, wenn sie bei heftigeren Bewegungen aneinanderschlugen.

Wir gingen schweigend, Nick hatte die Führung übernommen und deutete nur manchmal mit der freien Hand auf einen Vogel oder eine Gruppe von Schafen, die uns die Köpfe zuwandten und unsere kleine Kolonne betrachteten. Der Weg kam mir sehr lang vor, ich fiel unter dem Gewicht des Rucksacks in einen langsamen, schweren Schritt, gleichmäßig und fast wie in Trance. Irgendwann blieb Nick stehen, setzte den Rucksack ab und deutete auf das Tal, das vor uns lag. Wir waren etwa eine Dreiviertelstunde unterwegs gewesen.

»Von hier aus könnt ihr zum ersten Mal das Haus sehen!«, sagte er und drehte sich zu uns um.

Ich sah in der Ferne die Bäume, die Jess beschrieben hatte, mächtige, hohe Laubkronen, und darunter, noch kaum zu erahnen, das Dach eines Hauses. Der Ausblick in das sanfte, weite, ansonsten baumlose Tal war überwältigend.

»Die Bewohner von Graig Ddu«, sagte Nick in die Stille hinein und zog Jess fest an sich, »sind die einzigen menschlichen Zeugen, wenn hier die Sonne auf- und wenn sie untergeht.«

Graig Ddu, aus Granit errichtet, ist das einzige Haus im ganzen Tal.

Die frühe Nachmittagssonne stand über uns und tauchte die Landschaft in warmes Septemberlicht. Das rötliche Violett der Erika begann schon die Hänge einzufärben. Wir standen und schauten, müde von der langen Fahrt, müde vom Aufstieg, und fühlten uns, als wären wir schon lange, lange fort aus der Welt, in der wir studierten, Underground fuhren, uns in der virtuellen Parallelwelt des Internets bewegten, in Supermärkten einkauften und uns in Pubs verabredeten. Plötzlich schien uns die Londoner Welt, in der wir so selbstverständlich lebten, irreal und fremd und dies hier als die »wahre Welt« – ein Stück des Planeten Erde, das Gesicht, das er sich an diesem Ort, beeinflusst nur durch Klima und Wetter, in Millionen Jahren selbst gegeben hatte.

Das machte uns still.

Ein Wohnhaus – zwei Räume ebenerdig, darüber drei Kammern unter dem Schieferdach. Eine Scheune. Ein Brunnen. Ein Plumpsklo in einem Holzverschlag. Zwei schadhafte Stellen im Dach, die mit neuen Schieferplatten ausgebessert werden mussten. Steinboden. Steinwände. Ein großer, offener Kamin mit Sims im Wohnraum, unbeschädigt. Zwei Fenster zerschlagen. Ein alter Spülstein im zweiten Raum, der Küche. Mitgebrachter Tee in der Thermoskanne. Brote, in London vor der Abfahrt belegt. Nach einer Pause gingen die Männer noch einmal los, wieder hinunter, mit leeren Rucksäcken.

»Solange wir Licht haben«, sagte Nick, »es wird schon ziemlich früh dunkel. Wir müssen vor Einbruch der Dunkelheit wieder hier sein, sonst finden wir den Weg nicht mehr.«

In Bala nach einem Glaser fragen, nach einem Dachdecker, der das ganze Dach überprüft. Fragen, wo man Holz zum Heizen beziehen kann. Bevor der Winter kommt, muss das Dach dicht sein, die Scheiben geflickt.

»Jess, du musst dich ausruhen. Du bist schwanger. Du hast zu viel getragen. Such dir ein Plätzchen im Gras und leg dich auf den Schlafsack.«

Jess und Nick hatten bei ihrem letzten Besuch den gröbsten Schutt hinters Haus gebracht – die Scherben der zerbrochenen Scheiben, Steinschutt, Holzabfall, altes Plastik, verrottete Töpfe mit Schimmel von uralten Essensresten. Der Kamin war noch voller Abfall.

Ich machte mich an den Kamin, dachte an die Abende, wenn man sich nach einem warmen Feuer sehnt. Die Wände, die Böden würde man mehrfach scheuern müssen. Dann irgendwann weißeln. Die Kammern oberhalb der zwei Räume – lieber nicht daran denken, was sich dort an Schmutz und Tierkadavern finden wird. Mäuse, tote Vögel, Getier, das durch die eingebrochenen Stellen im Dach gekommen ist, um im Haus Schutz zu suchen. Gab es hier Fledermäuse?

»Lass uns lieber die Böden angehen«, sagte Jessica, »statt

des Kamins. Für Feuer haben wir kein Holz, aber auf dem Boden müssen wir schlafen.«

Mit dem einen Putzeimer, den wir hatten, holte ich Wasser aus dem Brunnen, ich wollte nicht, dass Jess schwer schleppte, und dann gossen wir den Eimer über dem Boden aus und schrubbten das sandige, krümelige schwarze Schmutzwasser aus dem Haus hinaus, einmal, zweimal, dreimal. Dann mit Putzmittel dasselbe noch mal. Gewohnt waren wir das nicht. Wir bekamen Blasen an den Händen vom Stiel des Schrubbers, die Schultern schmerzten noch immer vom schweren Rucksack, und natürlich hatte ich mir beim Wandern eine Blase gelaufen. Aber als Jess sagte: »Komm, komm mit mir hinter das Haus!«, und wir Arm in Arm dastanden und dem Sonnenuntergang über dem Tal zusahen, verstand ich, was Jess und Nick suchten. Wir fühlten uns, als seien wir die ersten Menschen. Als entdeckten wir voller Erstaunen, dass es eine wärmende Sonne gibt, die sich in sinkendem Bogen über den Himmel bewegt und in einer grandiosen Symphonie von Farben versinkt.

Wir wurden unruhig, als es dämmerte. Wir hatten Sorge, die beiden Männer könnten zu spät unten von der Straße losgezogen sein und sich in der schnell zunehmenden Dunkelheit verlaufen.

»Sie haben eine Taschenlampe«, beruhigte mich Jess. Aber was nützt einem eine Taschenlampe auf einem Weg, den man nicht kennt und der kein richtiger Weg ist?

Doch Nick und Ravi schafften es mit dem letzten Licht zum Haus.

Nick lachte. »Die Nacht wird klar! Der Mond wird scheinen, ihr werdet sehen!«

Und tatsächlich schien der Mond und verwandelte uns und das Haus in geisterhafte graue Wesen in einer geisterhaften stillen Landschaft, und wir erschraken über unsere eigenen Stimmen und gingen hinein und zündeten Kerzen an, rückten dicht zusammen, dicke Pullover über den Jeans, und gruben im schwachen Kerzenlicht in den Rucksäcken nach unseren Essensvorräten.

»Ihr müsst vorher daran denken, was ihr später im Dunkeln braucht«, sagte Nick. Aber wir waren die Dunkelheit nicht gewohnt. Wir hatten schon als Kinder einfach auf den Lichtschalter gedrückt.

Die beiden Männer waren erfolgreich gewesen. In Bala gab es einen Glaser und auch einen Dachdecker, der schon seit Jahrzehnten Schieferdächer flickte und baute. Nick hatte sich die Telefonnummern notiert und wollte sie von London aus anrufen, um das Weitere zu vereinbaren.

Jetzt aber zog der kühle Nachtwind durch die kaputten Scheiben. Wir krochen früh in unsere Schlafsäcke, und ich hoffte inständig, dass ich nachts nicht aufs Klo musste.

Auch am nächsten Tag hatten wir ruhiges, sonniges Herbstwetter. Die Luft war wunderbar, warm und frisch zugleich.

»Gut, dass wir hier kein fließendes Wasser und keinen Strom haben«, meinte Nick. Seine Hände strichen zärtlich über die groben Steinwände aus schweren Granitbrocken. »Die Leitungen wären jetzt garantiert hinüber in einem Haus, das jahrzehntelang unbewohnt war. Da sparen wir uns viel Arbeit und Geld.« Er war in seinem Element und erinnerte uns mit einer gewissen Freude daran, wie zivilisationsverwöhnt wir waren mit unseren Vorstellungen von Wasser, das aus dem Hahn fließt, von Wärme, die man nur aufdrehen muss, und Licht, das jederzeit verfügbar ist. »Wir vergessen so leicht, wie abhängig wir schon sind von den scheinbar allzeit verfügbaren Waren und Informationen.

Hier lernt man wieder, aus dem Fenster zu schauen, um zu wissen, wie das Wetter wird, ganz ohne Wetter-App«, sagte er.

»Aber einen Herd wollt ihr schon?«, fragte Ravi, der die Zivilisation und ihre Errungenschaften sehr schätzte. »Oder wollt ihr nur auf dem offenen Feuer im Kamin kochen?«

Bevor wir aufbrachen und mit Abfall beschwert zur Straße und zum Auto zurückwanderten, nahm mich Jess an der Hand. »Kommt, ich zeige euch den Fluss! Wenn ihr nicht zimperlich seid, können wir noch ein Bad nehmen.« Und sie lief schon los, dem breiten Talboden zu, wo struppiges Gebüsch den Lauf des Baches nachzeichnete. Erst jetzt bemerkte ich, wie viel Farnkraut an den Hängen wuchs. Im Spätherbst würde es braun werden und mit dem Violett der Erika die Farben im Tal bestimmen.

Der Bach war quirlig und kühl. Ich bin keine Wasserratte und begnügte mich damit, die Hosen hochzukrempeln und über die dicken Steine zu laufen, die im Flussbett lagen. Das klare Wasser spritzte mir bis zu den Knien, und ja, das Gefühl von Frische und Weite und der Blick in den hohen, klaren Herbsthimmel war pure Freiheit. Ich glaube, wir fühlten es alle vier: Hier war etwas Schrankenloses, Unbegrenztes, hier gab es nichts außer den Gesetzen der Natur.

Wenn Jess Ende August/Anfang September schwanger geworden war, würde das Baby nächstes Jahr im Mai zur Welt kommen. Eine ideale Zeit, fand Jess, um nach Graig Ddu umzusiedeln. Bis dahin musste es möglich sein, das Haus instand zu setzen und mit dem Nötigsten einzurichten.

Sie brauchten tatsächlich einen Herd, wie Ravi angemahnt hatte, um die Küche heizen, Wasser erhitzen und kochen zu können. Und ein paar Möbel mussten auch hinaufgeschafft werden. Nick, ein ausgesprochener Gegner von Autos, hatte keinen Führerschein, Jess ebenso wenig. Ich konnte fahren, hatte aber noch nie einen Pick-up oder Möbelwagen gesteuert. Also fragte Nick eines Abends Ravi – es war Ende Oktober, vielleicht auch schon Anfang November –, ob er vielleicht mit ihm einen Rayburn ins Haus transportieren würde, sobald er einen guten gebrauchten gefunden hätte.

»Klar, das mach ich«, sagte Ravi, »wenn es noch in diesem Jahr stattfinden kann.«

»Wieso meinst du?«, fragte ich. »Bist du im nächsten Jahr nicht mehr da?«

Ich meinte das als Witz. Aber Ravi war plötzlich merkwürdig verlegen.

»Ich hab noch nicht mit dir darüber gesprochen, Ann, tut mir leid, dass Nicks Frage jetzt das Thema aufbringt, ehe ich mit dir reden konnte...«

Alle saßen wie erstarrt da. Nick, weil er ahnungslos in ein Wespennest gestochen hatte, Jess, weil sie großen Knatsch nahen fühlte, und ich, ich wusste nicht, wie mir geschah.

»Vielleicht besprechen Ravi und ich das erst mal allein«, sagte ich. Ich stand vom Tisch auf und ging in mein Zimmer, Ravi folgte mir.

»Lass uns rausgehen, Ann«, sagte Ravi.

Wir liefen über den Camden Market, ohne etwas wahrzunehmen, um uns ein Haufen Leute, Studenten, Touristen, ein Gedränge. Schließlich saßen wir uns in einer Kneipe gegenüber. Ich war wütend.

»Ich wollte in den nächsten Tagen mit dir darüber sprechen, Ann, wirklich. Aber ich musste selbst erst zu einem Entschluss kommen.«

»Ganz ohne mich! Wir haben ja auch nichts miteinander zu tun!«

»Nicht ohne dich. Aber ich wollte mir erst einmal klar werden über die Perspektiven. Mir ist eine Stelle in Mumbai angeboten worden, am CSMVS, dem Chhatrapati Shivaji Vastu Sangrahalaya Museum. Früher hieß es Prince of Wales Museum of Western India. Es ist eins der bedeutendsten Museen in Indien. Ann, das ist eine große Chance.«

»Und wo kommt das Angebot auf einmal her? Du lebst seit deinem zehnten Lebensjahr in London und bist noch nicht mal fertig mit dem Studium...«

Ravi zögerte. »Der jüngste Bruder meiner Mutter arbeitet dort. Er hat eine wichtige Position in der Museumsverwaltung. Es ist ihm wichtig, junge Leute aus dem Ausland wieder heim nach Indien zu holen, auch an sein Museum. Und du weißt, wie wenig gute Stellen es für Kunsthistoriker gibt.«

»Und es ist keine befristete Stelle, sondern eine Festanstellung.«

Er nickte.

»Und du fühlst dich mehr als Inder als als Engländer.«

»Ich weiß nicht«, antwortete er. »Ich bin beides. Aber ich habe meine Kindheit in Indien verbracht. Ich habe Sehnsucht nach Indien, ich merke das immer mehr. Etwas fehlt mir hier. Es ist so kalt hier, so nüchtern und oft so grau.«

»Und deine Mutter möchte, dass du nach Indien zurückgehst. Dass du lebst, wie man in Indien lebt. Und dass du sie später dorthin zurückholst.«

»Ja, das wünscht sie sich«, sagte Ravi und sah mich unglücklich an. Nicht, weil er unglücklich war, sondern weil er mich nicht unglücklich machen wollte.

»Und sie möchte auch, dass du eine Inderin heiratest, in Indien. So wie sie auch deine Schwestern verheiraten will.«

Er nickte wieder. Als wäre das normal. Fast selbstverständlich.

Ich schwieg, zornig, empört, enttäuscht. Ein Muttersohn. Er ist ein Muttersöhnchen, dachte ich, ohne einen eigenen Willen.

»Du hast noch keinen Abschluss«, sagte ich böse. »Du kriegst die Stelle über Beziehungen, ohne was vorzuweisen.«

»Ich kann mich in Mumbai einschreiben und dort abschließen. Ich muss mich auch noch besser in die indische Kunst einarbeiten. Bis dahin beschäftigen sie mich als Praktikanten und übernehmen mich nach dem Abschluss.«

»Und wo und wovon willst du leben in Mumbai?«

»Ich kann bei meinem Onkel wohnen. In Indien ist das so, die Familien sorgen füreinander.«

»Und für eine Frau ist auch schon gesorgt?«

Ravi schwieg. Genau bei dieser Frage schwieg er. War das nicht Antwort genug?

Ich merkte, wie mir die Tränen hochstiegen. »Du hast bei all deinen Überlegungen nie daran gedacht, ob ich vielleicht mitkommen will! Vielleicht wäre ich ja gern mit dir nach Indien gegangen. Wäre ja möglich gewesen. Für ein paar Jahre zusammen nach Indien, und dann hätten wir weitergesehen.« Ich stand auf, es war mir peinlich, dass ich zu schluchzen anfing.

Ravi schwieg noch immer.

»Aber das hast du gar nicht in Betracht gezogen! Die Rechnung kannst du bezahlen.« Ich nahm meine Tasche und zog den Mantel über. »Und sprich dich mit Nick wegen der Fahrt nach Wales ab. Ich will dich deswegen nicht noch mal sehen müssen.«

Ich kam nicht leicht über Ravi hinweg. Ich hatte mir zwar noch nicht sehr viele Gedanken über eine gemeinsame Zukunft gemacht, aber ich hatte sie immerhin für möglich gehalten. Und ich war sehr gekränkt.

Plötzlich empfand ich es als quälend, mit Jess und Nick zusammenzuwohnen, die mir, ohne es zu wollen, schmerzlich bewusst machten, wie schön es ist, ein Leben gemeinsam zu planen, die gleichen Ziele zu haben und den Wunsch, für immer mit einem anderen Menschen zu leben. Ich fühlte mich furchtbar allein.

Jess spürte das. Sie wollte nicht, dass ich mich ausgeschlossen fühlte, aber im Grunde war ich es. Nick hielt sich da raus. Liebeskummer war nichts, womit er sich beschäftigte. Er dachte lieber an das nächste Jahr und daran, dass er dann ein Atelier nach seinem Geschmack haben würde.

»Du bist stark und selbstständig«, meinte er bloß, »du kommst schon darüber weg.« Er nahm mich ganz gern mal in den Arm, aber nicht jetzt. Die emotionale Bedürftigkeit anderer Menschen mochte er nicht, vor allem, wenn es Frauen waren.

Nach einigem Hin und Her fasste ich den Entschluss, nach Frankfurt zurückzugehen.

»Aber wenn das Baby kommt, Ann! Dann brauch ich dich! Und du bist doch die Patentante!«, sagte Jess und sah mich bohrend aus braunen Augen an. Sie mochte keine Trennungen.

»Du weißt doch, dass ich eigentlich nur für ein Jahr hierherwollte. Du übrigens auch. Wenn du willst, könnte ich im nächsten Sommer zu euch kommen, in den Semesterferien. Mich irgendwo in eurer Nähe einmieten«, schlug ich vor.

»Das geht gar nicht. Es ist genug Platz in Graig Ddu. Nick«, rief sie in ihr Zimmer hinüber, wo Nick auf dem Bett lag und las, »sie wohnt doch dann einfach bei uns?!«

Er erschien in der Türöffnung, in seinen Mundwinkeln zuckte sein flüchtiges Lächeln, und seine dunklen Augen musterten mich.

»Klar«, sagte er.

An einem der nächsten Wochenenden fuhr Nick mit Ravi zum Haus. Sie hatten einen Transporter mit Vierradantrieb gemietet, mit dem sie den Herd, den Nick über eine Anzeige gefunden hatte, in Dolgellau abholen wollten. Gleichzeitig wollten sie beim Trödler in Corwen nach Betten Ausschau halten und nach ein paar anderen Dingen, die man nicht anders als mit dem Auto hinauf in die Einsamkeit bringen konnte.

An jenem Samstagmorgen klingelte Ravi nur unten an der Tür. Ich hatte mich in meinem Zimmer verkrochen.

Jess begleitete die beiden.

In meiner Erinnerung ist es so, als hätte ich das ganze Wochenende hemmungslos geheult. In Wirklichkeit hat es wahrscheinlich Pausen gegeben. Aber es gibt Zustände, da laufen einem einfach die Tränen runter, auch während man sich Spiegeleier brät oder Strümpfe anzieht oder man eigentlich die Zeitung lesen will. Ich bin ein ziemlich rationaler Mensch, vielleicht manchmal zu pragmatisch, aber keiner hat seine Gefühle immer unter Kontrolle. Damals jedenfalls zerriss es mir das Herz. Gut, dass sie alle weg waren. Ich wollte allein sein mit meinem Schmerz.

Manchmal gibt es keinen Trost, weil das, was man verliert, unersetzlich ist und es auch bleiben wird, egal, was nachkommt. Wie die erste große Liebe, die ich gerade verloren hatte.

Jess war völlig aus dem Häuschen, als sie aus Wales zurückkam.

Wir frühstückten in der Küche zusammen, ich noch mit ziemlich geschwollener Nase und verschwiemelten Augen. Ich war froh, dass sie mich nicht mitleidsvoll ansah, sondern in einer Wolke von Glück ruderte.

»Du kannst dir nicht vorstellen, was das ausmacht, wenn ein Herd im Haus ist«, sagte sie. »Der Rayburn macht erst richtig ein Haus aus dem Haus. Der ist riesig. Der wiegt mehr als eine halbe Tonne! Die Männer haben ganz schnell eingesehen, dass sie das zu zweit nicht schaffen, den hätten sie nie ins Auto gekriegt und wieder raus! Gott sei Dank wusste der Mann, der ihn uns verkauft hat, dass man ein ganzes System aus Planken und Rollen braucht, um das Ding zu bewegen. Und zu dritt haben sie es dann hingekriegt. Das war ein Transport, sag ich dir! Wir haben auch schon Holz hochgebracht und eine Gasflasche, damit wir kochen können. Ich sehe schon die heißen Töpfe auf dem Herd und das Brot im Backofen.«

»War's kalt im Haus?«, fragte ich.

»Eisig! Aber wir haben ja jetzt Betten. Du musst unbedingt mal mit zu dem Trödler, wo wir die Betten gekauft haben, da gibt es wunderschöne alte Sachen.« Sie sah auf ihren rundlichen Bauch. »Und die beiden Männer haben geschuftet wie die Tiere. Ich kann ja nicht mehr so im Mo-

ment. Den Rayburn haben wir zuerst abgeholt, dann, nachdem diese Geschichte erledigt war und wir den guten Mann, der uns gerettet hat, wieder nach Hause gefahren hatten, haben wir beim Trödler unser Ehebett ausgesucht und einen Tisch für die Küche mit drei Stühlen, jeder anders und jeder schön. Das tut's ja erst mal. Alles andere hat Zeit. Wir wollen nur wenige und schöne Dinge um uns haben. Sachen, die auch zum Haus passen. Nick ist da ganz streng.«
Sie wickelte sich fester in ihre Strickjacke.

»Jess, weiß deine Oma eigentlich, dass du schwanger bist? Und dein Vater?« Ich wollte sie das schon lange fragen, aber jetzt, wo sie dabei war, mit Feuereifer ihr eigenes Nest zu bauen, lag mir die Frage einfach auf der Zunge.

Sie goss sich Tee nach und schwieg.

»Hast du? Hast du's ihr geschrieben?«

»Ja«, antwortete sie gedehnt, »der Oma hab ich geschrieben, klar. Meinem Vater natürlich nicht. Warum auch. Als ich achtzehn wurde, hat mir die Frau meines Vaters geschrieben, dass ich doch sicher bereit sei, auf ein späteres Erbe zu verzichten. Ich hätte ja nie länger bei meinem Vater gelebt, und sie hätten ein gemeinsames Kind, das bei ihnen aufwächst und sie braucht.«

Wie sie dasaß, mit ihrem sanften Bauch. Zerbrechlich, dachte ich. So zerbrechlich. »Aber deine Oma. Freut sie sich? Will sie dich nicht sehen? Die will doch sicher Nick kennenlernen?«

Jess blickte zur Seite und rührte in ihrem Tee. »Sie findet das nicht so gut.«

»Was findet sie nicht gut? Dass du schwanger bist?«

»Alles findet sie nicht gut. Pass auf, dass es dir nicht geht wie deiner Mutter, hat sie geschrieben.« Sie fing an zu weinen.

»Aber was meint sie damit, Jess?«, fragte ich. »Dass du Nick eines Tages verlassen wirst, obwohl du ein kleines Kind hast?«

»Ja. Sie hat geschrieben, dass ich ja am eigenen Leib erlebt habe, wie das für ein Kind ist. Wenn eine Mutter sich hinreißen lässt von spontanen Gefühlen und Bedürfnissen und dann mit der Situation nicht fertig wird.«

»Aber du bist ja nur schwanger. Du bist ja gar nicht abgehauen.«

Sie wischte sich mit dem Handrücken die Tränen ab. »Aber sie meint, ich bin viel zu früh schwanger geworden. Erst viel zu kurz mit Nick zusammen, um zu wissen, ob es klappt. Und nachher, wenn man sieht, dass es nichts ist, hat man ein Kind und keinen Beruf.«

Ich fand es schwer, darauf zu antworten. »Okay. Aber das sind alles Annahmen. Die Oma kennt ja die Zukunft genauso wenig wie du.«

»Ich liebe Nick.« Die Tränen wurden heftiger. »Ich will das Kind. Ich will nach Graig Ddu. Es ist die erste richtige Heimat, die ich habe. Eine, die ich mir ausgesucht habe, zusammen mit Nick. Die Oma hat mich aufgenommen, um meiner Mutter zu helfen, nicht, weil sie mich wollte. Es wollte mich eben sonst keiner. Aber Nick will mich. Ohne Wenn und Aber. Mit Haut und Haar.« Sie sah mich an. »Weißt du, wie sich das anfühlt?« Sie lächelte unter Tränen. »Wunderbar fühlt es sich an. So schön, wie sich noch nie was angefühlt hat.«

Sie schnäuzte sich in die gebrauchte Papierserviette, die auf dem Tisch lag. »Nick und mich, uns trennt keiner.«

Wrexham, 16. Februar

Ich muss nach Hause. Das Institut hat gemailt. Sie brauchen eine Bild-Expertise von mir. Jeder von uns hat sein Fachgebiet, und das zu begutachtende Bild fällt in meinen Bereich.

Jessicas Zustand ist unverändert. Ich saß den ganzen Vormittag an ihrem Bett und redete mit ihr. Man sagt ja, dass Menschen wahrscheinlich auch im Koma hören können. Ich erzählte von früher, von den alten Zeiten in der WG. Ich wollte sie nicht mit Fragen beunruhigen, mit dem Versuch, etwas zu ergründen. Ich sagte ihr einfach, dass ich sie gern habe, dass sie meine beste Freundin ist.

Dann kam Nick dazu und brachte Amy mit. Wir haben mit den Ärzten gesprochen, die fanden es richtig, dass Amy sich selbst überzeugt, dass ihre Mutter nicht tot ist, nur zu schwach, um reden zu können.

Immerhin ist Jess nicht einfach verschwunden – ich glaube, es war gut für Amy, das zu sehen. Ich ging mit ihr spazieren, nachdem sie ihrer Mutter einen Kuss gegeben und ihr die Hand gestreichelt hatte. Amy erzählte, dass sie jetzt für die Hühner sorgen müsse, solange Jess nicht da ist, dass die Hühner sie jetzt brauchen. Für Jack sei Daddy zuständig, Jack sei es gewöhnt, immer neben Nick herzulaufen. Auf die Frage, ob sie mich gern in Zürich besuchen würde, sagte sie ganz ernst: »Das geht nicht. Ich kann Nick und die Hühner nicht allein lassen.«

Ich versuche, mich in Amy hineinzuversetzen: wie viel

Angst sie haben muss! Nick hat ihr gesagt, Jess sei sehr krank. Also können Eltern krank werden, so krank, dass sie nicht mehr mit einem sprechen, sich nicht mehr rühren. Amy muss jetzt auf Nick aufpassen, ihn vor etwas ähnlich Schrecklichem unbedingt bewahren. Sonst wäre sie ja ganz allein. Ach, meine kleine Amy, noch denkst du, du könntest das. An allem schuld sein und alles bewirken. Aber du hast keine Verantwortung für das, was deine Eltern tun. Und du hast auch keine Möglichkeit zu verhindern, dass sie tun, was sie tun.

Ich warte auf den Abflug, gleich wird das Boarding beginnen. Nick hat mich nach Manchester zum Flughafen begleitet, Amy hat er solange bei seinen Freunden gelassen. Wir haben nicht viel geredet während der Fahrt, aber es war gut, zusammen zu sein. Er brachte mich bis zur Passkontrolle, umarmte mich. Es ist ein schönes Gefühl, ich mag es, wenn er mich umarmt. Ich mag ihn überhaupt. Zum Schluss drückte er mir ein Buch in die Hand, und als ich es überrascht aufblätterte und sah, dass die Seiten handbeschrieben waren, sagte er: »Das ist ein Tagebuch von Jess, das ich im Haus gefunden habe. Ich dachte, ich gebe es dir. Sie hat es auf Deutsch geschrieben. Ich kann es nicht lesen.«

Ich kann es auch nicht lesen. Solange sie lebt, gehört es doch nur ihr. Und eigentlich auch danach.

Zürich, 18. Februar

Wieder zu Hause in Zürich. Merkwürdig, hier allein ins Bett zu gehen, aber mein Liebster wird erst in gut zwei Wochen von seiner Reise zurück sein. Ich war im Institut. Ein schönes Bild, das ich da begutachten soll. Es ist nicht signiert, und ich werde eine Weile brauchen, die künstlerische Handschrift einigermaßen einzuordnen und den heutigen Wert des Gemäldes einzuschätzen. Ich liebe meine Arbeit. Seit zwei Jahren arbeite ich jetzt für das Schweizerische Institut für Kunstwissenschaft. Es ist auf dem Gebiet der Forschung, Dokumentation, Wissensvermittlung und Dienstleistung im Bereich der bildenden Kunst tätig. Im Zentrum steht das Kunstschaffen in der Schweiz vom Mittelalter bis zur Gegenwart.

Von jeder Beziehung bleibt etwas Gutes, auch wenn sie scheitert – von der Beziehung zu Ravi ist meine Erkenntnis geblieben, dass mich die Kunstgeschichte mehr anzieht als die Anglistik. Aber ich übersetze auch hier und da kunsthistorische Texte aus dem Englischen ins Deutsche, Ausstellungskataloge zum Beispiel.

Auf meinem Schreibtisch zu Hause liegt Jessicas Tagebuch. Aber ich wage nicht hineinzusehen.

Nick hat versprochen, mich aus Wrexham regelmäßig auf dem Laufenden zu halten. In Graig Ddu gibt es kein Telefon, ich meinerseits kann Nick nicht anrufen.

Am besten kann ich, wie schon in Wrexham, meine

Unruhe besiegen, wenn ich von Jess, Nick und mir erzähle.

Als ich aus dem Institut nach Hause kam, hat es mich sofort an den Schreibtisch gezogen. Das Aufschreiben der Geschichte ist wie ein Faden, den ich zu Jess hinüberspinne. Es ist, als könnte ich sie so erreichen. Ich stelle mir vor, dass der Faden stärker wird, je länger und intensiver ich mich mit unserer gemeinsamen Zeit beschäftige, und ich hoffe, dass sie die Hand nach ihm austreckt und sich daran festhält.

Mein Entschluss stand fest, ich ging nach Frankfurt zurück. Ich kündigte mein Zimmer in der WG, und Peter, der keine Lust auf einen weiteren Wechsel hatte – er stand kurz vor dem Abschluss und wollte sich in Ruhe darauf konzentrieren – übernahm meinen Mietanteil. Sie würden also zu dritt in der WG weitermachen. Glücklich war ich nicht, London zu verlassen, aber zu viel erinnerte mich dort an Ravi. Außerdem würden Nick und Jess London auch bald den Rücken kehren. Die Vorstellung, dort allein zurückzubleiben, deprimierte mich mehr, als ich mir eingestand.

Kurz vor Weihnachten besuchte ich die beiden noch einmal in London, und Nick und ich fuhren sogar für zwei Tage nach Graig Ddu.

Es war noch stockdunkle Nacht, als wir aufbrachen. Jess kam diesmal nicht mit. Es war besser, wenn sie sich körperlich nicht mehr so anstrengte, und zum Herumsitzen im Cottage war es einfach zu kalt. Nick und ich wollten die Innenwände des Hauses ausbessern (an manchen Stellen war der Verputz brüchig geworden und abgefallen) und, wenn

Zeit blieb, vielleicht sogar die Küche weißeln. Mit einem von Freunden ausgeliehenen Auto und den notwendigen Maurer- und Malersachen im Kofferraum machten wir uns auf. Ich fuhr damals noch nicht lange Auto und musste mich auf den Verkehr konzentrieren, Nick hing seinen Gedanken nach; wir sprachen wenig.

Nach zwei, drei Stunden Fahrt wurde es endlich hell, langsam entspannte ich mich. Ich fand es schön, ein paar Stunden allein mit Nick zu verbringen.

»Wie lange träumst du schon davon, aufs Land zu ziehen?«, fragte ich, als die Straßen vor uns ländlicher und leerer wurden.

»Seit ich auf der Schule war«, antwortete Nick. »Schon sehr lange. Aber was mich umtreibt, ist nicht so sehr die Idee, aufs Land zu ziehen, es ist der Gedanke, in der Einsamkeit zu leben, in der Wildnis, wenn du so willst – wenn es noch Wildnis hier gäbe. Das bebaute Land – Felder, Äcker, Viehzucht – interessiert mich nicht. Ich möchte da hin, wo die Natur sich selbst überlassen ist. Wo wir uns der Natur anpassen müssen und nicht umgekehrt. Mich inspiriert die Einsamkeit, die Stille. Licht und Schatten. Ich bin fasziniert, wie das Licht hier von Minute zu Minute wechselt, wie alle Linien auf den Himmel zuführen, die Sanftheit der Hügel fasziniert mich, der darüber hinwandernde Schatten. Die Abgründe an Schatten, die sich auftun, in den Erdspalten, in den Talsohlen.« Er sah aus dem Fenster, nachdenklich.

»Jess ist ein Mensch, der Harmonie sucht. Viel mehr als du übrigens. Mich interessiert nicht nur das Helle, das Harmonische. Mich interessiert der Kontrast. Das Dunkle, Abgründige. Mit dem Licht allein kann man nichts anfangen...«

Mir gefiel, was er sagte, er hatte recht: Das Dunkle ist aus der Kunst nicht wegzudenken, sonst würde sie nur ein sehr blasses Licht erschaffen.

»Ich kann mir nicht vorstellen, dass ich davon je genug habe«, fuhr er fort, »von diesem Spiel des Lichts, das die Landschaft immer wieder neu erschafft. Keine Stimmung gleicht der andern, keine Farbe der vorhergegangenen. Und schau dir das an, wie schön der Winter ist mit seinen Weiß-, Grau- und Schwarztönen ... Lauter Bleistiftzeichnungen!«

»Wir sind da«, lächelte ich erleichtert, müde vom Fahren, und stellte den Motor ab. »Ich freu mich auf die Bilder, die hier entstehen werden. Reservier mir eins davon. Mindestens eins!«

Wir bepackten uns mit den schweren Rucksäcken und zogen los.

Die Tage waren kurz, wir mussten uns beeilen, wenn wir vor Einbruch der Dunkelheit noch was zustande bringen wollten.

Als wir an die Stelle kamen, wo man zum ersten Mal das Tal überblickt und in der Ferne die Baumgruppe erkennt, unter der sich das tiefgezogene Dach von Graig Ddu in den Hang drückt, blieb ich stehen.

So weit, so offen, so leer ist das Tal, dass man vor Glück oder Verlorenheit weinen könnte. Die Hügel, die das Tal zu beiden Seiten begrenzen, eine riesige Meeresdünung, breite Wogen mit runden Kuppen, eine weitflächig rollende, sich hebende und senkende See aus Stein. Mast und Segel, Wimpel des sich darin verlierenden, lächerlich kleinen Schiffchens: die Baumkronen, die das Haus beschützen vor fallenden, jagenden Winden.

Es hatte leicht geschneit. Unter dem zarten, unregelmäßigen Puderweiß sah das Braun der Erde an vielen Stellen hervor. Weiße und braune Linien zogen sich durch die Landschaft wie abstrakte Zeichnungen, die unbekannte Hände über die Hügel gezogen hatten.

Der Wind war rauer geworden, blies mir ins Gesicht und trieb mir Tränen in die Augen. Ich lief weiter, mit verschwommenem Blick, auf die dicken Granitmauern des Hauses zu.

Im Haus war es kalt, kaum wärmer als draußen. Mit steifen Händen schichteten wir im Ofen kunstvoll schmale Holzscheite übereinander, ein luftiges Zelt, das schnell Feuer fangen sollte, damit wir dickere Scheite nachlegen konnten. Der Herd war ein Segen. Wir hockten davor, beobachteten das Lodern, wärmten die Hände.

Dann gingen wir an die Arbeit, die Mützen über den Ohren, den Wollschal bis über die Lippen gezogen. An den Fenstern Eisblumen.

»Toll«, sagte Nick, »dass die Fenster geflickt sind und es nicht mehr durchs Dach schneien kann.«

Aber die dicken Wände waren durch und durch kalt, warm würde die Küche das ganze Wochenende nicht werden. Nur in der Nähe des Ofens tauten die Eisblumen an den Rändern der Fensterscheiben auf.

Ich arbeitete mit dicken Handschuhen, Nick auch.

»Du hast eine ganz rote Nase!«, lachte er und hauchte mir ins Gesicht, sein warmer Atem eine kleine Nebelwolke.

Der Brunnen war abgedeckt, trotzdem hatte sich eine dünne Eisschicht gebildet, die Nick aufhacken musste, um Wasser holen zu können. Es gab schon einen Wasserkessel, den füllte Nick und stellte ihn auf den Herd.

»Bald gibt es Tee«, sagte er, und ich wunderte mich über seine Ruhe – da war keine Ungeduld, keine Eile in seinen Bewegungen. Er hatte sich schon an den Winter angepasst, als wäre er ein Tier, dessen Herz in der Winterruhe langsamer schlägt.

Um vier war es dunkel. Nick entzündete die Paraffinlampe, aber arbeiten konnte man bei ihrem Licht nicht. Der Tag war vorüber. Wir schoben den Küchentisch und die Stühle nahe zum Ofen und machten weiße Bohnen in Tomatensauce warm. Das Campinggeschirr konnten wir vorwärmen, es war aus Blech, aber die Teller kühlten sofort wieder aus, und bis wir die Gabel im Mund hatten, waren die Bohnen nur noch lauwarm. Aber ich hatte einen Riesenhunger, und das Essen tat gut.

Um fünf war ich hundemüde, obwohl der Abend noch nicht einmal begonnen hatte. Was macht man ohne Licht in einem eisigen Haus? Am besten schlafen, aber die Betten standen im Wohnraum, und vor der Kälte dort grauste mir.

»Nick, können wir den Kamin anfeuern? Ist genug Holz da, um das Zimmer ein bisschen anzuwärmen über Nacht? Ich glaube, dann kriech ich einfach in meinen Schlafsack und versuche zu schlafen. Ich merke, dass wir um sechs losgefahren sind... War ein ganz schön anstrengender Tag.«

Nick sah mich amüsiert an. »Findest du?«

»Ja. Finde ich.«

»So richtig geeignet für hier oben bist du nicht, oder?«

Er hatte eine bemerkenswerte Art, mich schwach vor mir selbst erscheinen zu lassen, als wäre ich unfähig zu etwas, was andere ganz selbstverständlich können. War es mein Ehrgeiz, für das Leben hier oben geeignet zu sein? Eigentlich nicht, trotzdem trafen mich seine Worte.

»Du willst hier ja auch mit Jess leben und nicht mit mir«, entgegnete ich. »Wenn's dir recht ist, mache ich jetzt den Kamin an.«

Mit steifen Fingern versuchte ich, Feuer zu machen, aber

der Wind drückte auf den Abzug, und der Qualm, der sich im Zimmer ausbreitete, brachte uns zum Husten.

»Willst du die bösen Geister ausräuchern? Eigentlich würde ich das Holz lieber aufsparen, vielleicht komme ich noch ein paarmal her diesen Winter. Aber wenn du willst, schiebe ich dir das Bett in die Küche.«

»Und du hältst es aus, drüben in dem Eiskeller zu schlafen?«, fragte ich.

»Das werd ich ja sehen.«

Wir wuchteten eins der Betten in die Küche. Die Matratze war steif und frostig. Mir war ein Fingernagel abgebrochen. Es tat nicht weh und war nicht schlimm, aber ich merkte, dass ich mich scheute, es auch nur zu erwähnen. Ich hatte keine Lust, mit einer ironischen Bemerkung zur Zimperliese erklärt zu werden.

»Wie halten wir den Ofen über Nacht an? Habt ihr auch ein paar Kohlen oder Briketts raufgebracht?«

»Nein, aber du hast ja heute Nacht die Oberhoheit in der Küche«, er zeigte mit einem jungenhaften Grienen auf das Bett. »Leg ab und zu ein paar Scheite nach, dann halten wir die Glut schon am Glimmen bis morgen.«

Er öffnete die Haustür und trat hinaus. Durch eine Wolkenlücke schien der Mond. Die Spuren von Weiß leuchteten in der Landschaft, ein paar Sterne waren zu sehen. Aber die Wolken zogen schnell, schoben sich vor den Mond, das Lichtweiß erlosch, und es begann zu schneien.

Irgendwie schlief ich ein, eingemummt in alle meine Kleider und den Schlafsack. Aber mein Schlaf war nicht tief, meine Sinne waren in der ungewöhnlichen Situation wach und geschärft – ein altes Erbe der Menschheitsevolution. Manchmal knisterte und knackte die Glut im Ofen, dann erwachte ich aus halb verworrenen Träumen. Einmal stand ich auf und legte Holz nach, ein paar Funken stoben auf, als der Klotz auf die düsterrot glimmende Asche fiel. Ich nahm die Taschenlampe vom Tisch und folgte dem runden Lichtkegel zum Wohnzimmer – da lag Nick unter seinem langen Lammfellmantel.

Ein andermal wurde ich wach, als Nick in der Glut stocherte. Ich fuhr erschrocken hoch.

»Hey, hey«, flüsterte er beruhigend, »ich bin's nur.« Er tastete sich im Dunkeln zu meinem Bett vor, seine Hand suchte nach mir, legte sich vorsichtig auf mein Gesicht. Die Hand war rau, aber warm.

»Du brauchst ja nicht mal eine Taschenlampe«, flüsterte ich zurück.

»Nicht, um dich zu finden«, murmelte er. »Ist dir kalt? Soll ich dich wärmen?« Er saß auf dem Bettrand, seine Stimme schnurrte. Seine Hand glitt leicht über den Schlafsack. Dann lachte er leise auf. »Du machst dich ja steif wie ein Brett!«

»Schon gut«, sagte ich heiser, »ich friere nicht.« Und das war wahr, wenigstens in diesem Augenblick. Ich sehnte mich nach einer Berührung, nach warmer Haut, nach Sex. Ravi kam mir in den Sinn, Tränen stiegen mir in die Augen, liefen mir warm übers Gesicht. Nicks Hand spürte, dass mein Körper zu zittern begann, wanderte zu meinem Gesicht hoch, wurde feucht, glitt zurück und lag auf meiner Brust. Ich fühlte seine Hand durch alle Schichten hindurch, die seine Haut von meiner trennte. Noch heute ist die Erinnerung da, an diese unendliche Sehnsucht nach der Nähe eines anderen. Nick gefiel mir – wenn ich es vorher nur geahnt hatte, so sagte mein Körper es mir jetzt ganz deutlich –, aber es ging nicht um Nick. Es ging um die Bedürftigkeit, die jeder kennt, der schon mal frierend in seinem Bett gelegen hat. Und ja, der Körper ist ein leicht zu weckendes Tier. Eine banale Weisheit.

Es wurde und wurde nicht hell. Vor den Fensterscheiben wirbelten weiße Flocken. Langsam wich die Dämmerung einem milchig grauen, glanzlosen Licht. Das Muster der Eisblumen hatte sich wieder fest geschlossen. Nick versuchte die Tür zu öffnen, stemmte sich mit der Schulter gegen das Holz. Er brauchte Kraft, der Wind hatte den Schnee gegen die Schwelle und unter der Schwelle hindurch bis ins Haus hineingeweht und draußen Zentimeter auf Zentimeter zu einem Wall angehäuft.

»Wir können nicht lange hierbleiben«, sagte Nick. »Wenn es nicht aufhört zu schneien, müssen wir so bald wie möglich los, damit wir es bis runter zum Auto schaffen, ehe der Weg ganz vom Schnee verweht ist.« Er befeuerte den Rayburn jetzt heftig und setzte Wasser auf. »Wir müssen uns gut aufwärmen, ehe wir losgehen. Und die Thermoskannen mit Tee füllen.«

Plötzlich rissen die Wolken auf. Ein gespenstisch gelbes Licht fiel auf das Tal. Es hörte auf zu schneien.

Nick sah auf die Uhr und rührte noch einmal frischen Mörtel an, um die brüchigen Stellen zu füllen, die wir am Tag zuvor ausgekratzt und freigeschrubbt hatten.

»Wenn es so bleibt, können wir wenigstens noch ein paar Stellen ausbessern.« Er sah noch einmal auf die Uhr. »Zwei, drei Stunden, höchstens, dann müssen wir los. Weißeln kann ich im Frühjahr – das ist sowieso besser, dann trocknet die Farbe leichter. Hätte ich mir eigentlich gleich denken können, dass wir das zeitlich nicht schaffen und der Winter nicht die richtige Jahreszeit dafür ist.«

Ich sagte nichts. Aber auch er hatte noch einiges zu lernen im Hinblick auf das Leben in der Natur.

Die Rückfahrt nach London war grässlich. Es begann wieder zu schneien, der geliehene Wagen hatte keine Winterreifen, so was kennt man in Großbritannien nicht, und ich hatte Angst vor Glätte, abgesehen von der schlechten Sicht und der einsetzenden Dunkelheit. Ich schwitzte Blut und Wasser und war wütend auf Nick, der mich nicht ablösen konnte. Seinen Widerstand gegen alle Technik konnte er sich auch nur auf dem Buckel anderer erlauben. An sich schafft man die Strecke in etwa fünf Stunden, aber nicht bei solchen Wetterverhältnissen. Ich wollte Jess eine SMS schicken, damit sie sich keine Sorgen machte, aber der Akku meines Handys war leer, und ich hatte kein Ladekabel dabei. Es war tiefe Nacht, als wir in London ankamen, mir zitterten beim Aussteigen die Knie vor Anstrengung.

Wir hatten uns auf der Rückfahrt angeschwiegen, und in der Bonny Street verschwand ich sofort in meinem Zimmer.

Jess hatte Angst um uns gehabt und fiel Nick um den Hals, als wir reinkamen. Aber er war genauso müde wie ich und sagte nur: »Okay, wir sind ja wieder da. Lass uns ins Bett gehen, die Fahrt war der reinste Horror.«

Was er ihr am nächsten Tag über das Wochenende erzählte, weiß ich nicht. Vermutlich sparte er einiges aus.

Ich erzählte Jess nichts von Nicks Annäherungsversuchen, nichts von meinen Gefühlen, und auch nichts davon, dass das leise Fiepsen einer Maus mich plötzlich erschreckt und nach der Taschenlampe hatte greifen lassen. Nick machte eine ironische Bemerkung über meine angeblichen, doppeldeutigen Ängste, aber das war mir egal. Ich kroch aus dem Bett und leuchtete in alle Ecken. Die Maus hatte mich immerhin vor einer Torheit bewahrt.

Kurz darauf flog ich nach Frankfurt zurück. Ich vermisste Jess schon, bevor ich abgereist war.

»Kommst du zur Geburt?«, drängte Jess. »Du kommst doch, oder? Ich möchte so gern, dass du dabei bist.« Sie erwähnte mit keinem Wort, dass weder ihre Mutter noch ihre Großmutter ihr beistehen und das Kind in Empfang nehmen würde, dass sie auf niemanden aus ihrer Familie zählen konnte und mit ihrer Angst vor der Geburt allein war. Aber so war es, sie wusste es, und ich wusste es.

»Gib mir aber rechtzeitig Bescheid«, sagte ich, »nicht erst, wenn du schon im Krankenhaus liegst. Wenn, dann will ich schon richtig dabei sein. Und im Fall der Fälle: Nick ist ja auch noch da.«

Sie lächelte ihr etwas verlorenes Kinderlächeln.

Ich umarmte sie und küsste sie auf die Wangen. »Abgemacht?«

»Versprochen. Abgemacht.«

Als ich im Flugzeug saß, wusste ich schon nicht mehr, warum ich nicht in London weiterstudierte. Obwohl ich nicht zuletzt aus London weggewollt hatte, weil die Beziehung zu Ravi zerbrochen war, kam er mir nun in Frankfurt doppelt so häufig in den Sinn, auch wenn mich hier nichts an ihn erinnerte. Ich fühlte mich einfach allein. Erst jetzt merkte ich, wie sehr ich in der Beziehung mit Jess aufgehoben war, sie war für mich, das Einzelkind, die Schwester, die ich nicht hatte. Kann sein, dass ich eine ähnliche Rolle für Jess einnahm: Ann, die ältere Schwester, immer ein bisschen zu vernünftig, aber vielleicht doch eine Stütze, wenn es im jugendlichen Überschwang einmal nicht so gut ausging.

Eigentlich bin ich gar nicht so nüchtern, wie Jess mich

sieht, mein Studium, mein Beruf, ein selbstbestimmtes Leben waren mir nur immer sehr wichtig – auf eigenen Füßen stehen zu können. Jess dagegen schien mir immer so verletzlich, obwohl sie allen wie der Sonnenschein persönlich vorkam. Ich mochte sie gerade wegen dieser Zartheit und Verletzlichkeit, die unter der strahlenden Oberfläche lagen.

Mir wird erst jetzt langsam klar, dass ich von Anfang an das Gefühl hatte, ich müsse sie beschützen. Als sei sie gefährdet in ihrer Liebesbedürftigkeit, ihrer Bereitschaft, sich anzuschmiegen. Als verberge sich unter dem funkelnden Temperament, dem mühelosen, gewinnenden Charme des scheinbaren Glückskindes ein anderes, trauriges, verletztes Kind. Als müsse jemand aufpassen, dass sie sich selbst nicht verlor in ihrer ungestümen Begeisterung für andere. So richtig bewusst war mir das früher nicht, obwohl ich ihre Kindheitsgeschichte kannte. Erst jetzt, nach allem, was geschehen ist, denke ich immer wieder über diese zwei Seiten in ihr nach.

In der Zeit nach meinem vorweihnachtlichen Besuch in London telefonierten wir selten, blieben aber über SMS in Kontakt.

Ende April, Anfang Mai des folgenden Jahres ging ich auf eine Studienexkursion nach Frankreich, nach Chartres, und sah nur unregelmäßig meine Nachrichten auf dem Handy durch. Jessicas Geburtstermin war auf frühestens Mitte Mai angesetzt. Als ich zurück war, rief ich in London an.

Nick war am Telefon. »Jess hat versucht, dich zu erreichen«, sagte er. »Das Baby ist da. Es kam zwei Wochen zu früh. Jess geht es gut, dem Baby auch. Es ist ein Mädchen. Wir haben sie Amy genannt.«

»Ist Jess schon zu Hause?«, fragte ich.

»Nein, sie wird morgen entlassen.«

Ich fühlte mich schlecht, obwohl ich nicht schuld daran war, wie das Ganze jetzt abgelaufen war. Nun war sie doch allein gewesen. Nicht richtig allein, Nick war ja da. Aber ich hatte ihren Wunsch nicht erfüllt, und es war ein sehnlicher Wunsch gewesen. Ich wusste, ich hätte in diesem Moment ihre Familie sein sollen. Niemand kann die Liebe und Unterstützung, die ein Mensch in der Kindheit nicht erfahren hat, später ersetzen, so schien der Zufall böse sagen zu wollen.

Ich flog am nächsten Tag nach London und fuhr in die altvertraute Bonny Street.

Jess war blass. Die Geburt war nicht reibungslos verlaufen, Jess hatte viel Blut verloren und dreiundzwanzig Stunden in den Wehen gelegen, bis Amy endlich da war.

»Da bist du ja!«, sagte sie ohne Vorwurf in der Stimme und umarmte mich. Es wäre mir lieber gewesen, sie hätte mich ihre Enttäuschung spüren lassen, dass ich nicht wie versprochen an ihrer Seite gewesen war. Aber Jess nahm Verletzungen und Enttäuschungen so fraglos hin, als hätte sie nichts anderes verdient.

»Ich könnte mich ohrfeigen, Jess, dass ich auf diese Exkursion gegangen bin«, sagte ich. »Kinder kommen eben nicht auf die Minute wie die Straßenbahn. Ich hätte damit rechnen müssen, dass ein Baby auch früher kommen kann. Ich bin ein schlechter Omaersatz, Jess. Ich hoffe, ich bin wenigstens eine bessere Patentante.«

Jess lächelte und legte mir das Baby in den Arm. »Ist sie nicht süß?«

»Das süßeste Baby, das je geboren wurde«, sagte ich.

Im Sommer wollten Nick und Jess nach Graig Ddu umziehen. Wir verabredeten, dass sie auf mich warten sollten: Ich wollte, sobald das Semester in Frankfurt zu Ende war, beim Umzug helfen und dann auch noch ein paar Wochen bei ihnen bleiben, um Jess zu entlasten.

»Aber es sollen auch Ferien für dich sein«, sagte Jess und lachte, als ich nur die Augen verdrehte.

Es gefiel mir, dass wir gemeinsam Abschied von der WG nahmen. Auch Peter verließ unser kleines Haus in der Bonny Street nach seinem erfolgreichen Uniabschluss. Er hatte eine Stelle in Reading gefunden.

Jess konnte beim Umzug nicht viel helfen, sie war mit Amy beschäftigt, die gerade mal zwei Monate alt war. Nick war stolz auf seine Tochter. Lange hatte ich ein Foto im Portemonnaie, das ich noch in London von den dreien gemacht hatte. Nick hält darauf seine Tochter im Arm wie einen zerbrechlichen, aber auch etwas befremdlichen Schatz, Jess schmiegt sich an ihn und hält dabei Amys Händchen fest. Sie sieht sehr glücklich aus und hat die dunklen Augenschatten einer jungen Mutter, die nachts nicht durchschläft.

Zu meiner Erleichterung half auch Nicks früherer Wohngenosse und Freund Dave beim Umzug und fuhr den Mietwagen, der alles, was die beiden besaßen, nach Wales bringen sollte. Viel war es nicht, aber neben den wenigen Haushalts- und Einrichtungsstücken brauchten das Bettzeug, die fertigen Bilder, Leinwände, Farben, Malutensilien und die neu dazugekommenen Babysachen Platz. Im Supermarkt hatten wir eine Menge haltbarer Essensvorräte, Toilettenpapier und Pampers eingekauft, damit wir nicht gleich wieder vom Berg hinunter und in die Stadt mussten, um Nachschub zu besorgen. Nach und nach schafften Nick, Dave und ich alles hinauf. Wir hatten Zeit – wir waren ja in den Sommerferien.

Nick hatte in den Frühlingsmonaten die über Küche und Wohnzimmer gelegenen Kammern entrümpelt und von Unrat befreit. Sie sollten zu Schlafräumen werden. Während die Männer ein zweites Mal zur Straße gingen, putzte ich oben gründlich durch. Jess saß auf einem der Küchenstühle draußen in der Sonne, den Rücken gegen den warmen Stein der Hausmauer gelehnt, das Baby im Arm. Sie wirkte zufrieden und ein bisschen verloren zugleich, weil sie nirgendwo richtig anpacken konnte. Sie aß einen Apfel, und mit ihrem langen blonden Haar, der runden Stirn erinnerte sie mich an eine ländliche »Madonna mit Apfel«, die ich einmal an einer Kirche in Südtirol bewundert hatte.

»Geht's dir gut?«, fragte ich.

Sie nickte. »Wir werden glücklich sein hier oben, das weiß ich. In dieser Landschaft kann man nicht unglücklich sein. Ich kenne keinen unberührteren Fleck auf der Welt. Amy wird im Paradies aufwachsen, findest du nicht?«

Amy schlief, ihr Mund stand leicht offen, mit ihrem winzigen Händchen umklammerte sie einen von Jessicas Fingern. Zumindest dies war ein paradiesischer Moment.

Nick, das merkte ich in diesen Anfangstagen in Graig Ddu, war nicht, was man einen guten Handwerker nennt. Graig Ddu war das Haus seiner Träume, *so wie es war*. Es verkörperte seine *Idee* vom Leben in der Einsamkeit, vom Menschen, der in der Natur verschwindet und aufgeht – nicht sie beherrscht und ausbeutet. Die konkrete Beschäftigung mit dem alten Cottage stand für ihn nicht im Vordergrund, wie für andere, die sich mit Feuereifer an die Renovierung ihres Hauses auf dem Land machen. Er dachte nicht daran, das neue Domizil auch nur mit minimalem Komfort auszustatten. Er wollte in diesem Haus so leben, wie die Schäfer es vor Jahrzehnten und Jahrhunderten getan hatten.

Viele Menschen sehnen sich nach der Ursprünglichkeit eines solchen Lebens, kehren aber nach einigen Wochen gern wieder in die ihnen vertraute Zivilisation zurück. Nick wollte nirgendwohin zurück, er wollte Teil dieser Landschaft sein, ein kleiner, reflektierender und sich immer seiner Vergänglichkeit bewusster, lebender Organismus auf einem seit Millionen Jahren bestehenden und mit oder ohne Menschen weiterbestehenden Planeten.

Daves praktische Begabung war in diesen ersten Tagen ein Segen. Wir beschlossen gemeinsam – nicht ohne Jessicas und Nicks Einverständnis –, dem Haus ein Besucherbett und einen vierten Stuhl zu spenden. Nun schliefen Dave und ich zusammen im Besucherbett, nachdem wir in den ersten zwei Nächten zu fünft, inklusive Amy, im schon vorhandenen Doppelbett geschlafen hatten. Wir wollten die wenigen Tage, die Dave in Graig Ddu blieb und in denen das große Auto zur Verfügung stand, nutzen. Nick fand unseren Aktionismus zwar übertrieben und fühlte sich gestört dadurch, gab aber Jess nach, die wusste, dass ohne Auto und mit Baby jede Besorgung außerordentlich aufwendig werden würde.

Nick wurde versöhnlicher, als er beim Trödler einen geschnitzten Holzsessel mit hoher Lehne und Seitenlehnen fand, ein schönes Stück, mit Leder gepolstert, an dem er bald sehr hing. Jess und ich verliebten uns in altmodisches, versilbertes Besteck aus dem Londoner Kaufhaus Harrods und ein Geschirrservice aus Großmutters Zeiten.

»Wir können nicht ewig vom Campinggeschirr essen«, meinte Jess vorsichtig und wartete auf Nicks Urteil, das salomonisch ausfiel.

»Solange du nicht vierundzwanzig Leute fünfgängig damit bedienen möchtest, okay.«

»Wer kauft heute noch ein vierundzwanzigteiliges Service!«, argumentierte Jess dem Ladenbesitzer gegenüber und lächelte ihn so hinreißend an, dass niemand ihr eine Absage hätte erteilen können. Und so packten wir zufrieden die Hälfte des Prachtservices ins Auto.

Ich habe immer bewundert, wie gut Jess mit Menschen umgehen kann. Die Leute vertrauen ihr sofort; man hat einfach das Gefühl, man könne ihr alles sagen.

Sie selbst hat mit niemandem darüber gesprochen, warum sie nicht mehr leben wollte. Nicht einmal mit mir.

Zürich, 20. Februar

Nick hat sich gemeldet. Die Ärzte sagen, zwei Wochen könne es dauern, bis ein Mensch wieder aus dem Koma erwacht, der versucht hat, sich mit Schlaftabletten das Leben zu nehmen. Barbiturate haben eine lange Halbwertszeit, es dauert, bis der Körper die toxischen Stoffe wieder ausgeschieden hat, umso länger, je später die Rettungsmaßnahmen erfolgt sind ...

Es macht keinen Sinn, mit Nick über die Zukunft sprechen zu wollen, die keiner kennt. Es gibt jetzt nur die Gegenwart, unerträglich zäh fließende Zeit. Und den Versuch, die Hoffnung nicht zu verlieren.

Es drängt mich, in Jessicas Tagebuch zu lesen. Aber noch immer habe ich das Gefühl, als würde ich sie schon wie eine Tote behandeln, wenn ich das täte. Andererseits lässt mir der Gedanke keine Ruhe, man könnte vielleicht mehr für Jess tun, wenn man mehr über sie wüsste – zumindest, wenn sie zurückkommt aus ihrer Zwischenwelt, in der das tiefe Schweigen herrscht. Vielleicht hoffe ich aber auch nur auf Entlastung, als könnte mir das Tagebuch das Schuldgefühl nehmen, sie mit ihrer Verzweiflung allein gelassen zu haben. Die Vorstellung quält mich, vielleicht nicht genug auf Zeichen geachtet, Zwischentöne überhört, nicht dringlich genug nachgefragt zu haben. Vielleicht hätte ich mich viel stärker einmischen sollen letztes Jahr, als Nick mich anrief und um Hilfe bat. Sicher, ich bin hingefahren, aber ich habe die Situation nicht genug hinterfragt. Manchmal kann man sich nicht mit Diskretion herausreden, mit dem Argument, man dürfe sich nicht zu sehr in anderer Leute Angelegenheiten einmischen. Freundschaft ist auch eine Verpflichtung.

Was macht Nick mit seinen Schuldgefühlen? Ich weiß nicht, ob er sie überhaupt ins Bewusstsein vordringen lässt. Er sagt immer wieder fassungslos und fast verbittert: »Ich verstehe nicht, wie Jess das tun konnte.«

Aber er war doch jeden Tag mit ihr zusammen. Man muss doch Veränderungen an einem Menschen bemerken, dem man so nahe ist. Es kann doch nicht sein, dass es keine Voranzeichen gibt!

Trotzdem ist die Frage jetzt müßig. Selbstanklagen kreisen ja wieder nur um die eigene Person. Aber verstehen möchte man schon, was geschehen ist.

Im ersten Sommer in Graig Ddu war es jedenfalls, wie Jessica vorausgesagt hatte: paradiesisch.

Dave fuhr drei, vier Tage nach unserer Ankunft mit dem gemieteten Wagen nach London zurück, und es war, als hätte er alles mitgenommen, was normalerweise den Takt des Alltags vorgibt.

Später, nach meinem Sommer in Graig Ddu, versuchte ich, noch eine Weile so ähnlich weiterzuleben. Aber damit kommt man nicht weit, nicht in der Welt, in der die meisten von uns sich aufhalten.

Der Sommer in Wales hat lange Tage, und die Abende bleiben hell bis nachts um elf. Ist der Himmel wolkenlos, badet das Tal in Sonne.

Das Wetter war in jenen Wochen ungewöhnlich schön. Ein freundlicher Empfang für die kleine Amy, aber auch für Nick und Jess.

Nick stand früh auf, oft schon um fünf. Die Scheune, die sein Atelier werden sollte, zog ihn magisch an. Er wollte die rohen Granitwände im Inneren unverputzt lassen, aber ehe er dort seine Staffelei aufstellen und arbeiten konnte, mussten der Boden und das Dach ausgebessert werden. Außerdem hielten die blind gewordenen Fensterscheiben zu viel Tageslicht zurück. Und das Tageslicht brauchte er zum Malen. Ehe er neues Glas einsetzen konnte, machte Nick einfach das Fenster auf.

Als Erstes aber holte er am Morgen zwei Eimer Wasser, damit der Tag im Haus beginnen konnte, und feuerte den Herd an. Wir wuschen uns mithilfe der Waschschüssel über dem Spülstein, machten Wasser für Amy warm und kochten Tee.

Amy schlief noch nicht durch. Aber sie gewöhnte sich schnell daran, von mir herumgetragen zu werden, und Jess konnte tagsüber ein Nickerchen machen, wenn die Müdigkeit sie überfiel.

Wir lebten draußen, ohne Uhr und ohne Plan. Der Akku meines Handys war schon lange leer. Amy gab mit ihrem Hunger den Takt vor. Wenn Jess sie gestillt hatte, schlief sie ein, und wir lagen ebenso träge im Gras, sahen in den Himmel und dösten dabei selber ein. Wir aßen, wenn wir Hunger hatten (und kochten sehr einfach), lasen oder erkundeten zusammen die Umgebung. Am Nachmittag begleitete uns Nick auf unseren Spaziergängen. Wir liefen durch das hohe, harte Gras zum Fluss, hielten die Beine in das sprudelnde, über die Steine gluckernde Wasser und beobachteten die Vögel. Oft konnte man Bussarde sehen, die weit oben ihre Kreise zogen und plötzlich pfeilgerade auf ihre Beute herabstießen.

Wir vergaßen, die Tage zu zählen und nach dem Wochentag zu fragen, ein Tag glich dem anderen, und während wir auf Grashalmen bliesen und wie zu Kinderzeiten das Geschrei des Hahns nachmachten, abends bei Kerzenlicht am Kamin saßen, uns die Augen beim Lesen verdarben oder über den Tag sprachen, verging die Zeit, ohne dass wir es bemerkten.

Die Morgen waren frisch, Tau lag auf allem, ich fror und wickelte mich in meine dicke Strickjacke, wenn ich zum ersten Mal in der Frühe vors Haus trat und zum Klohäuschen ging. Ebenso war es am Abend. Wenn die Sonne schwächer wurde, fing ich an zu frösteln und brauchte dicke Socken. Aber das Schauspiel, das die Sonne bot, wenn sie hinter den Hügeln versank – und das sie nur für uns aufführte, die wir in Decken gewickelt auf einer Holzbank saßen –, war unbeschreiblich. Keine Farbe, die der Himmel nicht angenommen hätte: von rosa überhauchtem Apricot bis zu tiefstem Violett, von Hellblau über ein kaltes Gelb zu einem unwirklichen, transzendenten Grün.

Ich muss unbedingt die Fotos suchen, die ich damals noch ganz altmodisch mit meinem alten Fotoapparat gemacht habe. Sie bezeugen, wie glücklich Jess – wie glücklich wir alle – damals waren. Ich will sie unbedingt das nächste Mal Amy zeigen. Sie wird sich wundern, wie klein sie einmal war.

Im Haus blieb es trotz der sommerlichen Tage kühl. Die dicken Mauern hielten im Winter dem Sturm stand, aber sie erwärmten sich in der warmen Jahreszeit nur langsam. Es gab Stellen im Haus, wo sich das Essen wie im Kühlschrank, ja wie in einer Eistruhe hielt, selbst im August. Erst kurz bevor ich abfuhr, waren die Mauern so aufgewärmt, dass Nick im Schatten des Hauses ein Loch als Kühlgrube aushob.

Irgendwann ging uns das Essen aus. Jess wollte unbedingt mit in die Stadt, Amy im Tragetuch. »Ich brauch mal wieder Trubel«, sagte sie, »Kaffee und Kuchen oder ein Bier im Pub. Einmal durch alle Läden und den Charity Shop durchstöbern. Guck nicht so, Nick, ab und zu muss ich unter die Leute! Wir kennen ja noch gar niemanden hier.« Sie zwinkerte mir zu, steckte mir ihre hochhackigen Sandaletten in den Rucksack und kramte nach ihrem Lippenstift.

Nick und ich füllten unsere Rucksäcke mit schmutziger Wäsche, Jess machte einen Einkaufszettel.

»Schreib Batterien auf«, sagte Nick, »für das Radio, und wir brauchen Chemikalien für das Klo.«

»Und Kerzen«, ergänzte ich. »Streichhölzer haben wir noch. Aber Anmachhölzchen für den Rayburn, hörst du?«

»Ich möchte so selten wie möglich nach Bala runter«, sagte Nick und machte den Rucksack zu. »Ein Einkauf in der Woche sollte für das Nötigste genügen.«

»Aber was ist das Nötigste?«, fragte Jess. »Ich möchte auch mal eine Flasche Wein hier oben mit euch trinken! Oder auch allein, wenn ihr zu asketisch für so was geworden seid.«

»Wenn du Geld hast und sie trägst...«

Ich sah Nick ungläubig an.

»Doch«, sagte er. »Das meine ich so.«

Der Weg zur Straße. Eine gute halbe Stunde über Stock und Stein. Unten: warten, dass jemand uns mitnimmt, möglichst gleich bis nach Bala. Jessicas blondes Haar leuchtet wie eine Fahne, die den Fahrern »Halt« signalisiert. Sie sind enttäuscht, dass ein ganzer Pulk inklusive Baby mitwill.

Der Lastwagenfahrer, ein junger, gutaussehender Kerl, schäkert mit Jess. Sie lacht unbekümmert über seine Witze.

Nick, Amy im Arm, schaut stur geradeaus.

Er sieht seine Frau nicht gern mit anderen Männern, dachte ich nicht zum ersten Mal.

Der erste Weg in Bala: zum Waschsalon. Später werden wir die Sachen sauber wieder auf den Berg schleppen. So wird es für die beiden auch später bleiben, sommers wie winters, Jahr für Jahr.

Jess flippte aus vor Begeisterung, wieder mal an einem Ort zu sein, wo man Leute trifft. Bala hat immerhin viertausend Seelen. Sie hatte ihre hochhackigen Sandalen angezogen (ich sah, dass sie die Fußnägel lackiert hatte) und blieb vor jedem Laden stehen. Im Charity Shop kaufte sie für vier Pfund ein seegrünes Sommerkleid mit Schleifchen am Rücken, und im Café begann sie sofort ein Gespräch mit der Frau, bei der wir Kaffee bestellten.

»Ich möchte gleich zwei Tassen!«, sagte sie. »Ich hab so lange keinen Kaffee getrunken! Und bitte noch einen Donut, ja, den mit dem rosa Zuckerguss. Arbeiten Sie schon lange hier? Wir sind gerade erst hergezogen, nach Graig Ddu. Wir kommen jetzt sicher jede Woche zu Ihnen, wenn wir hier einkaufen. Sind Sie aus Bala ...?« Sie plauderte für zwei mit ihrem deutschen Akzent. Die Frau, die mit den anderen Gästen Walisisch sprach, fand Jess vielleicht gerade deshalb nett. Es ließen sich zwar auch Engländer hier nieder, und im Sommer gab es viel Tourismus, aber man pochte doch auf den Unterschied. Wales ist nicht England.

Der Supermarkt hatte alles, was auf unserem Zettel stand.

Aber vorher zog es Nick in den Buchladen. Wir blieben solange draußen stehen.

»Lesen ist im Moment nichts für mich«, lachte Jess und hob das vor Freude glucksende Baby hoch in die Luft. »Ich schlaf schon ein, bevor ich das Buch nur aufgeklappt habe...«

Drinnen im Laden hatte sich Nick in ein Gespräch mit der jungen Buchhändlerin vertieft.

Jess sah gutmütig durch die Scheibe. »Wenn es um Bücher geht, ist er einfach in seinem Element. Fast wie beim Malen. Das Hobby muss man ihm lassen. Nick, sieh mal!«, rief sie, als er aus dem Geschäft kam. »Da drüben gibt es ein Kino! In der alten Town Hall. Wie toll! Da gehen wir das nächste Mal hin.«

»Ich hüte dann das Baby«, sagte ich.

Jess knuffte mich in die Seite. »Das Baby nehmen wir doch einfach mit!«

Wir mussten eine ziemliche Weile warten, bis wir am Nachmittag jemanden fanden, der in unsere Richtung fuhr und uns mitnahm. Der Aufstieg von der Straße erschien mir ewig lang. Wein hat ein ziemliches Gewicht.

In dieser Nacht schlief Amy zum ersten Mal durch, und wir gingen lange nicht ins Bett. Wir brieten Lammkoteletts mit Kartoffeln und tranken Wein dazu, Jess war ausgelassen und verliebt, Nick hielt sie stolz im Arm.

»Wir könnten heiraten, solange Ann noch da ist«, meinte er plötzlich. »Mit Ann als Trauzeugin.«

»Ist das ein Heiratsantrag?«, fragte Jess zögernd.

Wir hatten nie darüber gesprochen, was Jess vom Heiraten hielt, ob es für sie eine Formalität war oder ihr im Gegenteil sehr viel bedeutete. Keine Ahnung, ob das zwischen Nick und ihr schon öfter ein Thema gewesen war, aber ich glaubte, ein kleines Zögern bei Jess zu spüren.

»So richtig heiraten, mit Stempel und Papier, meinst du? So auf immer und ewig und bis dass der Tod...« Jess schwieg einen Moment. Sie war plötzlich ganz ernst geworden.

»Jess, nun tu doch nicht so. Dass wir zusammengehören, wissen wir seit dem ersten Tag.«

Und als sie Nick immer noch fast erschrocken ansah, lachte er laut auf und sagte: »Nun schau nicht so. Das gibt Geld! Dann kannst du die Einbürgerung beantragen, und wir kriegen *family allowance*. Wovon sollen wir denn sonst leben?«

Am 27. August – ich weiß das Datum noch heute – heirateten Nick und Jess. Jess trug das neue seegrüne Kleid mit den kurzen Ärmeln und den Schleifchen auf dem Rücken, Nick hatte Amy auf dem Arm. Ich wusste gar nicht, dass er ein Jackett hatte, aber er trug eins. Der Standesbeamte machte Jess ein Kompliment, und es war wahr: Sie leuchtete vor Glück.

Es war richtig feierlich. Dave war aus London gekommen, er war der zweite Trauzeuge. Danach gingen wir in den Pub, luden auch den Standesbeamten zum Essen ein und bestellten das Beste, was sie auf der Karte hatten.

Ein paar Tage zuvor hatten Nick und ich noch einen Zusammenstoß gehabt. Ich war davon ausgegangen, dass er seine Eltern zur Hochzeit einladen würde und dass Jess vielleicht ihre Oma dabeihaben wollte.

»Meine Eltern?« Nick schien überrascht, fast aufgebracht. »Meine Heirat hat doch mit meinen Eltern nichts zu tun!«

Der Satz kam so harsch heraus, dass mir der Atem stockte.

»Aber Eltern freuen sich im Allgemeinen, wenn ihre Kinder heiraten«, erwiderte ich. »Sie nehmen gern daran teil.«

»Ehrlich gesagt, ist es mir gleich, ob meine Eltern sich über meine Heirat freuen.«

Ich war wirklich konsterniert. »Aber irgendwann wird Jess sie doch kennenlernen! Die Hochzeit wäre ein schöner Anlass. Ohne deine Eltern gäbe es dich nicht und die Hochzeit auch nicht.«

Nicks Gesicht verschloss sich. Er hatte eine dunkle Seite, vor der man sich fast fürchten konnte.

»Ich glaub nicht, dass meine Oma käme«, mischte sich Jess ein. Sie musste wieder abwiegeln, weil sie Streit nicht aushielt.

»Und wie ist es mit deinen alten Freunden aus Manchester?« So schnell gab ich nicht auf. Ich hatte mich darauf versteift, dass es ein Fest geben sollte, und regte mich auf, als ginge es um meine eigene Hochzeit.

»Warum soll Jess Leute kennenlernen, die nicht einmal ich mehr sehe? Ich wüsste nicht, warum das jetzt dringlich sein sollte, nur weil Jess und ich heiraten.«

Ich weiß nicht, aber ich hätte mir für Jess ein Fest gewünscht.

Vor meiner Abfahrt kam das Gespräch noch einmal auf Nicks Familie. Diesmal bekamen wir keinen Krach. Wir saßen abends zusammen und sprachen über Amy, das einzige Kind im ganzen Tal. An diesem Tag hatte Amy zum ersten Mal richtig gelacht.

»Hast du eigentlich Geschwister?«, fragte ich Nick.

»Hab ich«, sagte er zu meiner Überraschung. »Einen jüngeren Bruder, Robin. Er ist vier Jahre jünger als ich. Automechaniker in der Nähe von Manchester. Ich hab ihn immer beneidet.«

»Und wieso?«

»Weil er so normal ist. Weil alles in seinem Leben normal ist.«

»Heißt das, du findest dich nicht normal?«, fragte ich verwundert.

»Ich meine damit«, erwiderte Nick, »dass ich eine Frühgeburt war, ein schwächliches Kind einer kranken, schwächlichen Mutter. Ich weiß nicht, wie oft und wie lange ich in den ersten Jahren meines Lebens im Krankenhaus war, in Heime verschickt wurde, wo mich die Seeluft stärken und heilen sollte. Wo ich das Pflegepersonal hasste und den Besuch meiner Eltern vermisste. Die andern Kinder bekamen Besuch, meiner Mutter ginge es zu schlecht, ließ mein Vater ausrichten. Mein Vater hatte einen harten Job und verdiente nicht viel. Da macht man sich nicht besonders viele Gedanken über den seelischen Zustand von Kindern. Dafür hat niemand Zeit. Es gab größere Probleme als das Heimweh von Kindern, die man zur Erholung geschickt hatte.«

Jess griff anteilnehmend nach Nicks Hand.

»Als ich über den Berg war und nach Hause kam, muss mir meine Mutter wie eine Fremde vorgekommen sein. Und mein Vater schämte sich, einen so mickerigen Sohn zu haben.«

»Das weißt du doch gar nicht!«, rief Jess. »Vielleicht konnte er seine Zuneigung nur nicht zeigen.«

»Oh doch, das weiß ich. Weil es bei ihm auf Muskeln ankommt. Er ist Hafenarbeiter, an schwere körperliche Arbeit gewöhnt. Kraft, das ist es, was zählt. Er hat doch nichts

Rechtes mit diesem Sohn zustande gebracht. So ein empfindliches Kind, das lieber allein zu Hause liest und mit Buntstiften malt, statt mit den andern Fußball zu spielen. Das immer gleich in Atemnot gerät mit seinem Asthma.«

Das kurze Lächeln in seinen Mundwinkeln.

Jess drückte seine Hand an ihre Wange und schmiegte sich hinein. »Von deinem Asthma spürt man kaum noch was, und hier oben wird es ganz verschwinden.«

Das mit Nicks Asthma war mir ganz neu. Ich hatte noch nie etwas davon bemerkt. Überhaupt sah man ihm nicht im Geringsten an, dass er mal ein schwächliches Kind gewesen war.

»Ich kann mir einfach nicht vorstellen, dass mein Vater auch nur das geringste Interesse für mich und mein Leben aufbringt«, fuhr Nick fort. »Ich hab ihn immer als hilflos im Umgang mit mir empfunden, schon als Kind. Ich dachte immer, ich bin es nicht wert, sein Kind zu sein. Ein peinlicher Sohn. Ein Sohn, auf den man vor den Kollegen nicht stolz sein kann. Ich weiß nicht, wann ich zum ersten Mal die Idee hatte, dass ich gern irgendwo in der Wildnis leben würde oder wenigstens in einer wilden, unberührten Gegend. Irgendwann gegen Ende der Schulzeit wahrscheinlich.« Jetzt lachte er. »Und, natürlich, als ich *Robinson Crusoe* las…«

»Und dein Bruder?«, fragte ich. »Du hast doch einen Bruder gekriegt.«

»Mein Bruder … Meiner Mutter ging es gesundheitlich besser, als sie mit meinem Bruder schwanger war. Diesmal konnte sie die Schwangerschaft und das Baby genießen, diesmal wollte sie alles nachholen, was sie vorher nicht gehabt hatte. Ich war zwar ihr erstes Kind, aber eigentlich hatte sie kein Baby gehabt, sie hatte ja kaum was von mir mitbekommen. Mein Bruder war kräftig, schrie viel, schlief wenig, war wild. Ein richtiger Junge eben. Er nahm sich von meiner Mutter, was er brauchte. Er hielt sie auf Trab. Da blieb für mich nicht mehr viel übrig. Mein Vater war stolz auf Robin, nahm ihn überall mit hin. Mich hat er nie so vorgezeigt.«

Jess hatte sich eng an Nick geschmiegt.

»Aber dafür hast du jetzt mich«, sagte sie zärtlich. »Ist das nichts?«

»Das ist was«, sagte ich und legte einen Scheit Holz im Kamin nach. »Nick muss der glücklichste Mann auf der Welt sein.«

Das meinte ich, wie ich es sagte. Wenn ich ein Mann gewesen wäre, hätte ich mich auch sofort in Jess verliebt.

»Das bin ich auch«, erwiderte Nick, ohne die Stimme dabei zu heben, mit entwaffnender, absoluter Selbstverständlichkeit.

Ich habe die Fotos hervorgekramt, auch die, die Dave gemacht hat. Da stehen wir vor dem »White Lion« in Bala. Wir sind jung, ausgelassen und braungebrannt. Nick hält Amy in die Kamera, als wollte er sagen: Und das ist erst der Anfang!

Ich habe immer noch die ganz kurzen Haare – auf einen Blick erkennbar: die Londoner Zeit. Und ich habe – große Seltenheit – ein Kleid an. Ich bin eher der sportliche Typ, flacher Busen, Hosenfigur. »Ihr seid das ideale Gegensatzpaar«, sagt Nick. »Jede wird durch die andere in ihrer Eigenart noch schöner.« Na ja. Vielleicht hat er recht in dem Sinn, dass Gegensätze sich anziehen. Jess hat das Kleid damals für mich ausgesucht, mit sicherem Blick, was mir stehen könnte, im

Charity Shop, wo sonst. »Das muss jetzt einfach sein!«, hat sie gesagt. Ein richtiges Sommerkleid, hellblau und weiß gemustert. Ich trage flache Sandalen. Wie selbstverständlich Jess sich auf ihren High Heels bewegt, habe ich immer bestaunt.

Dave muss sie unheimlich sexy gefunden haben, jedenfalls hat er sie in allen Posen fotografiert. Nick ist auch auf den Fotos, aber Daves Blick durch die Linse hat ihn zur Seite gedrängt, dorthin, wo man ihn mit der Schere einfach aus dem Bild schneiden kann. Das fällt mir aber erst jetzt auf.

Es ist für Nick sicher nicht leicht, dass Jess so gut ankommt – nicht nur bei Männern, bei allen Menschen. Nick ist viel introvertierter. Man muss seine Qualitäten erst entdecken. Mag sein, dass er sie auch mehr versteckt. Als könnte man ihn sonst nicht nur seiner Kreativität, sondern auch seiner menschlichen Eigenschaften berauben.

Als ich am Ende der Sommerferien abfuhr, fiel mir der Abschied von Graig Ddu schwer. Graig Ddu, dieses Wort umfasste Jess, Nick, Amy, unsere Freundschaft, es bedeutete Sommer, Licht, Wolken, Erde und den Fluss, der durch das Tal holpert. Es benannte Unberührtheit, Stille und eine Gegenwart, die sich selbst genug ist. Dieses Tal war seit Menschengedenken so gewesen und würde es, das hofften Nick und Jess, auch so bleiben. Es veränderte sich nur im Wechsel der Jahreszeiten. Die Sommer mochten einmal wärmer, ein anderes Mal kühl und verregnet sein, die Winter härter und schneereicher im einen, mild und trocken im nächsten Jahr. Stürme konnten sich im Tal jagen oder pausenlose Nieselregen die Erde zu dickstem Schlamm aufweichen – im Grunde wiederholte sich alles, und die Menschen im Tal, ein Teil der ewigen Wiederholung, wuchsen heran, wurden älter und starben. Für das Tal machte es keinen Unterschied.

Graig Ddu stand für das alte Haus – Cottage und Scheune, ins Tal geschmiegt wie eine Gruppe versteinerter Schafe, hingeduckt unter tiefgezogenen Dächern, fast unsichtbar auf halbem Weg zur breiten Talsohle. Graig Ddu ist das Tal selbst, so weit, so offen, so leer. Und über allem der Himmel mit seinem Farbreichtum, den zu malen Nick nicht müde wird – ein lebenslanger Versuch der Annäherung an das Spiel von Schatten und Licht.

Nick und Jess brachten mich bis hinunter zur Straße. Nick half mir, mein Gepäck zu tragen, Jess hob Amys runden, sommerbraunen Babyarm und winkte mit dem Patschhändchen, das nicht wusste, worum es ging, tschüss, ade. Bye-bye, bis zum nächsten Mal.

Ein freundlicher Farmer nahm mich mit nach Bala.

Eine lange Reise lag vor mir. Ich verließ das Paradies und kehrte in die Welt zurück.

Ich wollte in Frankfurt endlich mein Studium abschließen und tat das im darauffolgenden Jahr. Aber nach meiner Rückkehr aus Wales, wo mir der in ungestörter Dunkelheit überwältigend glitzernde Nachthimmel eine Ahnung von Ewigkeit vermittelt hatte, kamen mir die Stadt und mein eigenes Leben unbedeutend und oberflächlich und bei aller Betriebsamkeit langweilig vor. Ich wusste in der Welt der Computer, Tablets, Smartphones, der allgegenwärtigen Konsumangebote, Börsenkurse und Weltnews nicht mehr recht, wo ich hingehörte, wie und wo ich leben wollte. Eine Weile trieb mich sogar der Gedanke um, nach Wales zu ziehen, in Jessicas und Nicks Nähe; ich würde vielleicht von Übersetzungen leben können. Aber das blieben vorübergehende Träume. Der Schritt war mir zu groß, und im Grunde wusste ich, ich war nicht der Mensch für ein solches Leben. Ich hatte der Einsamkeit und der Übermacht der Natur nicht genug Stärke entgegenzusetzen, um mich in ihr zu behaupten. Und es fehlte mir der Pioniergeist, mit dem Jess sich in das neue Leben stürzte.

»Wir haben jetzt viel Wind«, schrieb Jess Ende September aus ihrem ersten Wales-Herbst, »und nach dem trockenen, warmen Sommer ist man überrascht, dass es überhaupt länger als einen Tag regnen kann. Ich hatte vergessen, wie das ist: einen um den anderen Tag aufzuwachen vom Plätschern des Regens, hinauszuschauen und einen tief hängenden grauen Himmel vorzufinden. Die Erde rund ums Haus ist völlig aufgeweicht, der letzte Schrei in diesem Herbst sind ganz eindeutig die Gummistiefel! Du solltest mich sehen, wenn ich nachts raus aufs Klo muss – mit der Taschenlampe und in Ölzeug wie ein walisischer Fischer auf See. Vor allem im Sturm ein Erlebnis! Wir müssen jetzt tagsüber heizen und versuchen, den Herd über Nacht nicht ausgehen zu lassen, damit die Temperatur nicht in den Keller fällt. Vor allem wegen Amy – Nick und ich werden uns schnell an tiefere Temperaturen im Haus gewöhnen. Alles Anpassungssache! Sagt Nick. Hoffentlich hat er recht.
Übermorgen kommt das Holz für den Winter. Ein paar Meilen von hier gibt es ein Sägewerk. Den Holzabfall kann man billig kaufen: Mit fünfhundert Pfund für Heizkosten kommt man hin pro

Jahr, heißt es, wenn man sehr sparsam ist. Etwas Kohle brauchen wir aber auch, für nachts. Das Holz verbrennt zu schnell, damit können wir den Rayburn nicht bis zum Morgen anbehalten. Und ihn brauche ich am dringendsten, er ist das Herz des Hauses – wie soll ich sonst kochen, Badewasser für Amy wärmen, heizen?

Amy macht riesige Fortschritte. Sie lacht den ganzen Tag und beginnt, sich auf dem Bett hin- und herzurollen. Das macht ihr einen Heidenspaß, und ich bin glücklich, dass ich so viel Zeit für sie habe. Wie spannend das ist! Und wie rasend schnell kleine Kinder sich entwickeln. Jeden Tag kommt etwas Neues hinzu.

Nick und ich, wir führen beide Tagebuch. Er schreibt auf, was sich in der Natur tut, was wir rund ums Haus und im Tal beobachten können, ich halte fest, was Amy macht. Kein Tag ist wie der andere. Und jeder ist ausgefüllt – mit (viel) Arbeit und neuen Erfahrungen.

Es ist unheimlich spannend, die Jahreszeiten endlich mal hautnah zu erleben. In der Stadt spürt man sie ja kaum noch. Wir müssen erst lernen, uns auf die jeweiligen Bedingungen einzustellen. Und wir haben viel zu lernen, das ist mal sicher.

Nick hat einen Schuppen gebaut, für das Holz, Werkzeuge usw. Du hättest ihm beim Schuppenbauen zusehen sollen! Ein *handyman* ist er nicht, eher ein Philosoph des ländlichen Lebens. Er hat des Öfteren sehnsüchtig zu seinem Atelier hinübergesehen. Aber der Schuppen ist wichtiger als alles andere. Das Holz muss trocken gelagert werden, sonst wird es im Winter nichts mit dem Heizen. Nick hat sich in Bala Rat geholt, wie man so ein Ding überhaupt baut. Gott sei Dank sind die Leute hier sehr nett. Man ist aufeinander angewiesen und hilft sich gegenseitig. So entstehen Freundschaften, zumindest gute Nachbarschaften – auch auf Entfernung. Die Baufirma in Corwen hat das Material für den Schuppen mit dem Pick-up hier raufgebracht. Bis Nick nur die richtigen Werkzeuge hatte! Einer der Bauarbeiter hat ihm dann über ein Wochenende geholfen. Ein bisschen Geld nebenbei verdienen – das können hier alle gebrauchen.

Nick ist so glücklich hier oben, ich kann dir gar nicht sagen, wie. Es ist, als sei er für dieses Tal geboren. Er bewegt sich darin wie ein Blinder in seinem Zuhause. Selbstverständlich und erstaunlich sicher. Ich hab das Gefühl, er kennt hier schon jeden Stein und jedes Grasbüschel. Er streift stundenlang durchs Gelände, am Nachmittag, wenn er zu malen aufhört. Das Bild, an dem er gerade arbeitet, wird dir gefallen. Ein Sommerbild vom Tal. Er hat es angefangen, als du noch hier warst. Die Sonne ist schon untergegangen, aber das Licht ist noch da, der Himmel noch blau, während die Schatten im Flusstal schon tief und dunkel werden.

Apropos dunkel: Die Tage sind schon sehr kurz. Schade. Ich liebe die langen, hellen Abende.

Ich vermisse dich, Ann, unsere gemeinsamen Stunden am Kamin. Und ich würde gern mal wieder eine Tour durch Bala mit dir machen. Nur wir zwei. Du weißt schon: in jeden Laden!! Aber immerhin gibt es die Hoffnung, bei unserem wöchentlichen Ausflug nach Bala im Internetcafé eine Mail von dir vorzufinden. Ich werde dir eher Briefe schreiben – die Zeit in Bala ist knapp, wir müssen immer so viel erledigen – da hab ich einfach nicht die Ruhe, dir ausführlich zu antworten. Zu Hause ist das anders. Ohne Strom entdeckt man zwangsläufig wieder andere Formen, sich mitzuteilen. Übrigens, wir haben in der Stadt auch ein Postfach. Briefe sind sehr willkommen. Die kann ich, im Gegensatz zu den Mails, mit nach Graig Ddu nehmen und immer wieder lesen. Rate, was mir lieber ist…

Kurz darauf kam ein weiterer Brief. (Wie froh ich bin, dass ich die Briefe aufgehoben habe.)

Das Holz ist da! Das Sägewerk hat die Fuhre mit einem Anhänger hier raufgebracht. Stell dir das vor: ein Lastwagen voller Holz! Vor unserem Haus!
Im Sägewerk verarbeiten sie die Baumstämme zu Vierkantbrettern. Der Rest wird als Brennholz verkauft, also die Rinde mit dem Holz der Rundung, die wegfällt. Riesenlange Teile, die zu handlichen Stücken zersägt werden müssen. Unmöglich, das allein zu schaffen, und eine Kettensäge haben wir nicht. Wir haben inzwischen mitgekriegt: Wenn das Holz kommt, braucht man viele Hände und macht am besten ein jährliches Fest daraus, wie beim Schlachten!

›Unser‹ Bauarbeiter kam wieder (wir haben uns inzwischen angefreundet), zwei Aussteigerpärchen aus der Gegend, die wir in Bala kennengelernt haben (sie bringen wie wir ihre Wäsche in den Waschsalon), und der Mann der Bäckersfrau, die du aus dem Tea Room kennst. Ich habe am Tag vorher einen Riesentopf Suppe gekocht, und dann haben die Männer gesägt und die Frauen die Scheite im Schuppen aufgeschichtet. So ein einzelnes Stück Holz ist ja nicht besonders schwer, aber in der Masse geht dir das Schleppen in den Rücken. Am Abend liefen wir rum wie alte Frauen, laut ächzend und mit krummem Buckel. Von den Blasen will ich gar nicht sprechen. Dabei haben wir Handschuhe getragen wie die Bauarbeiter. Na, die Männer waren auch nicht besser dran. Trotzdem – oder auch gerade weil wir alle miteinander schufteten und stöhnten – war das Ganze ein Fest. Das Wetter hielt sich, beide Tage. Alle schliefen hier oben, nach reichlich Bier und Wein am Abend (jeder hatte was zu trinken mitgebracht). Die andern können beim Holzmachen ab sofort natürlich auch auf uns zählen.
Wenn ich jetzt im Schuppen Holz hole, bin ich voller Stolz. Das haben wir uns im Schweiß unseres Angesichts angeeignet. Ein tolles Gefühl! Wenn ich dieses Holz verheize, ist mir sehr bewusst, was ich tue. Neben den Rindenscheiten gibt es auch Klötzchen, Abfälle von den gesägten Brettern. Die haben keine Arbeit gemacht, aber an ihnen hängt auch nicht mein Herz.
Kaum war die Holzfete vorbei, wurde es richtig

kalt. Die Ladung kam gerade rechtzeitig – well done!

Wir wissen jetzt auch, dass einmal in der Woche ein Bus unten auf ›unserer‹ Straße nach Bala fährt – morgens hin, nachmittags zurück. Wir stellen uns unten an die Straße und winken, dann hält der Bus und nimmt uns mit. Die Fahrer kennen uns mittlerweile. Weil der Bus donnerstags fährt, machen wir immer dann unsere Einkäufe. Ich liebe das Ritual: Laundry, Kaffee trinken, mit Leuten quatschen, einkaufen, Wäsche abholen, heim.

Und dann die Logistik des Rucksackpackens. Nick hat eine wahre Meisterschaft darin entwickelt. Unten die schweren Sachen: Batterien für das Radio und die Taschenlampen (großer Verbrauch!), Seife, Putzmittel, Kerzen, Chemie fürs Klo, Kartoffeln, Salz, Mehl, Zucker, Nudeln, Reis, Käse, Gemüse, Obst. Eier in die Seitentaschen, Kanister mit Brennstoff für die Paraffinlampen in die Hand. Das ist Nicks Job, ich hab Amy. Obwohl, sie ist schon ganz schön schwer. Irgendwann wird Nick sie tragen müssen. Wenn ich den Rucksack schleppen muss, gibt es weniger zu essen.

Inzwischen treffen wir in Bala immer jemanden, den wir schon kennen. Ich liebe die Schwätzchen auf der Straße, in den Läden, im Café. Du kennst mich ja. Nick würde am liebsten die ganze Zeit im Buchladen verbringen. Er stöbert alle Neuerscheinungen durch und findet, dass Meryl unglaublich viel von Literatur versteht. Glaub ich sofort. Vor allem ist sie aber auch sehr hübsch: zart, weiße Haut, Sommersprossen. Ich mag sie. Ganz anders als ich ist sie ein ziemlich zurückhaltender Mensch, aber wenn sie in Form ist, kann sie sehr witzig sein. Vielleicht kommt sie bald mal zu Besuch nach Graig Ddu. Würde mich freuen. Aber keine Angst, meine beste Freundin bleibst du.

Übrigens ist es gut, dass der Bus am Nachmittag nicht so spät zurückfährt – wegen der Dunkelheit. Im Winter müssen wir nämlich vor vier Uhr nachmittags zurück, sonst ist es finster, und man findet den Weg nur noch mit Taschenlampe. Klingt nach Abenteuer, oder? Du kannst es aber auch romantisch haben: Bei Mondschein geht es auch – wenn der Mond scheint!

Mit den Leuten, die wir kennen, verabreden wir uns immer donnerstags in Bala, wie sollten wir's auch sonst machen ohne Telefon und E-Mail. Außerdem brauchst du immer einen Plan B. Bei Sturm, heftigem Regen oder Schneefall können wir nicht runter und die andern nicht zu uns rauf. Also musst du gleich abmachen: Wenn das Wetter zu schlecht ist, dann ... Und was abgemacht ist, das gilt dann auch. Ich denke manchmal daran, wie unverbindlich man doch wird, wenn man jederzeit anrufen oder SMS schreiben und Treffen nach Lust und Laune verschieben kann.

Aber davon abgesehen, Ann, was ich auch begriffen habe: Man kann in Wales nicht ohne wetterfeste Kleidung raus. Unten an der Straße liegt ein Stück Betonröhre. Da haben wir immer Gummistiefel und Regensachen drin für den Fall, dass das Wetter umschlägt. Damit man wenigstens einigermaßen trocken heimkommt. Und glaub mir, Wetterumschwünge gibt's. Und gar nicht selten!

Jess und ich schrieben uns in unregelmäßigen Abständen. Ich war das Briefeschreiben nicht mehr gewohnt und ärgerte mich manchmal, dass wir uns nicht schnell und unkompliziert eine Mail schicken oder uns anrufen konnten. Jess versuchte, mich ab und zu von Bala aus anzurufen, aber meist erwischte sie nur die Mailbox meines Handys.

Im Frühling des folgenden Jahres schloss ich mein Studium ab, ging auf Arbeitssuche und fand schließlich eine Praktikumsstelle in einem Verlag.

Monate später, Anfang Dezember, kam Nick zu einem kurzen Besuch nach Frankfurt. Ein Studienfreund von mir, Wolfgang Kreidel, der in Darmstadt eine kleine Galerie besaß, wollte auf meine Anregung hin eine Ausstellung mit Nicks Bildern machen, und die beiden wollten sich bei mir treffen. Jess blieb mit Amy in Graig Ddu. Eigentlich hatte sie mit nach Deutschland kommen und ihre Großmutter besuchen wollen (um sich mit der Oma zu versöhnen und ihr doch endlich ihre Urenkelin zu zeigen), aber Amy war erkältet, und Jess wollte sie nicht mit der langen Reise strapazieren.

Meine Wohnung war – passend zu meinem Gehalt – winzig. Ebenso das Sofa, auf dem ich während Nicks Besuch schlafen wollte.

»Quatsch«, sagte Nick, »du musst doch nicht aufs Sofa

wegen mir. Das ist doch viel zu klein. Für die zwei Nächte wird es schon gehen zusammen in deinem Bett. In Graig Ddu hast du ja auch mit Dave in einem Bett geschlafen.« Er sah mich ironisch und ziemlich herausfordernd an.

Hätte ich seinen Vorschlag abgelehnt, hätte es ausgesehen, als würde ich Nick verdächtigen, sich gleich auf mich stürzen zu wollen und als traute ich mir selber nicht über den Weg.

Ich hatte eine ziemlich schlaflose Nacht und war froh, dass Nick noch schlief, als ich früh am Morgen aufstand und zur Arbeit ging. Er wollte über Mittag Wolfgang treffen, ich kam abends dazu.

Die zwei mochten sich auf Anhieb und hatten schon beschlossen, dass Wolfgang im kommenden Sommer nach Graig Ddu fahren sollte, um sich Nicks Bilder im Original anzusehen und sie im Auto für die geplante Ausstellung mitzunehmen. Beide waren bester Laune, der Abend war entspannt und Nick fröhlich wie selten. Endlich bekam er die ersehnte Anerkennung. Beide fanden mich an diesem Abend großartig – Wolfgang, weil er durch mich einen neuen, vielversprechenden Maler entdeckt hatte, Nick, weil ich ihm diesen Kontakt verschafft hatte. Jedenfalls flirteten sie beide schamlos drauflos mit mir. Ich genoss es. An diesem gemeinsamen Abend mit Nick wurde ich neugierig auf Wolfgang. Ganz unerwartet entstand zwischen uns ein angenehmes erotisches Flirren. Nick war nicht begeistert darüber, seine Stimmung verdüsterte sich zusehends. Ich könnte nicht sagen, ob es ihn störte, dass er nicht mehr im Mittelpunkt des Gesprächs stand, oder ob es ihm missfiel, dass Wolfgang und ich uns füreinander interessierten. Jedenfalls schoss er plötzlich quer.

»Hast du eigentlich mal wieder was von Ravi gehört?«,

fragte er ganz plötzlich, und als ich ihn entgeistert ansah, weil ich mit Wolfgang gerade über eine Ausstellung im Frankfurter Städel sprach, sagte er beiläufig zu Wolfgang: »Ihr englischer Freund. Er war auch schon in Graig Ddu.«

»Er ist nicht mehr mein Freund«, widersprach ich gereizt. »Was redest du da?«

»Okay, dein Exfreund«, entgegnete er mit einem ironischen Lächeln, »wenn dir die Unterscheidung wichtig ist. Aber deshalb könnt ihr doch trotzdem voneinander gehört haben.«

»Haben wir aber nicht.«

Der blödsinnige kleine Satz von Nick verdarb mir die gute Stimmung. Ich hatte mich – gegen meine Natur – sehr impulsiv von Ravi getrennt und mich lange mit dem Gedanken gequält, ob eine andere Reaktion vielleicht zu einem anderen Ausgang der Geschichte geführt hätte. Was trieb Nick dazu, gerade jetzt die Erinnerung daran heraufzubeschwören? Ich fand nicht mehr zu meiner guten Laune zurück, Nick ebenso wenig, und der Abend endete ziemlich abrupt.

»Komm doch mit, wenn ich nach Wales fahre«, sagte Wolfgang, der Nick und mich bei unserem kurzen Wortwechsel nur erstaunt beobachtet hatte.

»Warum nicht?«, sagte ich. »Gute Idee.«

Schon in der Tür setzte er hinzu: »Kann ich dich bald mal anrufen? Wir könnten doch zusammen in die Städel-Ausstellung gehen?«

Nach diesem Abgang verfielen Nick und ich in Schweigen. Ich nahm es Nick immer noch übel, dass er Ravi erwähnt hatte. Er wusste genau, wie schwer ich über die Geschichte weggekommen war und dass ich seither keinen festen Freund mehr gehabt hatte. Ich verliebe mich nicht so leicht. Auch in dieser Hinsicht wünschte ich mir manchmal, ich könnte volle Segel setzen wie Jess. Aber Wolfgang gefiel mir ganz gut, immerhin.

»Das mache ich!«, sagte ich schließlich in die Stille des Zimmers hinein, in der Hoffnung, Nick damit eins auszuwischen. »Ich komme mit Wolfgang zu euch. Er ist super, findest du nicht?«

»Ich finde es super, dass er meine Bilder ausstellt. Komm her...« Er zog mich in seine Arme. »Hast du noch nicht bemerkt, dass ich ein eifersüchtiger Mensch bin? Ist doch ein Kompliment für dich.«

Nick kann einen sehr schön umarmen. So als hätte er schon Beute gemacht, ließe sie aber jederzeit großzügig wieder los.

»Nein«, sagte ich. »Ist es nicht.«

»Komm, wir gehen ins Bett!«, sagte er obenhin, und wieder überließ er es mir zu entscheiden, was er damit meinte.

Ich holte eine Wolldecke aus dem Schrank und warf sie aufs Sofa.

»Wozu brauchst du die denn?« Er strich sich eine dunkle Strähne aus dem Gesicht, das kurze, aufblitzende Lächeln in den Mundwinkeln.

»*Du* brauchst die. Weil du hier auf dem Sofa schläfst.«

Meine Reaktion schien ihn zu amüsieren. »Okay«, sagte er und ging ins Bad.

Aber auch allein in meinem Bett schlief ich schlecht ein. Ravi, Wolfgang und Nick gingen mir im Kopf herum. Ich war traurig und wütend. Wartete ich darauf, dass Nick doch noch zu mir kam, irgendwas sagte, unter meine Decke kroch? Vielleicht. Er tat es nicht. Das war gut so. Aber meine Verwirrung blieb.

Man legt sich nicht so gern Rechenschaft ab über Gefühle, die man besser nicht haben sollte. Es gehört sich nicht, den Mann der besten Freundin zu begehren. Ich bin ganz dieser Meinung. Aber gleichzeitig hasse ich Verdrängung. Ich finde es feige, nicht hinzusehen auf das, was in mir vorgeht. Ich wollte immer wissen, wo ich stehe, was mich antreibt. Warum ich etwas tue oder lasse. Und ich gestand mir ein: Nick gefiel mir. Jess und ich, wir hatten ihn in derselben Minute zum ersten Mal gesehen. Ich hatte ihn neugierig beobachtet, Jess sich ohne Zögern verliebt und entschieden. Wie er. Sie gehörten zusammen. Natürlich würde ich das nicht antasten. Aber es ist wahr, ich hätte in dieser Nacht gern mit ihm geschlafen. Nick spürte das. Es ist schmeichelhaft, von mehreren, von vielen begehrt zu werden. Er genoss es und spielte damit. Es lag bei mir, wie ich damit umging. Es war gut, sich das klarzumachen. Mein Ärger auf Nick war verraucht.

Ich schlief dann doch noch gut in dieser Nacht.

Dass ich dann doch nicht wie verabredet mit Wolfgang ausging, kam so: Ich verkrachte mich mit dem Verleger des kleinen Verlagshauses, in dem ich arbeitete, und fasste dabei einen Entschluss, der mein Leben ziemlich veränderte.

Während des Streits, der sich im Besprechungszimmer des Verlages zutrug, starrte ich immer wieder grimmig auf eine Fotografie an der Wand, die ich schon früher bei den oft endlosen Diskussionen am runden Tisch eingehend studiert hatte. Das Bild zeigte ein antikes Fresko, einen nackten Schwimmer, der von einer Mauer in ein Gewässer springt. Am Gestade des Wassers, dem Springer gegenüber, steht ein Baum, der sich ihm entgegenzuneigen scheint, als wollte er ihn zum Sprung ermutigen. Der Mensch, ein Mann, schwebt in vollkommener Harmonie und Eleganz zwischen Himmel und Wasser, kopfüber, die Arme voraus, den Kopf jedoch erhoben, voller Aufmerksamkeit für das, was geschieht. Unter dem Bild stand *Tomba del Tuffatore, Museo Archeologico Nazionale, Paestum*. Ich sah den Mann auf dem Bild, wie er da ohne Angst ins Wasser sprang, und mir wurde klar, dass ich wenigstens einmal in meinem Leben spontan, ohne Abwägen und Nachdenken und vorsorgliche Bedenken handeln musste.

Ich kündigte. Sofortige Freistellung war die Antwort. Benommen von der überraschenden Wendung des Gesprächs verließ ich das Zimmer. Aber während ich meine Sachen zusammenräumte und ging, stand mein Entschluss fest. Ich hob auf der Bank fast alles ab, was noch auf dem Konto war, rief meine Mutter an, um ihr zu sagen, dass ich auf eine Reise ginge, gab Wolfgang Bescheid, ich sei am verabredeten Tag verhindert, und buchte einen Flug nach Neapel. Bevor ich mir eine neue Stelle suchte, wollte ich die griechischen Tempel von Paestum und den geheimnisvollen Springer mit eigenen Augen sehen.

Es war keine vielversprechende Reisezeit. Als ich losflog, war es nachtschwarz draußen, und als wir in Neapel landeten, empfing mich nasskaltes und trübes Dezemberwetter – nicht gerade das, was man sich von Neapel vorstellt. Ich fuhr in die Stadt. Überall blinkten müde oder in hektischer Eile die farbigen Lämpchen geschmückter Weihnachtsbäume, armselig hing das von Wind und Regen gezauste Lametta von Büschen und winterlich kahlen Bäumen. Ich stand auf der Piazza Garibaldi vor dem Bahnhof und fragte mich, was ich hier wollte. Fast hätte ich auf dem

Absatz kehrtgemacht und wäre mit der nächsten Maschine zurückgeflogen. Aber dann fiel mir der Springer ein, den ein Künstler vor zweieinhalbtausend Jahren auf einen Grabdeckel gemalt hatte. Hätte er mitten im Flug Angst vor dem Unbekannten bekommen, würde er eine ziemlich lächerliche Erscheinung abgeben.

In der Bahnhofsbar brannte ein einsames elektrisches Heizöfchen, die Heizdrähte glühten infernalisch rot. Ich trank einen Espresso und aß einen mit Vanillecreme gefüllten Cornetto. Die Vanillecreme lief mir über die Finger, die Papierservietten waren wie immer in italienischen Bars zu winzig und zu glatt, und als der Mann an der Bar sah, wie ich mich abmühte, lächelte er gutmütig und schob die Serviettenbox zu mir herüber. Und da auf einmal entspannte ich mich. Es war, wie es war, Dezember eben. Weit oben im Norden saß jetzt Jess wahrscheinlich am Küchentisch, vor sich eine Tasse Tee, Amy auf dem Schoß, und fand es so dunkel und trübe wie ich auch. Aber während sie in ihrem Leben angekommen war – so jedenfalls schien es mir damals –, war ich noch auf der Suche nach meinem Platz in der Welt.

Ich lächelte dem Barista zum Abschied zu und kaufte ein Ticket für den Regionalzug nach Paestum/Agropoli. Der Zug fuhr tatsächlich. Es regnete die ganzen eineinhalb Stunden, die wir unterwegs waren. In Rinnsalen floss das Wasser über die Fensterscheibe, die Tropfen suchten sich zitternd, mäandernd ihren Weg, von Wind und Regen flüchtig hingeschriebene Botschaften, die ich nicht verstand. Ich zog meine Jacke fester um mich, döste ein und wachte erst wieder auf, als wir in Salerno ankamen. Wie viele Hotels gab es in Paestum? Und war um diese Jahreszeit überhaupt eines offen? Ich hätte im Internet nachschauen können, aber das hätte meinem Abenteuer alles Abenteuerliche genommen. In diesem Zug war ich jedenfalls der einzige Tourist. Neugierige Blicke musterten mich, ich lächelte freundlich und sah wieder aus dem Fenster.

Ich fühlte mich, als sei Paestum gerade erst wiederentdeckt worden, als sei ich der erste Mensch, der diesen abgelegenen Ort nach seinem tausendjährigen Dornröschenschlaf in der vormals sumpfigen, malariaverseuchten Ebene zwischen dem am Meer gelegenen Agropoli und den Ausläufern des Cilento-Gebirges betreten wollte. Dabei war es über zweihundert Jahre her, dass man beim Bau einer Straße zufällig auf die antike Stadt gestoßen war. Aber all die Sommer, in denen fremde Besucher seitdem hierherkamen, waren verschluckt vom winterlich abweisenden Grau dieses Tages, in dem die Gegend unwirklich wurde wie ein verblassendes Traumland.

Dann waren wir da. Ich nahm meine Reisetasche, stieg aus und stand vor dem kleinen Bahnhofsgebäude mit der Aufschrift *Paestum*. Das Wasser lief aus den Dachrinnen und tropfte auf meinen roten Schirm. Nur ich war an diesem Ort ausgestiegen, der gar nicht zu existieren schien. »Nur Mut«, sagte ich laut zu mir selbst und öffnete die Tür des Bahnhofgebäudes.

»Nur Mut wozu?«, fragte der Mann, der die Tür gerade von innen öffnen wollte. Wir standen dicht voreinander, und ich wunderte mich nicht einmal, dass er Deutsch sprach. Ich stand nur da und sah ihn an, als wäre er ein Gespenst.

So traf ich Achim wieder, mit dem ich vor Jahren in London eine Nacht verbracht hatte, kurz nachdem Jess und ich Nick zum ersten Mal im Pub begegnet waren. Ich war so erleichtert, dass es hier jemanden gab, den ich kannte, dass ich Schirm und Tasche fallen ließ und Achim um den Hals fiel.

»Gut, dass die Welt so klein ist«, sagte er. »Eines Tages mussten wir uns ja wiedertreffen.«

Ich kann die Geschichte heute noch nicht glauben, aber so war es. Vom Bahnhof aus sah man auf die Porta Sirena, das östliche Tor der antiken Stadtmauer von Paestum.

»Sie ist gut erhalten und folgt«, Achim gab Erklärungen zum Besten, »dem Travertinplateau, auf dem die Stadt etwa 600 v. Chr. von Siedlern aus dem griechischen Sybaris errichtet wurde. Die Stadtmauer ist fast fünf Kilometer lang und hatte vier Haupttore. Das Tor im Norden, die Porta Aurea, existiert nicht mehr, dort führt die Straße durch das Grabungsgebiet. Aber genau dort kannst du heute Nacht schlafen, wenn du willst. Bei meinem Freund Matteo.«

Ich widersprach mit keinem Wort, denn es gab keinen Ort Paestum, jedenfalls nicht hier.

»Matteos Haus steht ganz nah bei der ehemaligen Porta Aurea. Das Hotel auf dem Grabungsgelände ist übrigens im Winter geschlossen. Die Trattoria auch.«

»Oh«, murmelte ich, »ohne dich würde ich heute also unter den Säulen der Tempel schlafen...«

Achim schüttelte den Kopf. »Die sind eingezäunt, da hättest du Pech. Aber nach einem kleineren Fußmarsch würdest du nach Capaccio kommen. Paestum gehört zu Capaccio.« Er grinste freundlich und deutete mit meinem roten Schirm in die graue, feucht vernebelte Ferne. »Da hätte dich sicher eine gute Seele aufgenommen. Die Leute sind sehr freundlich hier.«

Mit etwas Glück ahnte man in der Ferne ein paar Häuser.

»Ich hab Hunger«, seufzte ich, »und müde bin ich auch. Es

ist schön, dass ich dich getroffen habe. Wirklich. Aber was machst du hier überhaupt?«

»Ich hab einen Lehrauftrag an der Universität in Salerno, nur für dieses Wintersemester. Und den Lehrauftrag habe ich angenommen, weil mir Paestum so gut gefällt. Ich bin so oft wie möglich hier. Ich stehe vor den Tempeln und bin glücklich. Es sind einfach die schönsten griechischen Tempel, die es noch gibt.« Er wirkte fast verlegen. »Morgen soll das Wetter besser werden. Wenn du die Sonne über Paestum untergehen siehst, willst du nicht mehr hier weg.«

Ich sah Achim von der Seite an. Wir waren in London doch ganz cool gewesen, und jetzt … Das klang ja richtig romantisch. Er bemerkte meinen überraschten Blick, und ich fragte schnell: »Bleibst du bis morgen hier?«

»Ich wollte eigentlich zurück. Aber wenn du willst, bleibe ich. Matteo hat mehrere Gästezimmer, die sind im Winter alle frei. Wenn du willst, kannst du dableiben, bis du Heimweh kriegst.«

Wir standen mitten auf dem Grabungsgelände, auf der Via Magna Graeca. Vor uns erhoben sich in einer Reihe die Ruinen der Tempel – der Tempel der Hera, gleich daneben der Poseidontempel und, ein Stück entfernt, der Tempel der Athena.

Achim klappte den Schirm zu. »Ohne Schirm siehst du mehr. Guck mal, es hat aufgehört zu regnen. Sag ich doch. Morgen wird das Wetter besser.«

Ein schütterer Lichtstrahl drängelte sich durch die Wolken und streifte den hellen Stein der Säulen. Da leuchteten sie plötzlich auf in einem warmen rosigen Ton und verblassten wieder. Es war ein magisches Bild.

»Ich hoffe, das gefällt dir«, sagte Achim, drehte mich vorsichtig zu sich hin und küsste mich.

Achim hatte recht. Das Wetter wurde besser, und ich blieb. Ich sah die Tempel am Morgen, ich bewunderte sie in der schattenlosen Helle der Mittagsstunden, am Nachmittag, wenn die Rundung der Säulen plastisch hervortrat, und noch einmal, wenn die untergehende Sonne theatralisch zwischen den Säulenreihen versank. Ich bestaunte die harmonische Verbindung, die die menschliche Baukunst vor Jahrtausenden mit der sanften Landschaft der Ebene eingegangen war. Jeden Tag aufs Neue füllten sich die ihrer Dächer beraubten Tempel mit Licht, wenn der Sternenhimmel verblasste. Ich staunte. Ich hatte mein Tal, mein Graig Ddu gefunden, die Welt, in der ich mich zu Hause fühlte.

Am Morgen lag Tau auf den Wiesen, außer mir setzte sich kein Mensch auf die Stufen des halb ausgegrabenen Amphitheaters, um dem Wunder der Tagwerdung zuzusehen. Ich war allein. Ab und zu hielt ich einen Schwatz mit Matteo, seiner Mutter oder dem Museumswärter, wartete auf Achim, der aus Salerno herüberkam. Achim hatte recht behalten, ich wollte nicht mehr gehen, so wenig wie er. Ich dachte an Nick und Jess, die ein anderer Zauber aneinandergebunden hatte. Wie weit weg Graig Ddu von hier war, wie anders. Trotzdem habe ich die beiden nie besser verstanden als während dieser Tage.

Ich schrieb einen langen Brief an Jess, etwa so:

> Liebe Jess,
> ich musste bis nach Süditalien fahren, um dich wirklich zu verstehen. Jetzt weiß ich: Das gibt es wirklich, dass man einen fremden Ort als Heimat erkennt, mit der Sicherheit und Gewissheit eines Traums. Dieser Ort kann sehr weit von dem Ort entfernt sein, wo man geboren wurde. Und doch

hat man das Gefühl, dort hinzugehören, schon mal ein Leben da verbracht zu haben.

Ich habe keine Ahnung, wo Achim und ich landen werden. Ob wir zusammenbleiben, ob wir uns an einem gemeinsamen Traumort niederlassen, wie ihr es getan habt. In Paestum gibt es nicht viel mehr als Matteos Haus, das Museum und eine Trattoria, ach ja, und noch eine kleine Kirche neben dem Museum, die sehr, sehr alt ist. So richtig bietet sich dieser schönste Ort auf Erden (neben ein paar anderen, versteht sich) also nicht zum Bleiben an. Aber Achim und ich verlieben uns offenbar in das Gleiche, das ist doch schon mal was. Wir wollen Weihnachten mit Matteos Familie verbringen. Es wird vor allem viel zu essen geben, darauf haben sie mich schon vorbereitet, vor allem *pasta al forno*, wie die Tradition es verlangt. Bei euch gibt es sicher Lammkeule! Ich hab von Salerno aus ein Päckchen für Amy auf den Weg geschickt.

Matteo hat Architektur studiert, er möchte sein Elternhaus zu einem richtigen Hotel ausbauen. Das Haus ist uralt und wunderschön. Allerdings müsste man ziemlich viel investieren, und viel Geld haben die Leute hier nicht.

Achim und ich, wir genießen die einfachen Gästezimmer, von denen aus wir direkt zum Athenatempel hinübersehen. Die Eisenbetten mit den gusseisernen Rosengirlanden, die alten Holzschränke, den einfachen Tisch mit Stuhl vor dem Fenster. Die Spitzenvorhänge sind noch von Matteos Urgroßmutter. Du würdest ausflippen! Seine

Mutter findet sie altmodisch, aber Matteo kämpft dafür, dass sie hängen bleiben dürfen. Er erinnert mich darin ein bisschen an Nick.

Euch würde es hier gefallen, da bin ich ganz sicher. Es ist die Schönheit und Einfachheit von Graig Ddu, nur auf Altgriechisch und Kalabrisch. Und im Unterschied zu Graig Ddu kann man hier an sonnigen Tagen auch im Winter draußen sitzen. Amy könnte wunderschön im Sand buddeln, das Meer ist nur ein paar Kilometer entfernt.

Übrigens: Ich habe den berühmten »Springer«, den »Tuffatore« gesehen, von dem ein Foto im Besprechungszimmer des Verlags hing. Der Museumswärter hat für mich eine Einzelführung veranstaltet.

Das Grabfresko ist wunderschön. Es war auf die Innenseite der steinernen Sarkophag-Deckplatte aufgemalt, sodass es den Toten begleitete, einen Mann, der um 470 v. Chr. gestorben ist. Sein Ebenbild springt so furchtlos, aufmerksam, mit offenen Augen und bewusstem Blick ins unbekannte Jenseits, wie ich gern durchs Leben gehen würde!

———∽———

Als ich nach Frankfurt zurückkam, merkte ich, wie sehr mir Achim schon nach wenigen Tagen fehlte. Wir hatten in Salerno über unsere Pläne gesprochen und darüber, wie es mit uns weitergehen könnte. Achim wollte die Universitätslaufbahn einschlagen und mit dem kommenden Sommersemester eine Assistentenstelle am Kunsthistorischen Institut der Uni in Zürich antreten. Ich musste mir in Frankfurt oder wo auch immer erst eine neue Arbeit suchen. Mit jedem Telefonat wurde mir klarer, dass ich mit Achim zusammenbleiben wollte. Ihm ging es ebenso.

»Ich hab lange genug darauf gewartet, dass du dich mal bei mir meldest«, sagte er. »Man muss dich ja am Bahnhof abpassen, damit du nicht auf ewig verschwindest.«

Zürich, 23. Februar

Endlich wieder Nachricht von Nick. Ich weiß nicht, wie er diese Zeit der Ungewissheit durchsteht. Es ist schlimm, dass ich nicht einfach anrufen, nachfragen und mit ihm sprechen kann. Mir würde es helfen, mit ihm zu reden. Ich würde so gern mit ihm darüber nachdenken, was man am Leben in Graig Ddu ändern könnte, damit Jess sich dort wieder wohlfühlt. Achim und ich könnten finanziell helfen und dafür sorgen, dass wenigstens über einen Generator Strom ins Haus käme, mehr Licht, Wärme. Wäre das nicht etwas, das ich allein schon für mein Patenkind tun könnte?

Niemand verlangt, dass Nick sich einen Computer anschafft, wenn er das nicht will. Es geht nur um die Einsicht, dass auf Jess die ganze schwere Last des Alltags liegt und dass sie – die nicht vom Malen ausgefüllt ist wie er – vielleicht andere Bedürfnisse hat. Aber was weiß ich schon von der Beziehung der beiden?

Ich fühle mich sehr hilflos. Was machst du, wenn deine liebste Freundin vor deinen Augen zugrunde geht und es weder zugibt noch etwas daran ändern will? Nichts kannst du machen, aber wütend wirst du. Aufregen tust du dich. Ich bin nicht nur wütend auf Nick und seine Sturheit, ich bin auch stinkwütend auf Jess!

»Die Ärzte wirken von Tag zu Tag fatalistischer«, sagte Nick, der vom Krankenhaus-Café aus anrief. Seine Stimme klang heiser. »Ich glaube, sie wollen mich darauf vorbereiten, dass mit jedem Tag die Chancen kleiner werden, dass Jess wieder zu Bewusstsein kommt.«

»Sagen sie das?«

»Nein. Ich empfinde es aber so.«

»Weil du anfängst, die Hoffnung zu verlieren. Wir müssen daran glauben, dass sie es schafft! Wir sollten uns lieber Gedanken darüber machen, wie es weitergehen soll, wenn sie zurückkommt. Jess braucht Kontakt mit Menschen, um glücklich zu sein. Und Amy sollte unter anderen Kindern aufwachsen, es ist auch für sie zu einsam da oben.«

Ich spürte förmlich, wie er eisig wurde.

»Halt dich da raus, Ann. Es gibt verschiedene Lebensentwürfe. Unserer muss dir nicht gefallen, aber wir leben so, wie wir immer leben wollten. Kapier es endlich: Jess ist ein freier Mensch, sie hat dieses Leben gewählt. Du lebst ganz anders, von mir aus. Haben wir dich je kritisiert dafür? Und Jess sorgt schon dafür, dass Amy andere Kinder sieht.«

»Du sprichst immer für euch beide!«, antwortete ich heftig. »Hättest du doch mal Jess gefragt, ob das für sie noch gilt! Vielleicht taugt euer gemeinsamer Lebenstraum inzwischen nicht mehr für euch beide. Vielleicht war es auch vor allem dein Traum, und Jess hat ihn übernommen, weil sie dich liebt. Und selbst wenn es anders wäre – die Umstände können sich doch verändern. Erst wenn Träume sich erfüllen, sieht man, ob sie überhaupt zu einem passen. Dann muss man die Träume doch den Realitäten anpassen, wenn man nicht unglücklich werden will!«

»Ich kann jetzt nicht weitersprechen«, sagte Nick schneidend. »Und ich würde es schätzen, wenn du nicht so tätest, als ob du besser über Jess Bescheid wüsstest als sie selbst.« Damit legte er auf.

Herrgott, ich dreh langsam durch! Ich kann Nick nicht

zwingen, mit mir zu reden, und Jess liegt da und macht keinen Piep. Also schreibe ich weiter an meinem Bericht.

Nach meiner Rückkehr aus Paestum arbeitete ich als Freie für ein Übersetzungsbüro in Wiesbaden und streckte die Fühler nach einem Job in Zürich oder Umgebung aus. Achim hatte sich inzwischen dort niedergelassen. Meine Gedanken gingen jetzt mehr in den Süden, nicht mehr so häufig in den Norden. Aber ich wusste, ich wollte kein Anhängsel von Achim werden. Ich brauchte eine Arbeit, die meinen Vorstellungen entsprach und mich ausfüllte. Auf meine Eigenständigkeit hätte ich nie verzichtet. Ich bin nicht der Verschmelzungstyp. Ich liebe Achim, weil er ein anderer ist als ich selbst. Ein anderer, mit dem ich viel gemeinsam habe, aber nicht alles. Ich liebe ihn, weil er mir Raum lässt und ich mich trotzdem auf ihn verlassen kann. Ihm geht es umgekehrt wohl ähnlich. Dennoch wollten wir uns Zeit lassen, die richtige Lösung für uns beide zu finden.

In dieser Zeit – es war Februar, und ich hatte gerade angefangen, für die Übersetzungsfirma zu arbeiten, schrieb Jess:

> Wir haben einen heftigen Winter hier oben. Für Amy ist der Schnee immer noch etwas Sensationelles, sie ist begeistert von den wirbelnden Flocken. Wenn ich sie so sehe, wird mir wieder klar, was für eine großartige Sache dieser Schnee ist, der alle Dinge verwandelt. Das Tal hebt und senkt sich in weißen, weiten Wellen. Erinnerst du dich, wie wir früher als Kinder halfen, die weißen Bettlaken zusammenzulegen, sie zu zweit an je zwei

Enden fassten und sie sich blähen und wieder senken ließen? Das kommt mir manchmal in den Sinn, wenn ich rausschaue. Und dann die Eisblumen an den Fenstern. Amy und ich sind fasziniert davon, jeden Morgen neu. Dann hauche ich ein Loch in den blumigen Spitzenvorhang, und Amy jauchzt vor Vergnügen.

Nachts müssen wir uns total einmummeln. Du solltest unser Bett sehen, ein richtiges Nest ist das. Wir heizen es mit Wärmflaschen vor (anders ginge es gar nicht!) und liegen zu dritt unter den Decken, mehreren übereinander! Sie sind so schwer, dass man sich fast begraben darunter fühlt. Wir schlafen in der Kammer über der Küche, sie wird vom Rayburn, den wir auch nachts mit ein paar Kohlestückchen anhalten, leicht miterwärmt. Der Atem steht trotzdem in kleinen Wölkchen vor unsern Mündern. Manchmal bilden sich Eiskristalle auf der Bettdecke. *My crystal palace!* Klingt aber romantischer, als es sich anfühlt.

Nick arbeitet in der Scheune. Die ist gänzlich unbeheizt, aber das Tageslicht ist jetzt sowieso rar, lange kann er schon der Lichtverhältnisse wegen nicht malen. Die Kälte tut das Übrige. So haben wir mehr voneinander, er ist öfter im Haus und bei uns, und das genieße ich sehr. Ich weiß ja, wie wichtig ich ihm bin und dass er mich ebenso liebt wie ich ihn, aber es ist gut, das hin und wieder leibhaftig zu spüren. Obwohl seine Arbeit zuerst kommt. Das verstehe ich, und ich versuche dazu beizutragen, dass er sich ganz darauf konzentrieren kann. Schließlich ist er der Kreative in der Familie. Ich bewundere immer wieder, mit welcher Ausdauer und Konsequenz er seinen künstlerischen Weg geht. Manchmal habe ich den Eindruck, als ob er nichts daneben braucht, aber das ist natürlich Unsinn. Amy liebt ihren Vater abgöttisch. Sie schlägt darin wohl mir nach.

Das Radio ist uns gerade jetzt im Winter unentbehrlich. Es frisst zwar haufenweise Batterien, aber diesen Luxus leisten wir uns. BBC ist unsere Verbindung zur Welt. Mit Besuchen ist nicht viel im Winter, die Tage sind einfach zu kurz. Man kann sich nur über Mittag mit Leuten treffen, dann muss man schon wieder los, um vor der Dunkelheit wieder auf dem Berg oder unten im Tal zu sein.

Wenn der Weg gefroren ist, geht es – außer man schlägt der Länge nach auf das Eis hin wie ich neulich, hab aber Glück gehabt. Aber wenn es taut (auch das kommt vor), versinkt man im Matsch. Das wird im März, April noch viel schlimmer werden. Da kommt man kaum vorwärts, und es drängt einen nicht unbedingt raus.

Wir gehen nur nach Bala, wenn wir müssen, also höchstens einmal die Woche für die Einkäufe, aber wir brauchen ja auch mal frisches Gemüse und können nicht nur von Konserven leben. Nick ist äußerst genügsam, was das Essen angeht, während ich manchmal von deutschen Sahnetorten träume. Aber wenn ich in Bala in den Tea Room will, mahnt er, dass es bald dunkel wird.

Nick liest viel und kann völlig in der Welt seiner

Bücher versinken. Meryl vom Buchladen hat immer einen guten Tipp für ihn. Ich bin oft zu faul zum Lesen. Oder eher zu müde. Die frühe Dunkelheit, der tags oft eintönig graue Himmel und dass man so gar keine Farben sieht, das alles lähmt mich manchmal ein bisschen. Ehrlich gesagt, ist das Licht der Paraffinlampen abends auch nicht gerade strahlend hell.

Ich sollte mehr laufen gehen, wie Nick das bei jedem Wetter tut. Ihm gefällt es draußen, egal, ob es regnet, schneit oder stürmt. Aber ich rede mich damit raus, dass ich kochen muss oder dass Amy mich braucht. Nick liebt die Winterfarben, das Weiß, Grau, Schwarz und das Braun mit all seinen Abstufungen, während ich mir in Gedanken die Eisblumen farbig anmale. Nick hat so viele Bilder im Kopf! Ich glaube, er könnte Tag und Nacht malen, wenn das Licht es zuließe. Die Natur erfüllt und befriedigt ihn restlos. Viel mehr braucht er nicht. Er schreibt stundenlang an seinem Naturtagebuch. Und die Aussicht auf die Ausstellung, die du ihm vermittelt hast, befeuert und beflügelt ihn gewaltig. Es ist einfach toll, Ann, dass du Nick mit diesem Wolfgang bekannt gemacht hast. Nick hat die Anerkennung so verdient!

Und du, meine Süße, genieße die Liebe! Ich freu mich so für dich. Ich hoffe, dieser Achim hat dich verdient. Jedenfalls will ich ihn bald kennenlernen. Nick scheint mir fast ein bisschen eifersüchtig, dass du mit einem anderen Mann glücklich bist. Männer. Ich weiß ja, dass du ihm gefällst. Er hat uns eben im Doppelpack kennen- und lieben

gelernt, und wenn ich dich mit ihm zusammen sehe, finde ich immer, ihr wärt auch ein schönes Paar. ›Nun sei mal nicht so uneigennützig‹, höre ich dich da sagen, und da hast du recht. Nick kann ich leider nicht hergeben. Ist ja auch nicht nötig.
Du klingst in deinen Briefen glücklicher, als du zugibst. Und ich selbst könnte ohne Nick nicht leben. Er ist mein schöner Geliebter, mein Seelenverwandter, mein Elternersatz, der Vater meines Kindes, ein Künstler, den ich bewundere. Fehlt noch was?

Nein, dachte ich, es ist fast zu viel.

Die Pausen zwischen unseren Briefen wurden länger, obwohl ich oft an die drei in Graig Ddu dachte. Zuerst hatte ich bei Jessicas Winterbrief noch nachfragen wollen, ob mein Gefühl mich täuschte oder ob in Jessicas Beschreibung der Wintertage tatsächlich ein melancholischer Ton mitschwang, aber dann tat ich es doch nicht. Im Ganzen klang ihr Brief glücklich, und im Winter fehlen einem ja wirklich die Farben, auch bei guter Seelenlage. Hätten wir telefonieren können, hätte ich wahrscheinlich zum Hörer gegriffen und schnell mal angerufen. Aber so vertraute ich darauf, dass Jess mir schon sagen würde, wenn es ihr schlecht ging.

Dann hörten wir eine ganze Weile nichts mehr voneinander. Im Sommer fuhr Wolfgang Kreidel nach Graig Ddu. Ich fuhr nicht mit, obwohl wir das bei Nicks Besuch in Frankfurt abgemacht hatten. Ich denke, ich wäre mitgefahren,

Achim hätte sicher nichts dagegen gehabt, aber meine Mutter hatte genau in dieser Woche eine Operation, und ich wollte sie nicht allein lassen.

Meine Mutter war froh, dass ich für ein paar Tage zu ihr zog. Sicher wären auch ihre Freundinnen eingesprungen, aber sie genoss es, von mir umsorgt zu werden. Mein Vater starb, als ich sechzehn war, und meine Mutter war danach keine neue Beziehung mit einem Mann mehr eingegangen, jedenfalls keine enge.

Soweit ich das beurteilen konnte, hatten meine Eltern eine harmonische Ehe geführt, und als ich meine Mutter einmal fragte, warum sie nun allein blieb, erklärte sie, sie komme gut allein zurecht. Es fehle ihr nur mein Vater, auch noch nach Jahren, aber nicht irgendjemand an ihrer Seite. Sie sei glücklich so.

Nach dem Tod meines Vaters übernahm sie die Leitung der Apotheke, die vorher er geführt hatte, und entpuppte sich als geschickte Unternehmerin. Sie baute das Sortiment aus und eröffnete sogar ein zweites Geschäft. Mein Vater und meine Mutter haben beide Pharmazie studiert und sich während des Studiums kennengelernt. Ich glaube, weder er noch sie hatte vorher eine größere Liebesgeschichte gehabt.

Mein Vater erzählte gern, er habe meine Mutter eines Tages in den Hörsaal kommen sehen und zu seinen Freunden gesagt: »Diese Frau, die da zur Tür hereinkommt, die werde ich mal heiraten. Sie weiß es nur noch nicht.« Seine Freunde lachten ihn aus, sagten, er kenne das Mädchen doch gar nicht, aber er behielt recht. Er sprach seine Sabine noch am selben Tag an. Ihr Lächeln war genau so, wie er es sich vorgestellt hatte, und sie fand, er ähnele Robert Redford, groß und schlaksig, wie er war. Seine Selbstsicherheit, sein Charme imponierten ihr.

In den späteren Ehejahren hatte sie zwar allerlei an ihm auszusetzen – nicht nur, dass er das Frühstücksei anders öffnete als sie –, aber dann hielt sie plötzlich in ihren Vorwürfen inne, lachte und sagte: »Aber immerhin hat er gewusst, was er wollte. Und er traute sich an mich ran.«

»Sie war sehr umschwärmt!«, ergänzte dann mein Vater und griff zärtlich nach ihrer schmalen Hand, die kein Zeichen von Alter zeigte und ohne Schmuck am schönsten war.

Und damit war die Zeit der Vorwürfe erst mal wieder vorbei. Daran, dass mein Vater sich je über meine Mutter beschwert hätte, kann ich mich nicht erinnern.

Sie hatten lange auf ein Kind gewartet, und als ich endlich auf der Welt war, hatte ich das Gefühl, sie sind immer für mich da, obwohl doch beide in der Apotheke arbeiteten. Meine Großmutter, die Mutter meines Vaters, lebte mit in unserem Haushalt. Sie war sehr dick (ganz anders als mein Vater) und sehr warmherzig (genauso wie mein Vater); wahrscheinlich vermisste ich deshalb meine Eltern nicht besonders, wenn sie arbeiteten. Außerdem konnte ich jederzeit in die Apotheke hinüber, wenn ich einen von ihnen brauchte – sie befand sich nur zwei Häuser von dem Haus entfernt, in dem wir lebten.

Vielleicht verbindet mich mit Jess auch, dass wir beide in der Kindheit viel bei unseren Großmüttern waren.

Jetzt, als ich meiner Mutter bei den täglichen Verrichtungen half, redete ich mit ihr über Jess. Ich hoffte, sie würde meine vagen Befürchtungen zerstreuen, klug und unaufgeregt, wie sie war. Und ich vertraute auf ihre Menschenkenntnis, die sie in Jahren des Umgangs mit Menschen, kranken und gesunden, erworben hatte.

Aber sie sah mich nur nachdenklich an und sagte: »Ich habe den Brief deiner Freundin nicht gelesen. Aber wenn du Zweifel hast, dass es ihr gut geht, und sie deine beste Freundin ist, dann solltest du nachfragen. Oder doch mal hinfahren. Aber das wirst du schon selber wissen.«

Wolfgang war begeistert von Graig Ddu und beeindruckt vom malerischen Leben der beiden dort oben in ihrer »Wildnis«. Von Jess berichtete er nicht viel, aber was er erzählte, klang nicht beunruhigend.

»Bald werden die Menschen dorthin pilgern, um den Meister in seiner einsamen Klause zu sehen«, meinte er, »wenn ich ihn erst berühmt gemacht habe.« Er meinte das ironisch, aber es schwang eine Spur echter Bewunderung mit.

Trotzdem verschob sich die geplante Ausstellung, weil Nick fand, er habe noch nicht genug Bilder dafür beisammen. Und von denen, die Wolfgang hätte mitnehmen können, wollte er sich nicht trennen. »Ich weiß nicht, ob ich nicht noch an ihnen arbeiten will«, sagte er, »es ist noch zu früh, sie aus der Hand zu geben.«

Jess und ich hatten geplant, uns spätestens anlässlich der Ausstellung in Deutschland endlich wiederzusehen. Natürlich wollte Jess Nick begleiten und auch Amy mitbringen. Die Fotos, die Jess schickte, zeigten ein lebendiges, aufgewecktes Kind. Amy war so gewachsen, ich erkannte sie kaum wieder. Aber dieser Plan fiel jetzt erst einmal ins Wasser.

Danach hörten wir lange nichts voneinander. Wie das so geht. Man will schreiben und tut es dann doch nicht. Und je länger man nicht geschrieben hat, umso weniger rafft man sich dazu auf. Einen ganzen Berg von Entschuldigungen müsste man auftürmen, und schlussendlich würde es mehr zu erzählen geben, als in einen Brief passt. Doch dann, ein halbes Jahr nach Wolfgangs Besuch in Graig Ddu, schrieb mir Nick. Das war verwunderlich und, wenn ich mich recht erinnere, der erste Brief, den Nick mir überhaupt schrieb. Darin hieß es:

> Vielleicht denkst du, ich hätte den Gedanken an die geplante Ausstellung aufgegeben, wir haben ja sehr lange nicht voneinander gehört. Aber dem ist nicht so, im Gegenteil. Ich habe das Jahr genutzt – du wirst dich wundern, wie viele Bilder entstanden sind. Das Tal lässt mich nicht los. Ich streife durch die Gegend und entdecke immer wieder, dass ich nur Bruchteile dieser Welt von Graig Ddu bisher erfasst und verstanden habe. *Eine* von unendlich vielen Stimmungen, zwei, drei, vier. Ich hinke immer hinterher. Habe ich eine Perspektive, eine Art des Blicks, des Lichts, der Farberscheinungen auf einem Bild festgehalten, drängt schon eine Übermacht anderer Erscheinungen nach. Du weißt ja, wie früh ich aufstehe, um den Morgen nicht zu verpassen, vor allem im Sommer. Aber inzwischen bin ich noch früher auf, weil ich mir angewöhnt habe, zu meditieren. Es ist eine gute Art, sich auf den neuen Tag einzustellen. (Genauso, wie ich beim Tagebuchschreiben am Abend noch einmal die Gedanken sammle.) Ich bin den ganzen Tag über konzentrierter und leistungsfähiger. Jedenfalls sind in der hellen Jahreszeit nun genug Bilder entstanden, um eine Ausstellung zu rechtfertigen. Und auch genug Bilder, um mich (vielleicht!) von einigen endgültig tren-

nen zu können. Ich habe Wolfgang geschrieben, dass ich jetzt so weit bin. Aber ich wäre sehr froh, wenn du auch mit ihm sprechen würdest. Ich hoffe, ihr habt noch Kontakt. Ich fürchte, er könnte sich inzwischen anders besonnen und kein Interesse mehr haben, mich zu vertreten. Ann, ich verlasse mich auf deinen Einfluss. Übrigens: Du hast auch noch kein Bild von mir. Willst du nicht mal wieder herkommen und das ändern? Oder lässt das dein Freund, ich glaube, er heißt Achim, nicht zu?
Kurz und gut, auch Jess würde sich freuen. Die Winter sind ihr definitiv zu lang, sagt sie.

Dann noch ein Nachsatz:

Erzähle Wolfgang bitte, dass es auch Bestrebungen gibt, hier in der Gegend eine Ausstellung zu organisieren. Das käme mir sehr gelegen – damit könnte man die Museen aufmerksam machen. Und noch was: Amy plappert den ganzen Tag. Sie fragt nach dir.

Ich war irritiert. Warum schrieb Nick und nicht Jess? Warum hatte sie nicht mal ein paar Zeilen dazugekritzelt oder wenigstens mit unterschrieben? War sie mir böse, dass ich mich so lange nicht gemeldet hatte? Nick erwähnte Jess kaum, sprach nur von seiner Malerei. *Bad enough*, sagte ich mir, aber so war Nick: ein Künstler, sehr mit sich und seiner Arbeit beschäftigt. Ganz so neu war mir das nicht. Aber, versuchte ich mir einzureden, wenn Jess krank wäre, hätte er das sicher erwähnt.

Ich rief Wolfgang an, von dem ich seit Monaten nichts mehr gehört hatte. Nick lag mit seinen Befürchtungen nicht ganz falsch.

»Ich führe zwar nicht die bedeutendste Galerie unserer Zeit«, sagte er gedehnt, »aber es möchten doch einige Maler ganz gern bei mir ausstellen. Ich habe akzeptiert, dass Nick die Ausstellung damals abgesagt hat, aber ich kann nicht die Galerie leer stehen lassen, bis Nick meint, nun so weit zu sein. Er hat mir letzte Woche geschrieben, von daher überrascht mich dein Anruf nicht. Aber die Galerie ist erst mal ausgebucht. Das habe ich ihm auch mitgeteilt. Das hat nichts mit Trotz zu tun, ich muss einfach sehen, wie ich mein Geld verdiene. Geld verdienen – das scheint allerdings etwas zu sein, das Nick überhaupt nicht interessiert.«

Wolfgang sagte das mit Anerkennung, aber auch mit einem gewissen missbilligenden Spott.

»Er lebt ganz so, als hätte er keine Familie oder aber eine Mäzenin zur Frau.«

Ich erwiderte nichts darauf. Aber ich hatte mich selbst auch schon gefragt, ob es zu verantworten war, die eigene Bedürfnislosigkeit allen abzuverlangen: Jess, Amy, vielleicht weiteren Kindern, die noch kommen würden. Aber weil Nick kaum Bedürfnisse materieller Art hatte, erschien ihm der ständige Mangel an Geld nicht als Mangel, sondern als genau das, was er und auch Jess gesucht hatten: ein stimmiges Leben in Einfachheit und Selbstbescheidung.

Mein Einfluss auf Wolfgang war beschränkt. Abgesehen davon verstand ich seine Position, ich hätte vielleicht nicht anders gehandelt. Da er Nick schon zurückgeschrieben hatte, war eine schnelle Antwort von mir nicht nötig. Ich würde Nick in den nächsten Tagen von meinem Gespräch berichten – besser noch, an beide schreiben und Jess bitten, mich doch aus Bala anzurufen. Ich steckte Nicks Brief in die Tasche meiner Strickjacke.

Doch dann besann ich mich eines anderen. Ich schrieb an Jess:

> Jess, ich komme nach Graig Ddu, sobald ich das hier mit der Arbeit geregelt kriege. Ich denke, in zwei, drei Wochen bin ich bei euch. Ich muss sehen, wie es dir geht! Ich frage mich, warum mir Nick schreibt und von dir keine Zeile dabei ist. Bitte, ruf mich doch an!
> Achim wird leider nicht mitkommen können, auch wenn du sicher neugierig auf ihn bist. Im Moment sieht es zeitlich für ihn schlecht aus, er kann sich nicht freimachen, obwohl er das gern gewollt hätte. Ich komme allein. Und das ist auch gut, weil ich viel Zeit mit dir haben möchte. Ich freue mich riesig, dich und Amy und Nick – euch alle zu sehen!

Auf diesen Brief erhielt ich keine Antwort, und Jess rief auch nicht an. Dann kam eine Postkarte von Nick: »Schreib, wann du ankommst. Dann hole ich dich in Bala ab. Jess sagt, du sollst warme Sachen mitbringen. Es ist immer noch ziemlich winterlich hier.«

Also war sie einverstanden, dass ich kam. Und sie dachte daran, dass ich immer so schnell fror. Aber wieder hatte sie nicht selbst geschrieben. Ich verstand das Ganze nicht. Was war bloß los mit ihr? Das war eine ganz neue Jess. Wieder versuchte ich mich zu beruhigen. Driften Freundschaften nicht manchmal auseinander, ohne dass man einander böse ist? Jess lebte auf dem Land, ich in der Stadt. Sie war Mutter, ich kinderlos. Ich wollte in meinem Beruf und mit anderen Menschen zusammen arbeiten, sie tat das nicht. Sie lebte in Großbritannien, ich in Deutschland. Und wir lebten jetzt beide in einer Liebesbeziehung. Das alles konnte eine gewisse Entfremdung erklären. Aber erklärte es auch ihr Schweigen?

———∾———

Mitte März war vorüber, am River Dee wuchsen die ersten Wiesenblumen. Auf den alten Steinmauern, die die Landschaft durchziehen, blühte das Moos, filigrane, winzige weiße Blüten über grünem Polster. Die Eichen standen noch schwarz, einzelne, von Wind und Wetter geformte Solitäre, königliche Einzelgänger ohne Untertanen. Ich genoss die Fahrt nach Bala. Das Wetter war schön, ich hoffte, Jess und Amy würden mitkommen, um mich abzuholen. Aber Nick wartete allein auf mich.

Wir hatten Glück und fanden schnell jemanden, der uns Richtung Frongoch mitnahm. Nick verstaute einen Teil meines Gepäcks in seinem Rucksack, ich schulterte meinen für den Aufstieg nach Graig Ddu. Nach den üblichen Begrüßungsfloskeln versandete das Gespräch. Wir gingen eine Weile schweigend nebeneinanderher.

»Nick, was ist mit Jess los? Warum hat sie mir nicht selbst geschrieben? Erst hab ich mir nicht so viel dabei gedacht, aber sie hat auch auf meinen letzten Brief nicht geantwortet. Das ist doch komisch.«

Nick beschleunigte seine Schritte und ging voraus. Erst als ich nachzog und wieder neben ihm war, begann er: »Ich bin froh, dass du gekommen bist, Ann. Ich weiß nicht, was mit Jess los ist. Sonst hätte ich es dir wahrscheinlich geschrieben. Sie hat sich verändert.«

»Wie verändert?«

»Ihr Enthusiasmus ist weg. Du weißt schon, was ich meine. Sie war immer so lebendig, jetzt ist sie stumpf. Schweigsam. Sie kümmert sich um Amy, aber ohne jeden Elan. Sie geht früh ins Bett, und in der Nacht steht sie wieder auf. Sie kann nicht schlafen, sagt sie. Und so wirkt sie auch am Tag: immer müde. Niedergedrückt und schwer. Sie macht mir Angst, Ann. Es ist, als sei sie gar nicht richtig anwesend.«

»Und habt ihr darüber gesprochen? Was sagt sie denn selbst?«

»Nichts. Sie will nicht darüber reden. ›Es ist doch alles in Ordnung‹, sagt sie, ›ich bin doch wie sonst auch. Vielleicht etwas müder, ja. Das ist der lange Winter, die Dunkelheit.‹ Aber es stimmt nicht, was sie sagt. Sie ist nicht wie immer. Amy merkt das auch. Sie weint mehr, verlangt mehr Aufmerksamkeit, will abends nicht ins Bett. Ich komme nicht zum Arbeiten, sie hängt sich an meine Beine, weil sie merkt, dass Jess nur halb bei der Sache ist bei allem, was sie tut. Ich hoffe, sie redet mit dir.«

»Vielleicht ist sie krank«, sagte ich. »Hat sie sich mal untersuchen lassen? Blut abnehmen, eine Laboranalyse und all das?«

Nick schüttelte den Kopf. »Sie sagt, sie braucht keinen Arzt, sie will sich nicht untersuchen lassen. Sie sagt: ›Mir tut ja nichts weh. Lass mich nur einfach in Ruhe, es wird schon wieder.‹ Was soll man da machen? Ich kann sie ja nicht zwingen.«

»Du könntest ihr zureden. Versuchen, genauer herauszufinden, was los ist.«

Darauf reagierte er verstimmt. »Das stellst du dir so einfach vor. Und schließlich hab ich meine Arbeit. Die Ausstellung in Llangefni kommt zustande, schon dieses Frühjahr. Ich hab zu tun. Ich muss Leute treffen, das Ganze mitorganisieren, Rahmen machen lassen. Es ist schwierig, wenn es zu Hause nicht rundläuft.«

Er schien im Zweifel, ob er weiterreden sollte, sagte dann aber, um Beiläufigkeit bemüht: »Sie ist so unerreichbar, verstehst du? Sie wehrt mich ab, wenn ich mit ihr schlafen will, schon seit Wochen, ihr ganzer Körper ist fern und abweisend.«

Als wir in der Ferne Graig Ddu liegen sahen, überkam mich ein merkwürdiges Gefühl. Die Bäume, die so beschützend um das Haus stehen, reckten noch kahl ihre Äste zum Himmel, einsam wirkte das Haus und fast unbewohnt, sich selbst und der Natur überlassen. Vielleicht war das so, weil sich im Winter alles zurückzieht – die Pflanzen, die Bäume und die Menschen auch. Es war noch nicht die Zeit, wo man sich im Freien aufhielt. Der Frühling meldete sich, aber er war noch nicht hier oben angelangt. Wenn uns doch wenigstens ein Hund bellend entgegengesprungen wäre!

Jess saß mit Amy in der Küche. Sie erhob sich schwerfällig, und weil ich es nicht ertrug, sie so wenig erfreut über meine Ankunft zu sehen, eilte ich auf sie zu und umarmte sie heftig. Fast hätte ich sie geschüttelt, als müsste ich sie aufwecken.

»Hi Jess!«, sagte ich. »Wir haben uns so lange nicht gesehen! Ich bin froh, dass ich endlich mal wieder da bin ...« Und doch war mir unbehaglich bei ihrem Anblick, bei meinen eigenen Worten, die einen falschen Klang in diese Umgebung brachten.

»Amy, Sweetheart!« Ich hob Amy hoch und drückte sie an mich. Wie hübsch sie war! Mit ihren großen braunen Augen musterte sie mich so ungeniert, wie nur kleine Kinder das tun. Sie war groß für ihr Alter, kräftig, Nicks Körperbau. Sie streckte den Arm nach Jess aus, nein, sie erkannte mich nicht mehr, wie auch.

»Ich hab Tee gemacht«, sagte Jess und bemühte sich um ein Lächeln. Es schien sie körperliche Anstrengung zu kosten. »Möchtest du eine Tasse?«

Ich nickte, beklommen. Nick stellte einen Becher vor mich hin und goss Tee ein. Er hob einen Stoffhasen vom Boden auf, wischte ihn an seinem Pullover ab und gab ihn Amy in die Hand. Die schüttelte ihn hin und her und warf ihn wieder auf die Steinfliesen. Der Boden sah schmuddelig aus, niemand schien sich darum zu kümmern. In der Ecke der Küche, neben dem Esstisch, lag ein Flickenteppich, darauf mehrere dicke Kissen, die die vom Boden heraufdringende Kälte abhalten sollten. Ohne großen Erfolg wahrscheinlich, dachte ich. Aber irgendwo musste Amy ja auch im Winter spielen.

Nick sagte: »Ich lass euch ein bisschen allein, ja? Dann kann ich noch was im Atelier machen...« Er goss sich selbst Tee in eine Tasse, küsste Amy und Jess auf die Wange und verschwand.

Er flieht, dachte ich, er kann nicht schnell genug aus dieser Küche rauskommen.

Amy lächelte mich jetzt mit einem breiten Lächeln an.

»Darf ich dich auf den Schoß nehmen, Süße?« Ich streckte die Arme nach ihr aus und lächelte zurück. Sie hielt mir die Hände entgegen, aber als ich sie hochnahm, fing sie an zu weinen. Jess nahm sie mir ab und behielt sie im Arm. Gut, dachte ich. Das ist gut.

So in Sicherheit reckte Amy die Arme wieder zu mir hin: ein kindliches »Komm her! – Nein, geh weg!«. Ich spielte das Spiel eine Weile mit.

Jess sah unbeteiligt zu. Fast als erkenne auch sie mich gar nicht richtig wieder. Als gäbe es nichts zu reden, nichts zu fragen.

»Jess, dir geht's nicht so gut, oder? Nick ist bedrückt, er hat mir davon erzählt, er macht sich Sorgen...«

Jess stellte Amy auf den Boden wie einen fremden Gegenstand. Ihr Gesicht war verschlossen. Es war, als hätte die richtige Jess sich ganz nach innen zurückgezogen und jemand hätte hinter ihr die Tür verriegelt. »Nick übertreibt«, sagte sie, ohne mich anzusehen.

»Aber man merkt, dass es dir nicht gut geht! Man spürt es einfach, kaum dass man das Haus betritt. Es ist beklemmend, beängstigend. Das Haus ist erfüllt davon.«

»Es tut mir nichts weh!«, antwortete Jess abwehrend, fast feindselig.

»Okay, das ist einfach mein Eindruck«, sagte ich ratlos. »Was hältst du von einem Spaziergang, ehe es dunkel wird? Ich hätte Lust, eine Runde ums Haus zu drehen. Oder zum Fluss zu laufen. Kommst du mit?«

Ich sah, dass sie mit sich kämpfte, sich aufzuraffen versuchte. »Ja«, meinte sie dann, »gehen wir raus.«

»Ich zieh Amy noch was über«, erwiderte ich. »Wo hast du ihre Sachen?«

Jess ging, als drückte ein Gewicht auf ihren Scheitel, aber Amy, die ich auf den Schultern trug, jauchzte, als ich wie ein Pferdchen mit ihr davongaloppierte. Kinder sind so leicht glücklich zu machen. Ich war Amy richtig dankbar für ihr fröhliches Lachen. Endlich zog Jess nach. Sie beschleunigte ihren Schritt, um nicht ganz von uns abgehängt zu werden, der alte Portobello-Mantel, den ich so gut kannte, setzte Farbtupfer in die Gegend. Und endlich, endlich lächelte Jess mich an, als wollte sie sagen: Du bist Ann, ich erkenne dich, du bist hergekommen.

Die Tage wurden langsam wärmer, auch wenn die Nächte noch kalt waren und ich in meinem »Gästezimmer« über der Küche von der Wärme des Herdes nicht das Geringste bemerkte.

Der Brunnen fror nicht mehr zu, das erste Gras drängte ans Licht und überzog das Braun der Hügel mit einem zarten grünen Schleier an jenen Stellen, wo die Sonne am längsten hinschien. Ich fand es wieder wunderschön in Graig Ddu. Ich öffnete tagsüber Fenster und Türen, weil es draußen über Mittag wärmer wurde, als es im Haus war, und veranstaltete einen Hausputz, ohne Jess um Erlaubnis zu fragen. Alles war so angegraut, so schmuddelig. Ich lüftete die Bettsachen, hängte die schweren, muffig riechenden Decken draußen über die Wäscheleine und schüttelte die klumpig gewordenen Federn auf, putzte die Fenster, klopfte die Teppiche aus.

»Du erinnerst dich doch«, sagte ich zu Jess, »in Deutschland macht man Frühjahrsputz. Ich führe diesen Brauch jetzt auch hier ein.«

Wieder erschien ein zögerliches Lächeln auf Jessicas Gesicht. Ich drückte ihr den schweren Stock in die Hand, mit dem ich auf den Flickenteppich eingedroschen hatte. »Kannst du mal weitermachen? Da ist immer noch Staub drin.«

Jess nahm den Stock und stand erst da, traumverloren, als wüsste sie nicht mehr, wie man einen Schlag ausführt. Aber dann fing sie an, den Teppich zu klopfen, und hörte gar nicht mehr auf.

Nick frühstückte mit uns und verzog sich anschließend in seine Scheune. Das Radio nahm er mit.

»Ist ziemlich einsam hier im Winter, wenn man nicht recht rauskann, keinen Besuch kriegt und kein Radio hat«, sagte ich zu Jess, die das Geschirr im Spülstein stapelte. Wenn man das Wasser erst holen und warm machen muss vor dem Abwasch, spült man nicht jede Tasse einzeln.

Jess zuckte nur die Schultern auf meine Bemerkung hin. Minuten später sagte sie – keine Ahnung, welche Mühlen in ihrem Hirn mahlten, ehe ein Satz herauskam: »Nick hört viel Radio beim Arbeiten.«

»Das heißt, er nimmt das Radio immer mit ins Atelier. Und was machst du?«

Sie zuckte wieder die Schultern. »Ich hab zu kochen und so.«

»Apropos kochen«, sagte ich. »Wir brauchen frisches Gemüse. Komm, wir zwei gehen nach Bala und kaufen ein. Wir lassen Amy bei Nick und machen uns ein paar schöne Stunden. Mit Café und allem Drum und Dran.«

»Amy stört Nick beim Arbeiten«, sagte Jess.

»Das sehen wir gleich.«

Ich ging zur Scheune. Nick stand vor der Staffelei, das Radio lief, er hörte mich gar nicht hereinkommen. Ich sah ihm über die Schulter und wusste: Das ist mein Bild. Ein Herbsttag über Graig Ddu. Braun der Boden, der Himmel von klarem Blau, Spätnachmittagslicht, durchzogen von Wolken, die wandernde Schatten über die Landschaft werfen. Man konnte in dem Bild noch den Sommer spüren oder schon den Winter ahnen, befreit in diese Weite atmen oder erschreckt von der Stille den Atem anhalten und hoffen, es möge wenigstens ein Vogel auffliegen und seinen Ruf ertönen lassen.

Nick erschrak, als ich ihm die Hand auf die Schulter legte und sagte: »Das ist mein Bild. Wenn du es jetzt für die Ausstellung brauchst, machen wir einen roten Punkt dran. Und danach gehört es mir.«

»Ich weiß noch nicht. Ich wollte es behalten und im Haus aufhängen.«

»Wir bringen dir jetzt Amy rüber. Jess und ich wollen nach Bala. Ich will ein bisschen einkaufen, es ist nicht mehr viel im Haus, und mit Jess ins Café.«

Nick runzelte die Stirn.

»Guckst du so, weil du Amy hüten sollst oder weil du mitwillst?«

»Ich will nicht mit. Ich bin mitten in der Arbeit.«

Ich nickte nur und ging nicht darauf ein, was er mir vielleicht damit hatte sagen wollen.

Jess lebte langsam wieder auf. Vielleicht sollte ich eher sagen, sie taute auf, aus einer Erstarrung, die ihren Körper, ihre Mimik, ihre Bewegungen erfasst hatte, als wäre sie eins geworden mit dem Winter. An diesem Mittag nahmen wir nicht mal die schmutzige Wäsche mit, mit leichtem Rucksack wanderten wir den Hügel hinab. Wir verstauten die Gummistiefel in der Betonröhre, zogen andere Schuhe an. Ich hatte Jessicas hochhackige Stiefelchen eingepackt, ein Lächeln huschte über ihr Gesicht, als sie es bemerkte.

Ein Lastwagen hielt an der Straße und ließ uns einsteigen. Jess kannte den Fahrer. Er hatte sie schon öfter in beide Richtungen mitgenommen.

»Lange nicht gesehen«, sagte er, als wir in das Führerhaus kletterten und neben ihn rutschten. »Waren Sie krank? Es war aber auch ein trüber Winter!«

Jess sagte nur: »Nein, nein, alles okay. Und selbst?«

Der Mann erzählte eine lange Geschichte über die Hühner, die er zu Hause hielt, und tippte an seine Basecap, als wir ausstiegen. »Schönen Nachmittag euch beiden.«

Und so war es. Wir hatten einen schönen Nachmittag.

Der Friseursalon hatte geöffnet, die Ladenbesitzerin Zeit, und Jess ließ sich überreden, die Haare ein Stück abzuschneiden. Wir durchstöberten das Antiquitätengeschäft und den Charity Shop, kauften eine silberne Zuckerdose aus dem Nachlass einer sicher sehr alt gewordenen Dame und eine rote Wickelbluse für Jess, in der sie sehr sexy aussah.

»Das meinst nur du«, sagte sie. Aber sie behielt die Bluse doch unter dem dunkelgrauen Pullover an.

Beim Kaffee fing sie an zu reden: »Es ist der Winter. Ich vertrag den Winter nicht. Den mochte ich noch nie.«

Ich wartete, ob noch mehr nachkam.

»Die lange Dunkelheit zwingt mich in die Knie, Ann. Fünf Monate im Jahr dieser Doppelpack von Kälte und Finsternis. Es gibt Tage, da wird es gar nicht richtig hell. Du stehst auf, und es könnte auch Abend sein. Ich würde am liebsten einfach liegen bleiben, gar nicht aufstehen. Aber Amy, die ist putzmunter am Morgen. Um sechs wach. Hat Hunger, will spielen. Aber ich habe keinen Hunger, keinen Appetit, *not at all*, keine Lust zu kochen. Überhaupt dieses Kochen. Das ekelt mich an. Und alle Glieder werden mir so schwer. Man bewegt sich ja auch wenig im Winter. Aber Amy, die braucht immer was, morgens, mittags, abends. Das regt mich auf, aber Nick kocht nicht gern. Das bisschen Licht mittags, das will er zum Malen nutzen. Ich war eine schlechte Mutter und Ehefrau diesen Winter, Ann. Sie haben beide zu leiden gehabt...«

Ihr kamen die Tränen.

»Meine Apathie bringt Nick auf. Ich verstehe das. Ich bin nicht mehr die Frau, die er geheiratet hat, die er liebte. Und Amy erst, es muss schrecklich für sie sein. Sie hat doch ein Recht auf eine Mutter, die gern für sie da ist. Aber glaub mir, ich konnte mich einfach zu nichts aufraffen in den letzten Wochen, es ging einfach nicht.«

Sie drückte meine Hand und wischte sich mit dem Handrücken der anderen Hand die Tränen ab.

»Entschuldige! Es ist gleich vorbei. Die kommen einfach so, ich kann's nicht kontrollieren.«

»Aber Jess, du musst dich doch nicht entschuldigen. Wofür denn? Und davon abgesehen«, ich strich ihr über die Wange, »seh ich dich lieber in Tränen als mit diesem versteinerten Gesicht ... Dann kann ich dich wenigstens trösten und in den Arm nehmen.«

Sie schmiegte sich in meinen Arm, und ich wischte ihr die Tränen ab.

»Ich bin froh, dass du da bist«, flüsterte sie. »Erzähl mir von Achim. Du hast mir noch gar nicht richtig von ihm erzählt ...« Plötzlich lachte sie kurz auf, und da war es, als hätte die alte Jess aus dem Fenster ihres unsichtbaren Verlieses geblickt.

Ich koche gern, aber ich musste Jess mit Engelszungen überreden, das Kochen mir zu überlassen. Sie hatte Schuldgefühle, weil sie meinte, das gehöre nun mal zu ihren Aufgaben.

»Wenn ich nicht mal *das* mache, bin ich zu gar nichts nutze«, protestierte sie. Sie fühlte sich bestätigt, als Amy ihren Teller nicht leeressen wollte. »Du kochst eben anders, als sie es gewöhnt ist. Lass mich das lieber machen. Zu irgendwas muss ich doch gut sein.«

»Siehst du«, sagte Nick zu mir, »so läuft das, wenn ich anbiete, was zu machen.« Er schob missmutig den Teller von sich. »Irgendwann lässt man es bleiben. Gib's zu, Ann, du hast gerade gedacht, dann soll sie halt morgen wieder selbst kochen, auch wenn es ihr nicht den geringsten Spaß macht.«

»Ja, hab ich gedacht. Sorry, Jess.«

Nick stand auf. »Ich bin drüben. Willst du das Bild noch mal sehen, Ann? Ich hab es etwas verändert...«

Ich ließ Jess mit Amy und dem Geschirr zurück und ging mit Nick.

»Habt ihr eigentlich schon mal dran gedacht, euch Hühner zuzulegen?«, fragte ich, als wir am Abend um den Kamin saßen. »Ich komme drauf, weil der Lastwagenfahrer uns so ausgiebig davon erzählt hat. Wäre doch keine schlechte Idee, eigene Eier zu haben.«

»Was für ein Lastwagenfahrer?«, fragte Nick. »Jess? Welcher Lastwagenfahrer ist denn so vertraut mit dir, dass er dir von seinen Hühnern erzählt? Hier oben bist du verstummt, aber unten im Tal geht's mit dem Reden?«

Ich hielt die Luft an.

»Ich hab nicht viel mit ihm geredet«, das war Jess, mit belegter Stimme, sofort in der Defensive.

»Welcher war's? Fährst du öfter mit ihm?«

»Der große Blonde. Er hat uns schon ein paarmal mitgenommen.«

»Dich, meinst du?«

»Uns. Dich und mich.«

»Aber lieber nimmt er dich allein mit?«

»Ich war nicht allein. Ann war doch dabei.«

Das war unerträglich.

»Also keine Hühner«, warf ich dazwischen und wollte das Thema wechseln, das leider ich angerissen hatte.

»Halt!«, rief Nick. »Jess hat nämlich Freunde unten, die uns nicht hier oben besuchen wie andere Freunde. Ist doch so, Jess, oder?«

»Nick, was soll das?«, rief ich erregt. »Was ist denn los? Soll Jess zu Fuß nach Bala laufen, wenn sie mal ohne dich unterwegs ist? Ist doch gut, wenn man hier ein paar Leute kennt, die einen gern mitnehmen, wenn man da unten an der Straße steht und Autostopp machen muss.«

»Ich rede mit Jess. Sie weiß genau, worum es geht.«

Jess schwieg.

»Ich finde das einfach nur kindisch«, sagte ich.

»Schon gut.« Jess sah gequält aus, aber ich hörte keine Wut in ihrer Stimme, obwohl sich ihr Gesicht heftig gerötet hatte. »Ich rede gern mit den Leuten, das stimmt schon, da hat Nick recht.«

Mein Gott, hatte sie denn gar keine Wut im Bauch?

»Ich spreche von flirten«, sagte Nick.

»Nun lass sie endlich in Ruhe«, erwiderte ich heftig. »Ich war dabei und kann bezeugen, sie war so, wie sie auch hier oben ist: sehr gedämpft. Leider. Ich würde mir weniger Gedanken machen, wenn sie ein bisschen geflirtet hätte.«

»Halt dich da besser raus, Ann«, sagte Jess leise. »Das ist was zwischen Nick und mir. Ich weiß schon, was Nick meint. Ein bisschen mehr Tiefgang täte mir gut. Wenn er Meryl vom Buchladen nicht hätte, würde er geistig versauern neben mir.« Sie versuchte ein versöhnliches Lächeln, das von Nick nicht erwidert wurde.

Ja. Ihre Beziehung war ihre Sache. Also hielt ich den Mund.

In den folgenden Tagen beschäftigte ich mich viel mit Amy. Es war mildes, freundliches Wetter. Man konnte über Mittag sogar draußen sitzen, wenn man sich warm genug einpackte. Jess und Nick waren abgehärtet, sie liefen in T-Shirts herum, wo ich warme Unterwäsche, Pullover und Jacke brauchte.

Die Szene am Kamin sprach ich nicht mehr an, aber es war mir auch nicht wohl, sie so stehenzulassen. Jess schien an derartige Gespräche gewöhnt, es ging ihr danach nicht schlechter als vorher.

Ich überlegte, ob ich Jess nicht fragen sollte, ob sie mit nach Frankfurt wollte – Nick konnte, davon war ich überzeugt, durchaus für Amy sorgen, inklusive kochen. Warum sollte das nicht für ein paar Wochen gehen? Und ja, eigentlich konnten wir auch Amy mitnehmen, war doch egal, wie klein die Wohnung war. Vielleicht könnte ich Jess in Frankfurt davon überzeugen, einen Psychotherapeuten aufzusuchen, denn eins wusste ich: Die Frau, die ich hier vor mir sah, war nicht die alte Jess, nicht die Jess, die sie sein konnte und sein wollte. Irgendetwas stimmte nicht mit ihr.

Immerhin bemerkte ich eine Veränderung zum Besseren. Ihre Mimik wirkte etwas lebendiger, ihre Stimme verlor die Mattigkeit, den emotionslosen Ton und bekam wieder mehr Kraft und Farbe. Die Spaziergänge zum Fluss mit Amy, die begeistert ein erstes gelbes Blümchen entdeckte und pflückte, taten Jess gut. Ihre Schritte wurden wieder frischer, ausgreifender. Aber die alte Jess mit ihrem lauten, kehligen Lachen vermisste ich immer noch.

»Hast du nicht Lust, ein paar Tage oder auch Wochen mit nach Frankfurt zu kommen?«, fragte ich sie auf einem dieser Spaziergänge.

Sie sah mich misstrauisch an.

»Wir könnten auch Amy mitnehmen. Du warst noch nie in Frankfurt bei mir. Und Achim könntest du bei der Gelegenheit auch ›besichtigen‹, er käme sicher mal von Zürich rauf.«

»Nicht jetzt«, sagte Jess, »ein andermal.«

»Jess, lebst du noch gern hier oben? Fehlen dir nicht manchmal Menschen um dich herum? Der berühmte Schwatz bei der Kaffeemaschine im Büro, das Treffen mit Freundinnen in der Stadt? Ein Spiegel, in dem du sehen kannst, wie schön du bist, wie jung? Wie begehrenswert?«

Jess sah mich verständnislos an. »Natürlich lebe ich gern hier oben«, antwortete sie und nahm Amy, die wie ein Füllen herumsprang, fest an der Hand. »Ich liebe den Ort. Für Nick ist es die ideale Umgebung. Du siehst ja, wie viel er gearbeitet hat, es sind doch tolle Bilder entstanden. Und langsam stellt sich auch der Erfolg ein – es wird die Ausstellung in Llangefni geben, Wolfgang wird eine Ausstellung machen, und dann hoffen wir auf das Interesse von Museen. Zum Beispiel in Manchester oder Liverpool. Eine Ausstellung in London wäre natürlich großartig. Ich bin sicher, das kommt eines Tages.«

Sie blieb stehen.

»Ganz sicher kommt das«, wiederholte sie. »Nicht nur ich und du und Wolfgang sehen, wie begabt Nick ist. Vielleicht gibt es dann auch ein bisschen Geld. Mit dem *benefit* allein wird es manchmal sehr knapp. Vielleicht können wir dann irgendwann auch mal in den Süden, Spanien, Marokko oder so, in der kältesten Zeit.«

Ich hakte mich bei Jess unter und zog sie mit mir fort. Im Fluss bleiben. Sie nicht unter Druck setzen. Das Gespräch nicht abwürgen.

»Nick ist viel in der Scheune«, setzte ich noch einmal an.

»Mit dem Radio. Und du? Nimm's mir nicht übel, dass ich so penetrant nachfrage. Du kannst doch nicht immer nur mit Amy spielen. Hast du genug Besuch, Gesellschaft, Geselligkeit?«

»Du hast Vorstellungen«, sagte Jess. »Nur mit Amy spielen. Das Leben hier oben macht ziemlich viel Arbeit. Das vergisst man wohl, wenn man Zentralheizung, Kühlschrank, Mikrowelle und Waschmaschine mit Tumbler hat und die Einkäufe online vor die Haustür bestellt.« Das klang fast erbittert, aber auch ein bisschen verächtlich. »Aber wenn dich das tröstet: Ja, ich kriege Besuch. Freunde kommen auch im Winter, nur seltener natürlich. Das ist eben so. Aber im Sommer treffen wir uns hier, oder ich gehe runter, um in Bala ein Schwätzchen zu halten. Wenn man sich verabredet, geht das gut. Natürlich, ohne Gepäck zieht man nicht los. Man muss an alles denken: was Amy brauchen wird, wie das Wetter werden wird, wann der Bus geht. Was man bei der Gelegenheit gleich besorgen muss oder kann. Das ist eben so. Wenn ich faul bin, bleibe ich manchmal lieber hier. Aber dann treffen wir uns in Graig Ddu, alle Kinder lieben es hier. Sie können im Fluss plantschen und haben unendlich viel Platz. Glaub mir, alles ist gut. Ich werde mich auch an den Winter gewöhnen. Wenn man in Wales so lebt wie wir, muss man das. Man muss akzeptieren, dass das Wasser eisig ist und man im Klo auf dem Brett festfriert, wenn man nicht aufpasst. Man muss mehr heizen, Holz hacken und Holz reinschleppen. Wenn du eimerweise Wasser gewärmt hast, um Amy zu baden, lässt du das eigene Haarwaschen vielleicht mal ausfallen. In die Betten kannst du nicht, ohne sie vorzuwärmen. Wenn du das vergisst, wirst du zum Eiszapfen. Im Januar war es so kalt, da wachst du auf, und die Eisblumen sprießen nicht nur am Fenster, sondern auch auf deiner Bettdecke.«

»Und du bist die Eisprinzessin... und ihr zwei...«

»... vögelt euch warm, meinst du?« Jess lachte, aber es klang ein bisschen verlegen und künstlich. »Na ja, Amy schläft bei uns im Bett. Allein kriegt sie ein Bett nicht warm...«

Mehr sagte sie nicht.

»Es geht Jess besser«, sagte Nick erleichtert, als ich abreiste. »War gut, dass du da warst. Ich reserviere dir das Bild, das du haben willst. Abgemacht.«

Jess lächelte. »Und komm bald wieder. Sonst erkennt dich Amy auch das nächste Mal nicht.«

Amy sprang um mich herum und machte Faxen. Alle drei waren bis nach Bala mitgekommen. Jess trug die rote Wickelbluse und hatte Lippenstift aufgelegt. Ein gutes Zeichen.

Ich umarmte sie wortlos, dann noch mal und noch einmal. Jetzt war ich es, die Tränen in den Augen hatte. Irgendwie hatte ich das Gefühl, versagt, meine Mission nicht erfüllt zu haben.

»Der Frühling ist da«, sagte ich schließlich nur. »Und dann kommt der Sommer, und es ist bis nachts um elf hell.« Ich drückte Jess noch einmal an mich. »Versprich, regelmäßig zu schreiben. Ich versprech's auch. Und wenn du schlecht drauf bist, ruf mich an«, flüsterte ich ihr ins Ohr.

»Bin ich nicht«, flüsterte sie zurück. »Glaub mir.«

Wir hielten unser Versprechen und schrieben uns regelmäßig. Jess hatte einen guten Sommer. Ich glaubte ihr, als sie schrieb, sie blühe mit der Wärme wieder auf und genieße das Leben draußen im Freien.

Und: Wir haben jetzt Hühner. Deine Idee war eben doch nicht schlecht. Nick hat einen Hühnerstall gebaut, und Amy ist begeistert. Nur dass die Hühner nicht richtig mit ihr spielen wollen, ärgert sie. Sie behauptet, die Hühnersprache zu verstehen, aber die Hennen, sagt sie, reden nur dummes Zeug. Wir haben schon die ersten eigenen Eier gegessen. Sie schmecken natürlich ganz anders als die gekauften, tausendmal besser, auch wenn sie nicht viel größer als Taubeneier sind – bis jetzt. Die Hennen sind ja noch jung, die können noch mehr, wenn sie erst mal erwachsen sind. Ja, und einen Hahn haben wir auch, aber er ist ein bisschen bequem. Wenn er am Morgen endlich mal sein Kikeriki loslässt, ist Nick schon längst auf. Jedenfalls wird es dieses Jahr viel Eierpfannkuchen geben, Rührei, Spiegelei, Senfeier, Curryeier und so weiter.
Danke für das Sommerkleid, das du geschickt hast. Ich finde, es steht mir. Ich hab es etwas kürzer gemacht. Willst du dafür die rote Wickelbluse ausleihen? Ach nein, die geb ich nicht her, sie erinnert mich an deinen Besuch.
Amy solltest du plappern hören, das geht den ganzen Tag, bis sie todmüde ist und ihr die Augen zufallen.
Ach ja, und noch etwas! Wir haben auch einen Hund! Wir haben ihn von Freunden in Bala geschenkt bekommen. Eine echte Promenadenmi-

schung und zum Knuddeln süß. Ein braun-schwarz-weißes Wollknäuel mit dicken Pfoten, man kann noch gar nicht sagen, wie er mal aussehen wird. Ein Collie ist drin, das ist gewiss, seine Mutter ist nämlich ein Border Collie. Aber mehr weiß man nicht...
Wir lieben ihn alle drei, als wär's ein neues Baby. Wir haben ihn Jack getauft.
Schreib bald! Wenn ich im Postfach in Bala keinen Brief von dir finde, bin ich jedes Mal enttäuscht, und der Kaffee im Tea Room schmeckt nur halb so gut.

Im Herbst dieses Jahres zogen Achim und ich zusammen. Im kommenden Jahr sollte ich eine Stelle am Schweizerischen Institut für Kunstwissenschaft antreten, während Achim am Kunsthistorischen Institut der Zürcher Uni blieb. Eine ideale Situation: Wir beide würden eine Arbeit haben, die wir liebten und die uns verband, ohne dass wir am selben Ort arbeiteten. Wir fanden es beide besser, nicht ununterbrochen Tag und Nacht zusammen zu sein, und waren zufrieden, auch einen je eigenen Kollegen- und Freundeskreis aufbauen zu können.

Achim war bei seiner Mutter in Frankfurt aufgewachsen und hatte dort studiert; wir hatten uns ja auch an der Frankfurter Uni kennengelernt. Aber Zürich war ihm bestens vertraut – sein Vater war Schweizer und lebte schon seit der Scheidung wieder in seiner Heimatstadt. Achim hatte seine Ferien regelmäßig in Zürich verlebt.

Unsere Mütter hatten wir in Frankfurt inzwischen miteinander bekannt gemacht. In Zürich lernte ich nun endlich Achims Vater kennen. Er lebte in einer großzügigen Jugendstil-Wohnung in der Nähe der Universität, in einem prächtigen, großbürgerlichen Haus, in dem schon der Komponist Busoni gewohnt hatte. Als Achims Vater uns die Tür öffnete, wusste ich, es war Zuneigung auf den ersten Blick.

»Ich bin Simon«, sagte er mit der gleichen angenehmen dunklen Stimme, die mir an Achim so gefiel. Sie sahen sich auch überraschend ähnlich.

»Ich habe sehr viel Platz hier«, sagte er fast entschuldigend, »aber ich hab es mir doch verkniffen, Achim zu fragen, ob ihr nicht hier einziehen wollt.« Als ich sein Schmunzeln sah, wusste ich, wir würden miteinander klarkommen, hundertprozentig.

Achim war, als er von Salerno nach Zürich ging, in eine Wohnung gezogen, die groß genug für zwei war. Das alte Haus in der Morgentalstraße gefiel mir sehr.

Als die Umzieherei vorbei war, schickte ich Jess und Nick ein paar Fotos von der Wohnung und ein Bild von Achim und mir. Wie wir da so unsere Köpfe zusammensteckten, fiel mir auf, dass Achim blond und braunäugig war wie Jess und dass er meinem Vater glich. Bisher war mir das gar nicht aufgefallen.

Vielleicht hatte ich mich ja auch so spontan von Jess angezogen gefühlt, weil sie mich an meinen Vater erinnerte. Wer weiß das schon, welche inneren Landkarten von unserer Seele in Sekundenschnelle abgeglichen werden, wenn wir einem neuen Menschen gegenüberstehen und denken »sympathisch« oder »unsympathisch«.

Im Spätherbst, ich glaube, es war schon November, der Brief ist nicht datiert, schrieb Jess:

Es ist schwer, daran zu denken, dass auf diesen düsteren Monat noch über drei dunkle Monate folgen, aber ich versuche, mich in Ausdauer zu üben. Es ist ein Kampf, und ich weiß nicht, ob ich ihn gewinnen kann. ich bin wohl nicht zum Marathonläufer geboren, mir fehlt der absolute Wille zum Durchhalten, ein Stück Zähigkeit. Die Fähigkeit, Gefühlen nicht nachzugeben. Aber ich wünsche mir nichts sehnlicher als diese Eigenschaften. Das unangefochtene Durchhalten als Lebensaufgabe. Wahrscheinlich wünscht man sich immer das, was man nicht hat. Bleiben, nicht fortrennen wegen einer Laune, einem vorübergehenden Bedürfnis, einem egoistischen Trieb. Bleiben.
Meine Mutter, die ist nicht geblieben. So will ich auf keinen Fall sein. ›Pass auf, dass du nicht wirst wie deine Mutter!‹, hat mein Vater gesagt, als ich nicht bei ihm und seiner Frau bleiben wollte. Die Oma hat das zwar nicht gesagt, aber sicher gedacht: Wenn die mal nicht so wird wie ihre Mutter. Jedem Gefühl nachgeben, das geht doch nicht. Vielleicht hätte ich mich ja an die Frau meines Vaters gewöhnt, sie irgendwann gemocht. Ich hätte mir eben mehr Mühe geben müssen. Man darf nicht zu früh aufgeben.
Wenn ich Nick ansehe, dann schneide ich schlecht ab. Da bin ich einfach nur instabil und oberflächlich. Er ist unglaublich diszipliniert und fühlt sich trotzdem, als wäre er der freieste Mensch auf Erden. Er unterwirft sich dem Dasein hier in völliger Selbstgewissheit und Stärke und ist gleichzeitig ohne Aufbegehren. Ich mache eine Faust, wenn es

mittags so finster, so lichtlos ist wie am Morgen und am Abend. Und weil das nichts nützt, macht mich das noch niedergeschlagener. Nick erhebt keine Faust gegen die Natur, er hadert nicht, und er ist auch nicht niedergeschlagen. Er ergibt sich aus Überzeugung.

Man darf nicht anfangen, nachzudenken. Wenn man in dieser Einsamkeit zu viel nachdenkt, wird man wahnsinnig. Weil man sich dann plötzlich ganz unfrei fühlt, gefangen in den unabänderlichen Gesetzen der Natur. Ich wünsche mir fließendes Wasser im Haus, einen Boiler. Aber das würde eine Wasserleitung bedeuten; immerhin könnte man einen Boiler mit Holz heizen. Meine Oma hatte, als ich klein war, einen Badeofen, den sie samstags einheizte für das wöchentliche Bad. Ich träume davon. Aber das ist Nick schon zu viel.

Ich lese Amy viel vor. Sie ist aufgeweckt und neugierig. Ich freue mich schon darauf, sie selbst zu unterrichten. Hier geht das ja. Es wäre auch praktisch kaum möglich, sie in die Schule nach Bala zu schicken. Aber Rechnen und Mathematik, das muss Nick übernehmen, da war ich immer eine Niete.

Aber, was ich dir noch erzählen wollte: Ich habe mir eine Nähmaschine gekauft, so eine uralte, wie unsere Urgroßmütter und Großmütter sie hatten, mit einem Trittbrett, um mit den Füßen die Nadel anzutreiben. Ich hab schon eine Patchworkdecke genäht! Bis ich Amy und mir Kleider nähen kann, wird es aber wohl noch eine Weile dauern.

Ich versuche, nicht zu grübeln. Einfach morgens

aufstehen, den Rayburn auf Trab bringen, Frühstück machen und immer so weiter, bis Nick oder ich nachmittags, bevor es dunkel wird, genügend Wasser vom Brunnen holen für den Abend und die Nacht. Eigentlich leben ja die meisten Menschen nach dem Prinzip ›automatisch und ohne zu viel nachzudenken‹. Ist wohl auch besser so. Nur dass ich so unordentlich bin, bringt die täglichen Rituale manchmal durcheinander. Da hat Nick seine liebe Mühe mit mir. Es macht ihn sehr ärgerlich, bringt ihn richtig in Rage, wenn die Streichhölzer abends wieder nicht am selben Platz liegen oder die Taschenlampe. Die Kerzen. Klar, man muss die Sachen auch im Dunkeln auf Anhieb finden, das Suchen ist sonst schrecklich mühsam. Nick hat ja recht. Aber darin bin ich ganz schlecht.
Übrigens, Wolfgang Kreidel war hier. Nächstes Jahr soll die Ausstellung in Darmstadt stattfinden, im Mai. Bitte, bitte, komm dann! Mit Achim! Zur Vernissage. Wir müssen uns doch endlich wiedersehen.

Ich dachte viel über Jessicas Brief nach. Ja, für Nick bedeutete das Leben in Graig Ddu Freiheit. Die Natur macht keine Vorschriften, stellt keine Gebote und Verbote auf. Man hat alles selbst in der Hand und muss auch für alles selber sorgen. Aber auch Jess hatte recht. Nicht nur die Gesellschaft, auch die Natur macht unfrei, beraubt uns gewisser Freiheiten. Die Natur zwingt den Menschen zur Anpassung an den Zyklus von Licht und Dunkel, von Kälte und Hitze, sie engt die Bewegungsmöglichkeiten ein durch Stürme oder

Schnee. Nick wollte sich auf keinen Fall den Zwängen der Gesellschaft beugen. Aber der Natur unterwarf er sich. Immerhin, das war eine freie Entscheidung. Eine Entscheidung, die seiner Arbeit, seinem kreativen Antrieb entgegenkam. Aber stimmte das Gleiche auch für Jess? Auch ohne ihre Liebe zueinander infrage zu stellen – sie waren immer noch zwei unterschiedliche Wesen, auch wenn sie dachten, sie seien eins.

Am 15. Mai wurde Nicks Ausstellung in Darmstadt eröffnet.

Nick gab sich betont ruhig und gelassen, schwarze Jeans, schwarzes T-Shirt wie immer, aber ich spürte an der fahrigen Bewegung, mit der er sich die langen dunklen Haare aus dem Gesicht strich, wie aufgeregt und stolz er war, zum ersten Mal auf dem Kontinent ausgestellt zu werden, ohne den Bonus, den er vielleicht in Llangefni hatte. Dort kannte man ihn, aber hier war er ein Nobody, der sich allein dank seiner Kunst durchsetzen musste.

Nick hatte mich gebeten, zur Eröffnung ein paar Worte zu seinen Bildern zu sagen. Das tat ich gern. Wenn ich meine freundschaftlichen Gefühle abzog, blieb immer noch genug Bewunderung für seinen ganz eigenen Weg und die Qualität seiner Malerei. Achim, der Nicks Bilder zum ersten Mal sah, teilte meine Ansicht. Er war so gespannt darauf, Nick und Jess kennenzulernen, wie sie neugierig auf ihn waren.

Jess und er mochten sich auf Anhieb. Dank des Frühlings, inmitten der Menschen, die sich für Nick und auch für sie, Jess, interessierten, vielleicht auch aus Freude, wieder mal in Deutschland zu sein, hatte sie ihre Lebhaftigkeit wiedergewonnen, ihre Helligkeit, und das Leichte und Unbekümmerte ihres Temperaments verfehlten auch auf Achim nicht ihre Wirkung. Er fand sie ziemlich sexy, und ich freute mich riesig, sie so wiederzusehen. Für die Vernissage hatte sie ihr fülliges blondes Haar kunstvoll, aber lässig hochgesteckt und wirkte in ihrem kurzen kleinen Schwarzen elegant und sehr attraktiv. »Vom Charity Shop«, flüsterte sie mir zu, »fünf Pfund! Du weißt ja, mehr geb ich für Kleider nicht aus!« Ich lächelte, als ich ihre High Heels bemerkte: Auch das war ein gutes Zeichen.

Amy war schon ein richtiges kleines Mädchen. Auf die Frage, was sie sich von mir zum Geburtstag wünsche, sagte sie, sie wolle ein Kleid. Rosa musste es sein und Volants haben, und die Lackschuhe im Fenster des Ladens gefielen ihr so gut, dass ich auch sie kaufte. Da tobte sie daheim mit Gummistiefeln lustvoll im Matsch herum, aber bei Gelegenheit wollte doch auch sie Prinzessin sein.

Nick und Jess konnten bei Wolfgang in Darmstadt übernachten, Achim und ich wohnten in Frankfurt bei meiner Mutter. Wir sahen Nick und Jess weniger, als wir uns vorgenommen hatten. Nick betreute die Ausstellung und versuchte, mit möglichst vielen Leuten, Kunden wie Kritikern, in Kontakt zu kommen und nützliche Fäden zu knüpfen. Jess hatte beschlossen, mit Amy zu ihrer Großmutter in die Nähe von Marburg zu fahren. Die Oma freute sich auf Jessicas Besuch und den ihrer Urenkelin. Achim musste sich um seine Mutter kümmern, ehe er zurückfuhr, und ich wollte nicht nur bei meiner Mutter übernachten, sondern auch etwas Zeit mit ihr verbringen.

Einen Abend aber hatten Jess und ich allein für uns.

»Und«, fragte ich, »wie geht es mit dem Nähen?«

Jess strahlte. »Ich bin richtig gut. Ich hab angefangen, Klamotten zu nähen. Eigenkreationen. Ich hab sogar schon was verkauft an meine Freundinnen. Ich arbeite auch auf Bestellung, dass du's weißt! Das ist mein neues Heilmittel gegen die Wintermonate.«

»Also geht's dir ganz gut?«

»Ja.«

Hörte ich da ein leises Zögern?

Sie merkte, dass ich auf nähere Erläuterungen wartete. »Ich hoffe, Nick verkauft ein paar Bilder. Mit den Finanzen ist es ein Desaster. Man macht sich nicht klar, wie viel die Farben kosten, die Leinwände, die Rahmen. Vor allem die Farben.«

»Ein Bild ist schon verkauft, Jess. Das schleppe ich nach Ende der Ausstellung nach Zürich. Ich könnte mit Achim reden. Vielleicht kaufen wir ein zweites Bild! Wollt ihr nicht noch mit nach Zürich kommen? Ihr könntet bei uns auf Luftmatratzen oder bei Achims Vater ziemlich komfortabel übernachten. Er ist sehr nett, hat eine riesige Wohnung und liebt die Gesellschaft von jungen Leuten. Ich würde euch so gern Zürich zeigen. Den See. Die Berge. Meine Arbeit.«

Jess schüttelte den Kopf. »Die Idee mit den Hühnern stammt von dir. Und den Hund haben wir auch noch. Der Hund könnte notfalls länger bei unseren Freunden bleiben, aber die Hühner ... Zu lange können wir niemandem zumuten, nach Graig Ddu hinaufzuwandern, um nach dem Rechten zu sehen. Wir können eigentlich nicht zusammen verreisen, ganz abgesehen vom Geld, weißt du. Diesmal war Gwen, eine Freundin, bereit, das Haus zu hüten, solange wir weg sind. Aber sie kann das auch nur ein paar Tage machen.«

»Und du und Amy? Wenn Nick zurückfährt und ihr beide noch ein paar Tage bei Achim und mir bleibt?«

Sie winkte ab. »Geht schlecht. Nick ist gewohnt, dass ich da bin, auch wenn er den ganzen Tag im Atelier ist. Und ... er ist ziemlich eifersüchtig. Er stellt sich immer vor, dass ich wer weiß was mache, wenn wir nicht zusammen sind.«

»Und machst du?«

»Unsinn!«

Der Frühsommer war eine gute Zeit für alle. Nick, bestätigt durch den Erfolg seiner beiden Ausstellungen, glücklich über den Verkauf einiger Bilder, die außerdem etwas Geld in die Kasse spülten, war entspannt wie schon lange nicht mehr. Er nahm sich mehr Zeit für Jess und Amy. Sie gingen zusammen am Fluss baden, erwanderten die Gegend, Amy stolz auf Nicks Schultern, und picknickten wie in alten Zeiten. Jessicas Briefe schickten mir den walisischen Juni und waren fröhlich wie lange nicht mehr. Meine schönsten Erinnerungen an Graig Ddu wurden wach.

»Ihr müsst unbedingt kommen«, schrieb Jess, und Nick hatte sogar mit unterschrieben. Ich hätte größte Lust gehabt, die Sommerferien mit Achim in Wales zu verbringen, aber wir hatten Matteo versprochen, für zwei Wochen nach Paestum zu kommen. Matteo und seine Familie, die arkadische Landschaft Italiens und der Gedanke, im Mittelmeer zu schwimmen und danach in der Trattoria am Strand *Spaghetti vongole* zu essen, hatten auch was für sich.

»Lade doch alle nach Paestum ein«, meinte Achim. »Bei Matteo ist Platz genug, und das Strandleben würde Amy sicher Spaß machen.«

»Jess auch. Sonnenbaden *auf* der Decke statt *unter* der Decke wär mal was.«

Achim sah mich fragend an.

»Na, wegen der Temperaturen! Natürlich kann es an der walisischen Küste heiß werden, aber doch eher selten...«

Als Jess nach nächste Mal anrief, schlug ich ihr vor, was Achim und ich uns überlegt hatten. »Denk drüber nach! Du musst ja sowieso erst mit Nick darüber sprechen.«

»Nick war noch nie in Italien«, sagte Jess, »das reizt ihn sicher.« Ihr gurrendes Lachen. »Was rede ich von Nick! Ich war auch noch nie so weit im Süden!«

Nick wollte lieber nach London. Alte Freunde besuchen, sich Galerien ansehen, dort vorsprechen, neues Material einkaufen, das Geld zusammenhalten, statt es im Flugzeug in der Luft zu verpuffen, wie er sagte.

Wir machten daraufhin den Vorschlag, Nick und Jess sollten wegen der Tiere, die zu versorgen waren, versetzt verreisen, wobei wir den Flug für Jess und Amy übernehmen wollten. Und Matteo würde den beiden ein Gastzimmer umsonst überlassen.

Und so machten wir es.

Jess und Amy genossen die Tage am Meer, ich fand es wunderbar, endlich mal wieder länger mit Jess zusammen zu sein und mit Amy Sandburgen zu bauen. Achim und ich wünschten uns Kinder, aber ich wurde nicht schwanger. Matteo war hingerissen von Jess (und ihren blonden Haaren). Seine Bewunderung tat ihr gut. Er sagte ihr, sie sei die schönste Frau am Strand, und überschüttete sie mit Komplimenten. Matteo ist ein außerordentlich liebenswürdiger Mensch, er meint, was er sagt, und trägt nicht so dick auf, dass man verstimmt das Weite sucht. Jess flirtete sogar ein bisschen mit ihm, das gefiel mir gut. Das war einfach sie: Ich kenne niemanden, der einen so leichtfüßigen, liebenswürdigen Umgang mit anderen hat. Ich glaube, Matteo hat sich prompt in sie verliebt.

Amy war viel bei Matteos Mutter in der Küche. Sie verkündete, sie wolle später Köchin werden, und dann solle es jeden Tag Pizza oder Lasagne geben.

Es waren herrlich unbeschwerte Tage.

Jess und Amy flogen mit uns zurück nach Zürich und blieben noch ein paar Tage. Sie wohnten bei Achims Vater, der begeistert war, dass Leben ins Haus kam, und Jess anbot, sie könne gern mit Amy für immer bleiben, falls sie je Lust hätte, nach Zürich überzusiedeln.

Dann brachten wir sie zum Flughafen.

Auf dem Rückflug geriet das Flugzeug in ein heftiges Gewitter. Eine erste starke Bö erfasste die Maschine unvermutet, als Jess gerade von der Toilette zurück zu ihrem Platz wollte. Sie flog gegen eine Sitzlehne und stürzte. Jess hat Angst vorm Fliegen, ich kann mir vorstellen, wie sehr sie erschrak, als sie mitten in das Zentrum des Gewitters gerieten.

Sie rief weinend vom Flughafen Manchester an, um zu sagen, sie seien mit einem großen Schrecken, aber heil angekommen.

Zürich, 26. Februar

Das Wochenende steht vor der Tür, Achim nicht da, keine Arbeit im Büro, keine Kollegen, die mich ablenken von der einen Frage: Was ist mit Jess? Ich bin froh, dass Nick gerade anrief, auch wenn er nichts Neues aus dem Krankenhaus zu berichten hatte. Er hat Amy zu Gwen und ihrer Familie gebracht, Freunden, die in Bala wohnen. Amy kennt sie seit langem (besser als die Bekannten in Wrexham, wo sie in den ersten Tagen wohnten) und hat dort gleichaltrige Kinder zum Spielen. Das normale Familienleben werde ihr guttun, meinte Nick. Er kann sich wenig mit ihr abgeben, ist ständig unterwegs zwischen dem Haus und der Klinik in Wrexham, wo er Stunden bei Jess sitzt. Auch wenn ihn jemand von seinen Freunden fährt – es ist doch immer eine gute Stunde Fahrt von Graig Ddu nach Wrexham, des schlechten Weges bis zur Straße wegen.

Jetzt, wo Amy versorgt ist, könnte Nick auch über Nacht bei Jess bleiben. Das Krankenhaus hat es ihm mehrmals angeboten. Nick erwähnte die Möglichkeit, sagte aber nicht, ob er sie auch wahrnimmt. Vielleicht fürchten die Ärzte, dass sie ihn nicht erreichen können, falls es zu Ende geht. Ich habe ihn nicht darauf angesprochen.

»Ann! Ich bin schwanger, stell Dir vor! Das muss kurz vor unserer Italienreise passiert sein! Ich bin ganz durcheinander, das muss ich erst mal verdauen (hab die Pille wieder mal schlampig genommen)! Aber so viel steht fest: Nick freut sich«, schrieb Jess Ende August, drei Wochen nach unseren gemeinsamen Ferien in Paestum. Ob sie selbst sich freute, blieb unklar. Dann fuhr sie fort:

> Graig Ddu ist diesen Sommer das totale Kontrastprogramm zu Kalabrien. Verregnet und kalt. Keine Änderung in Sicht. Amy ist knatschig, weil wir nicht viel rauskönnen. Wir können schon, aber der Spaß ist begrenzt. Ich versuche, aus der Not eine Tugend zu machen und spielerisch die ersten Buchstaben und das Zählen mit ihr zu üben.
> Die Hühner picken und buddeln im Matsch und sehen erbärmlich aus, aber ich kann sie nicht immer nur im Stall halten. Ziemlich unfreundlich sind sie zurzeit und hacken aufeinander rum. Der Hahn hat nicht mal Lust zu krähen.
> Nur Jack lässt sich die Laune nicht verderben. Wenn er reinkommt, muss ich ihn erst mal gründlich säubern und abtrocknen. Mühsam bei seinem langen Fell. Also wirklich, fließendes Wasser und eine Dusche wären sehr hilfreich! Vor allem, wenn ich an das neue Baby denke. Aber es ist kein Geld für Investitionen ins Haus da. Der Geldsegen ist nämlich schon versickert. Der Rücktransport der nicht verkauften Bilder, neues Material, Pinsel, Farbe, Leinwand, Nicks Zeit in London haben fast alles verschlungen. Wir sind

wieder da, wo wir waren. Holz und Kohle müssen geliefert werden, Ausgaben, die vor der Tür stehen.

Ich schau mir jeden Tag die Fotos von Paestum an. Das gab es! Dieses strahlende Blau des Himmels, das kaum bewegte Meer, *poco mosso*, wir im Bikini, den Pulposalat (eine Entdeckung!), die dicken Sonnenbrillen, die fette Sonnencreme, die bunten Glühlämpchen abends auf der Terrasse der Trattoria. Wein und schmalzige Gesänge aus dem Radio. Espresso aus zischenden und dampfenden Kaffeemaschinen. Und, klar, Fußball im Fernsehen. Gestikulierende Männer vor dem Bildschirm, der hoch oben in der Ecke der Bar schwebt wie der liebe Gott persönlich. Ach, und das alles ist erst wenige Wochen her! Immerhin hat das Baby sich einen sehr schönen Anfang für seine Existenz ausgesucht. Grüß Matteo von mir, wenn du von ihm hörst.

Jess schwanger. War sie glücklich darüber? Freute ich mich für sie? Meine Gefühle waren ambivalent. Ich wäre glücklich über eine eigene Schwangerschaft gewesen, aber wäre ich es auch über eine zweite in einem Haus fernab von allem, ohne jeglichen Komfort und in ständigen finanziellen Engpässen? Aber ich war nicht Jess, und ihr Brief klang nicht allzu schlecht. Ich schrieb ihr, dass ich mich freue, wieder »Tante« zu werden. Heute weiß ich, es wäre wichtig gewesen, näher nachzufragen.

Eine Woche später kam noch einmal ein Brief, danach hörte ich lange nichts mehr. In dem Brief berichtete sie, sie sei ganz aufgeregt.

Du glaubst es nicht, was bei uns gerade passiert! *King Lear* von Shakespeare wird in *unserem* Tal verfilmt! Nicht der ganze Film natürlich, aber eine Reihe von Szenen. Wegen der einsamen, eindrucksvollen Landschaft! Nick und ich haben uns gleich im Buchladen von Bala den Text bestellt. Nick hat zwar einiges von Shakespeare – und ich natürlich *Wie es euch gefällt*, du erinnerst dich an den Beginn unserer Freundschaft! –, aber der *King Lear* ist nicht dabei.

Meryl, die junge Frau, die den Laden führt, ist übrigens inzwischen eine gute Freundin, und das nicht nur, weil wir wahrscheinlich ihre besten Kunden in Bala sind. Ansonsten verkauft sie vor allem Papierwaren und Postkarten an die Sommertouristen. Nick will mit ihr darüber sprechen, ob sie nicht auch einige Postkarten von seinen Bildern verkaufen könnte. Da hätten die Käufer Landschaft plus Kunst in einem. Nick und sie reden stundenlang über Bücher, man bringt ihn kaum aus dem Laden. Und sie blüht auf, wenn er kommt, das sieht man von weitem. Lesen verbindet! Manchmal denke ich, die beiden verstehen sich ein bisschen zu gut. Aber man bildet sich ja schnell was ein.

Die BBC dreht den Film. Sie haben lange in der Gegend nach einem geeigneten Drehort gesucht und fanden ihn schließlich hier – bei uns. Das Produktionsteam reist Mitte September an, die Schauspieler kommen eine Woche später. Zuerst muss ja die ganze Ausrüstung hergeschafft werden. Ein Teil des Teams wird in Wohnwagen ganz

in der Nähe unseres Hauses wohnen, der Regisseur, die Darsteller und der andere Teil des Teams sollen unten im White Lion einquartiert werden. Dass man nur mit Geländewagen hier heraufkommt, haben sie schon begriffen.
So viel Trubel hat Graig Ddu vermutlich noch nie erlebt. Die drei, die sich das hier angesehen haben, sind sehr sympathisch. Spannende Leute. Der eine, der bei der Vorhut dabei war, ein Kameramann, Anthony Rivera, ist in unserem Alter. Er erinnert mich an Matteo, ein südländischer Typ. Aber er ist ein waschechter Engländer. Seine Großeltern sind allerdings tatsächlich aus Italien eingewandert. Du siehst, ich habe schon einiges herausgefunden. Amy ist begeistert. Anthony hat ihr von den vielen Kostümen erzählt, den Rüstungen und Pferden und Waffen. Seither ist sie ganz aufgedreht.
Nick wird einige Wochen ziemlich bei der Arbeit gestört sein, aber er findet den Herbst, den wir dieses Jahr erleben werden, auch spannend. Das wird fantastische Filmbilder geben, vor allem wenn die Erika noch blüht und das Violett die Hügel einfärbt. Und dann die Weite, die Wolken. Ich sehe schon die Pferde durchs Tal donnern. Anthony hat gesagt, wir könnten gern beim Dreh zuschauen, aber wir sollten uns keine übertriebenen Vorstellungen machen. Die gleiche Szene würde oft fünf-, sechsmal hintereinander abgedreht. Und die Szenen, sagt er, folgen ja nicht der Chronologie der Handlung, sie seien aus dem Zusammenhang gerissen. Die Schauspieler seien fleißi-

ger, disziplinierter und geduldiger, als man sich das so vorstellt. Harte Arbeit.

Danach hörte ich lange nichts mehr. Ich war neugierig und fragte mehrmals nach, wie es Jess ging und ob die Filmerei spannend war, aber es kam keine Antwort. Nach den Ferien in Italien hatte Jess manchmal kurz von Bala aus angerufen, wenn sie im Ort einkaufte, aber auch telefonisch war der Kontakt abgerissen. Damals hielt ich das für ein gutes Zeichen und dachte nicht weiter darüber nach. Keine Nachricht, gute Nachricht. Aber jetzt wird mir der weiße Fleck bewusst, die Leerstelle, die zwischen Jessicas Brief vom August und dem nächsten Lebenszeichen lag, das mich im November erreichte.

Als endlich wieder Post kam, erschrak ich über den veränderten Ton. Die Jess vom Sommer schien ausgewechselt gegen eine andere Person.

Von den Dreharbeiten zu *King Lear* war keine Rede mehr, obwohl ich mich mehrmals danach erkundigt hatte. Hingegen verfolgte sie der Gedanke, nicht nur eine schlechte Ehefrau und Mutter, sondern auch eine Kindsmörderin zu sein. Ich war alarmiert, ja entsetzt und suchte in ihrem Brief nach Erklärungen: Sie hatte das Kind im Herbst durch einen Abort verloren. Dieser Umstand und wohl auch der bevorstehende Winter hatten ihr Gemüt verdüstert.

Der Brief war teilweise wirr und für mich unverständlich.

> Das Baby hat einen Schaden davongetragen, als Amy und ich nach den Ferien in Paestum zurück nach Manchester geflogen sind! Ich hätte mich bei dem Flug nicht aufregen dürfen, obwohl das Gewitter mich so geängstigt hat. Das ist ganz

schlecht für einen Fötus, das muss man vermeiden. Und dann bin ich noch gestürzt, erinnerst du dich, ich hab dich noch angerufen nach der Landung. Ich bin gestürzt und mit dem Bauch gegen einen Sitz geprallt. Ich hätte genauer Buch führen müssen über meine Mens, dann hätte ich gemerkt, dass sie um Tage verspätet war, dass ich schwanger war! Der Sturz war ein Schock für das Baby. Ich hätte die ganze Reise nach Italien nicht machen dürfen in meinem Zustand. Der Beginn einer Schwangerschaft ist doch besonders heikel.
Wie verantwortungslos ich war.
Ann, ich bin schuld am Tod meines Kindes. Niemand kann mir diese Schuld abnehmen, niemand. Dieser Gedanke schnürt mir die Luft zum Atmen ab. Ich habe nur mein Vergnügen gesucht, nur an mich gedacht.
Ich laufe nachts im Haus herum, sehe nach, ob Amy in ihrem Bettchen schläft, einmal, zweimal, dreimal in der Nacht, gehe wieder ins Bett, liege neben Nick und wage nicht, ihn aufzuwecken. Am Anfang hab ich das gemacht. Aber wozu. Er war nur schlaftrunken und hat mir gar nicht richtig zugehört. Außerdem versteht er mich nicht. Er sagt, ich sei nicht schuld am Tod des Babys. Aber was weiß er schon! Er sagt: ›Es ändert nichts, wenn du darüber nachgrübelst, weder zum Guten noch zum Schlechten. Höchstens zum Schlechten, weil Amy unter deinem Zustand leidet und ich auch. Solche Dinge geschehen, jeder Frau kann das passieren, also hör auf, darüber nachzugrübeln.‹ Aber das kann ich nicht! Das ist nur eine

oberflächliche Beruhigungstaktik von Nick. Eigentlich will er nur seine Ruhe haben. Aber im Grunde weiß er genau, dass ich eine unfähige Mutter bin.
Ja, es ist wahr, ich habe Angst gehabt, dass ich es nicht schaffe hier oben mit zwei kleinen Kindern. So allein.

Ich saß über dem Brief und war ratlos, dann rief ich meine Gynäkologin an. Sie sagte, sie könne natürlich keine Ferndiagnose stellen, aber meine Freundin habe ihrer Meinung nach eine schwere, besorgniserregende Depression. Sie brauche ärztliche, psychiatrische Hilfe.

Also bat ich Jess dringend, sich in Bala beim ärztlichen Dienst zu melden.

Darauf schrieb Jess zurück: »Du bist wie Nick. Ihr nehmt mich und das, was ich sage, nicht ernst. Ihr wollt mir nur ausreden, was ich besser weiß: dass ich eine schlechte Mutter bin.«

Ich fühlte mich überfordert. Ich bin weder Psychologin noch Ärztin. Jess machte mich hilflos, sie war mir unheimlich. Nick musste sich ähnlich fühlen.

Ich sagte mir, du kannst nicht schon wieder Urlaub nehmen und nach Wales fahren, aber in Wirklichkeit hatte ich Angst davor. Natürlich werfe ich mir das heute vor, aber es ist die Wahrheit. Ich wusste einfach nicht, wie ich mit Jess hätte umgehen sollen.

Fast fühlte ich mich schon mitschuldig, weil ich Jess ermuntert hatte, mit uns nach Italien zu fahren. Hätte ich sie nicht eingeladen, wäre sie nicht geflogen und demzufolge auch nicht gestürzt. Ich las eine Anklage aus ihren Worten, und diese Anklage empfand ich als ungerecht. Ihre Selbstbeschuldigungen waren doch an den Haaren herbeigezogen. Ihre Argumentation absurd. Es war unsinnig, sich jetzt festzubeißen an dem Gedanken, der Flug zurück nach Manchester habe das ungeborene Kind geschädigt. Sie wusste damals doch noch nicht einmal, dass sie schwanger war. Es kam mir vor, als suchte sie nach einem Grund, sich schuldig zu fühlen. Ich war ärgerlich über ihre Antwort und sprach mit Achim darüber.

Er schlug vor, zu Weihnachten ein paar Tage nach Graig Ddu zu fahren und jetzt an Nick zu schreiben, er solle alles daransetzen, Jess in ärztliche Behandlung zu bringen. »Notfalls können wir Jess nach Weihnachten mit zu uns nehmen. Vielleicht muss sie für eine Weile von dort oben weg. Oder für immer«, sagte er. »Vielleicht ist das Leben in der Einsamkeit einfach nichts für sie. Für mich wäre es jedenfalls nichts. Und es ist ja nicht nur die Einsamkeit. Es möchte auch nicht jeder Mensch so spartanisch leben wie Nick. Dafür sind nicht alle geschaffen. Vielleicht ist Jess damit überfordert, auch wenn sie behauptet, gern so zu leben.«

»Das werden sie nicht hören wollen«, entgegnete ich. »Du kennst die beiden nicht. Die Entscheidung, dort gemeinsam zu leben, ist immer ihr gemeinsamer Traum gewesen. Daran werden sie nicht rütteln. Die Realisierung dieses Traums ist die Verkörperung ihrer Liebe.«

»Nicht alle Träume halten der Realität stand. Manche Träume muss man aufgeben, ehe sie einen umbringen«, sagte Achim. »Warum fürchten die Menschen eigentlich das Scheitern einer Idee mehr als das reale Unglück, das daraus erwachsen kann?«

Ich schrieb an Nick. Berichtete von Jessicas Brief, dem ersten und dem zweiten. »Du musst Dir schreckliche Sorgen machen, Nick, bring sie um Gottes willen zum Arzt. Das ist doch auch für Amy und Dich kein Leben so.«

Er antwortete tatsächlich.

> Ja, es ist schwierig. Jess ist so, wie du sie schon einmal erlebt hast, aber dazu kommt, dass sie jetzt mehr und mehr ungehalten mit Amy ist, ich habe inzwischen Angst, dass sie sie schlägt. Nicht vorsätzlich, als Strafaktion (Amy stellt auch gar nichts an), sondern weil ihr die Hand ausrutscht. Sie kommt mit der Situation nicht mehr klar, ist von allem überfordert. Nur das Kopfkino läuft und läuft.
> Amy ist sehr verdrückt und ängstlich, sie weiß nicht mehr, wie sie sich verhalten soll, manchmal rettet sie sich in den Trotz.
> Ich halte das schwer aus, ziehe mich zurück, verschwinde, sooft ich kann, ins Atelier, lese und schreibe abends dort. Man kann nicht mit ihr reden, sie fängt immer wieder vom Gleichen an – wenn sie überhaupt redet. Sie hat ja immer gern Besuch gehabt, aber das hat sich geändert und mittlerweile kommt auch tatsächlich niemand mehr. Sie weigert sich aber, in Bala zum Arzt zu gehen, immer noch. ›Was soll ein Arzt daran ändern‹, sagt sie. ›Schuld und einen schlechten Charakter kann man nicht mit Pillen kurieren.‹
> Und zwingen kann ich sie nicht.

Das Schreckliche war: Es stimmte. Jess war eine schlechte Mutter. Sie hatte sich so im Labyrinth ihrer Grübeleien und Schuldgefühle verirrt, dass Amy die Aufmerksamkeit, Zuwendung und Fröhlichkeit vermissen musste, die ein Kind braucht. Nick war ein erwachsener Mann, er konnte sich ein Bild von der Situation machen, sie einschätzen. Amy nicht. Sie musste das Gefühl haben, etwas getan zu haben, wofür ihre Mutter sie nun bestrafte. Die Kette ging weiter. Amy musste sich schuldig fühlen für etwas, wofür sie nichts konnte. Bin ich lieb, geht es meiner Mama gut, bin ich böse, geht es ihr schlecht.

Aber all diese Gedanken halfen nicht weiter.

Ich verfiel selbst in Grübeleien.

Jess war besessen von der Angst, zu werden wie ihre Mutter. Sah sie denn nicht, dass sie auf dem besten Weg genau dorthin war? Nein, sie ging nicht von der Familie weg, wie ihre Mutter es getan hatte, aber sie war auch nicht da. Sie lebte in ihrer eigenen, qualvollen Gedankenwelt, die auch für alle anderen eine Qual bedeutete.

Auf meinen Vorschlag, mit Achim an Weihnachten nach Graig Ddu zu kommen, hatte Jess nicht reagiert. Nick ebenso wenig.

»Jess ist erwachsen, Ann. Du musst sie das selber regeln lassen. Dann fahren wir Weihnachten eben nicht hin, wenn die beiden das nicht wollen.« Damit war die Sache für Achim erst mal erledigt.

Für mich nicht. Trotzdem wandte auch ich mich wieder meinen eigenen Angelegenheiten zu. Die Gedanken an Jess verdrängte ich. Sie könnte mich ja auch mal fragen, wie's mir geht, dachte ich, die Welt dreht sich nicht nur um sie und ihr eingebildetes Problem. Andere Menschen haben auch ein Leben, das sie beschäftigt. Und meines beschäftigte mich gerade sehr.

Achim und ich sprachen nämlich in diesen Tagen darüber, wie es wäre zu heiraten. Wir waren noch unentschieden, ob wir eine formelle Bindung wollten, aber wir fanden es beide schön, darüber nachzudenken. Wir waren glücklich miteinander und wollten zusammenbleiben, welche Form wir auch immer dafür finden würden.

Aber auch wenn ich Jess aus dem Zentrum meines kleinen Universums verdrängte, weil ich mich ungestört glücklich fühlen wollte – die Freundschaft hatte tiefe Wurzeln, und im Innersten wusste ich, Jess brauchte Hilfe. Und sie brauchte mich. Nick wusste nicht, wie er mit der verzweifelten Jess umgehen sollte, und eine Herkunftsfamilie, auf die sie sich hätte stützen können, hatte sie nicht. Ich hätte in dieser Zeit mehr für sie da sein müssen. Aber wie?

Eines Abends Ende November klingelte das Telefon. Achim nahm den Hörer ab und reichte ihn an mich weiter. Es war Nick.

»*For God's sake*, Ann, ich weiß nicht mehr weiter. Jess ist durchgedreht.«

»Was meinst du mit ›durchgedreht‹?«

»Ich meine durchgedreht, durchgeknallt. Sie spinnt, verstehst du?«

»Nein, ich versteh nicht. Was macht sie?«

Nick weinte fast.

»Sie sagt, sie tötet ihre Kinder. Sie sagt, sie sei eine Mutter, die ihre Kinder umbringt. Sie findet, man sollte sie einsperren, damit sie Amy nichts antut. Dann wieder sagt sie, sie sei in einem Gefängnis. Das alles sei ein Gefängnis. Sie rastet total aus, Ann, ich kann nicht mehr.«

»Wo ist sie? Kannst du sie ans Telefon holen?«

»Nein«, antwortete er müde. »Sie haben sie im Ärztezentrum behalten. Ich hab sie mit Mühe den Berg hinuntergebracht. Gwen kam mit dem Pick-up hoch, zufällig, sie wollte auf einen Tee hereinschauen. Sie merkte gleich, dass was nicht stimmt, und schlug vor, Jess in Bala zum Arzt zu bringen. Zu zweit haben wir es geschafft, mit Zwang. Sie hat sich gewehrt bis zuletzt. Sie haben ihr was gespritzt, damit sie ruhiger wird. Ich bin jetzt mit Amy bei Gwen und Mike. Wir werden hier übernachten, in Bala. Für Amy ist das alles nicht leicht. Ich dachte, ich muss es dir sagen. Vielleicht hört Jess ja auf dich.«

»Ja«, sagte ich, »vielleicht.«

»Ich habe deinen Brief gefunden, in dem du schreibst, ihr könntet Weihnachten kommen. Jess hat mir nichts davon erzählt. Sie ist so merkwürdig, so verquer. Wenn ich sage, ich gehe mit Amy raus, will sie das nicht zulassen. ›Du passt nicht gut genug auf sie auf‹, sagt sie, ›es passiert ihr noch was.‹ Aber gleichzeitig hat sie Angst, sie könnte Amy etwas antun. Ich kann so nicht mehr mit ihr leben, Ann, wenn das so bleibt... Ann?«

»Ja. Ich bin da. Heißt das, du willst sie verlassen?«

»Das kann ich nicht. Natürlich nicht. Nein. Und das will ich auch nicht. Aber ehrlich gesagt, ich hab was mit Meryl angefangen, dem Mädchen im Buchladen. Ich weiß nicht, ob Jess sie dir gegenüber schon mal erwähnt hat...«

»Hat sie«, sagte ich.

»Es ging mir dreckig. Ich musste einfach mit jemandem sprechen.«

»Du kannst doch mit Gwen und Mike sprechen. Zum Beispiel.«

Er schwieg. »Ich wollte mit jemandem sprechen, der mich gut findet«, sagte er dann langsam, »der mich nicht verantwortlich macht. Zärtlich ist.«

»Du wolltest Sex.«

Er antwortete nicht, aber ich hatte ja auch keine Frage gestellt.

»Ich rede mit Achim. Wir haben inzwischen andere Pläne gemacht für Weihnachten. Aber ich denke, er wird sagen, okay, dann fahren wir nach Graig Ddu. Jedenfalls ist es gut, dass Jess jetzt unter ärztlicher Aufsicht ist. Ruf mich morgen wieder an. Bleibt ihr länger bei Gwen?«

»Ein paar Tage, ja. Wir haben Jack mitgenommen. Gwen fährt mich rauf, wenn ich nach den Hühnern sehen muss. Wir nehmen an, dass sie Jess nach Wrexham in die Klinik bringen, um sie psychiatrisch abzuklären.«

»Das ist gut«, sagte ich.

Achim brachte mir ein Glas Wein und nahm mich in den Arm. Er weiß genau, wann ich zu schluchzen anfange. Und er hält es gut aus, wenn ich weine. Ich liebe ihn sehr. Wir liebten uns leidenschaftlich, wortlos und zärtlich in dieser Nacht.

Und es war nicht so, dass ich Nick nicht hätte verstehen können.

Ich gebe es zu, ich hatte Angst vor dem Wiedersehen mit Jess. Es war eine Mischung aus Hilflosigkeit, Schuldgefühlen und Abwehr. Ich hatte noch nie mit psychisch kranken Menschen zu tun gehabt. Vor allem die Besessenheit ängstigte mich, mit der Jess behauptete, sie werde Amy etwas antun. Ich wusste natürlich, dass es Wahnvorstellungen gibt, und auch, dass man sie behandeln kann. Aber wie sollte ich Jess begegnen? Auf ihre Behauptungen eingehen? Sie ignorieren? Dagegen angehen?

»Dagegen angehen bringt gar nichts«, hatte Nick erklärt, »das macht es nur schlimmer.«

Achim und ich hatten in Manchester auf dem Flughafen einen Wagen gemietet, um uns die Reise bequemer zu machen. Vielleicht war ein Auto auch nützlich, um einiges für Nick und Jess zu erledigen. Für Achim war es die erste Reise nach Wales. Ich hätte mir gewünscht, er hätte Graig Ddu unter anderen Umständen kennengelernt. Aber Achim ist ein Mensch, der es nimmt, wie es kommt, er hält sich nicht mit Jammern auf.

»Ich werde die Gegend schon noch mal in anderem Licht sehen«, meinte er nur, als wir bei grauem, nassem Schmuddelwetter in unser Mietauto stiegen. Der Himmel hing tief, die Scheibenwischer eilten quietschend über die Frontscheibe, und wir mussten das Gebläse der Heizung auf Hochtouren laufen lassen, um das Beschlagen der Heckscheibe zu verhindern. Der Wetterbericht war viel besser als das, was uns empfing, aber immerhin gab es Hoffnung, dass Achim etwas mehr von Graig Ddu sehen würde als Nebelschwaden. Tatsächlich klarte es langsam auf, und als wir Chester hinter uns ließen, zeigten sich die walisischen Hügel unverhüllt. Ich hatte zu Nick gesagt, wir würden für das weihnachtliche Festessen alles besorgen, und als wir den Berg hinaufrumpelten, hatten wir von der Lammkeule bis zum Rotwein alles dabei.

Ich erschrak, als ich Jess in der Haustür stehen sah. Sie hatte zugenommen, ihr Gesicht war aufgedunsen. Amy rannte uns entgegen, als sie das Auto kommen hörte, auch Nick tauchte auf und bedeutete uns mit der Hand, wo wir das Auto abstellen sollten. Jess blieb abwartend in der Tür stehen, unsicher, aber mit einem vorsichtigen Lächeln im

Gesicht. Ich wirbelte Amy herum, nahm sie an die Hand und ging mit ihr aufs Haus zu. Die Männer packten aus und gingen zur Scheune, ins Atelier. Ich glaube, sie wollten Jess und mir erst mal Zeit zur Begrüßung geben.

Jess umarmte mich. Ihre Umarmung war nicht sehr fest, aber sie schien sich zu freuen, dass wir kamen. So unförmig, wie sie von weitem gewirkt hatte, war sie nicht, der grobgestrickte, übergroße schwarze Pullover, wohl ein ausgeleiertes Stück von Nick, hatte nur diesen Eindruck erweckt. Das Schwarz ließ sie noch blasser erscheinen, aber als ich sie jetzt an mich drückte, überzog sich ihr Gesicht mit einem Hauch von Farbe.

»Komm rein. Es geht mir besser«, sagte sie, als wisse sie inzwischen, dass die anderen unsicher waren, wie sie ihr begegnen sollten. »Die Medikamente beginnen zu wirken.«

Amy hing an meinem Mantel. »Hast du mir was mitgebracht?«, fragte sie ungeduldig, und ich legte den Finger an die Lippen.

»Ganz still. Erst morgen ist Weihnachten. Aber ich glaube, ein so liebes Kind wie du kriegt auch was Schönes. Aber jetzt lass mich erst mal den Mantel ausziehen.«

Jess stellte einen Becher Tee vor mich hin und schob mir die Zuckerdose zu. Ich nahm Amy auf den Schoß. Sie schlang mir die Arme um den Hals und schmiegte sich vertrauensvoll an mich. Ich war gerührt von dieser Innigkeit; es war ja doch schon wieder Monate her, dass ich im Sommer Sandkuchen am Strand mit ihr gebacken hatte. Ich nahm es auch als Zeichen, dass es Jess besser ging.

»Hej«, sagte ich leise und griff nach Jessicas Hand, »was machst du denn für Sachen?«

Jess biss sich auf die Lippen. »Ja. Ich war drei Wochen,

fast vier, in der psychiatrischen Klinik in Wrexham. Sie behandeln mich wegen Depressionen. Die Mittel wirken nicht sofort, es dauert bis zu vier Wochen, bis man sagen kann, ob sie anschlagen oder nicht. Man muss es ausprobieren. Ich habe zugenommen von dem Zeug, das ich jetzt nehme, das hast du sicher schon bemerkt. Na, wenn's nur das ist. Aber ich fühle mich besser.«

Sie sah wohl, dass mir die Frage auf der Zunge lag, was aus ihren Ängsten um Amy – und vor sich selbst – geworden war, denn sie fügte hinzu: »Mit den fixen Ideen ist es besser geworden. Ich denke nicht mehr so viel. Die Medikamente stellen das Grübeln ab.«

Sie erhob sich, stützte Hände und Arme auf dem Tisch auf und fragte, ob wir Hunger hätten.

»Jess, wir haben alles Mögliche unterwegs eingekauft. Die Männer sollen es mal herbringen. Dann kann Amy aussuchen, was sie gerne essen würde. Aber die Lammkeule ist für den Weihnachtstag, die machen wir erst morgen.«

»Sie muss die Tabletten regelmäßig nehmen«, sagte Nick, mit dem ich im Atelier ein Gespräch unter vier Augen suchte. »Das ist ganz wichtig. Sie darf das Mittel nicht absetzen, sobald sie das Gefühl hat, es ginge ihr etwas besser. Aber dazu neigt sie. Und sie darf die Dosierung nicht eigenmächtig ändern, plötzlich weniger nehmen oder mehr. Und keinen Alkohol. Nach Neujahr muss sie wieder in die Klinik zur Kontrolle. Es ist schwer zu sagen, ob es ihr wirklich besser geht oder ob sie nur einfach nicht mehr über ihre Ängste und Zwangsvorstellungen spricht. Ich wusste das alles nicht. Dass es Depressionen gibt, bei denen wahnhafte Vorstellungen auftreten, psychotische Zustände. Ich wusste bisher nicht mal, was eine Depression ist.«

»Kriegt sie auch Psychotherapie?«

»In der Klinik hat jemand mit ihr gesprochen. Die Patienten haben sich auch in einer Gruppe getroffen. Aber Jess mochte die Frau nicht, die die Gruppe leitete und wohl auch ihre Therapeutin war. Keine Ahnung, ob sie da viel gesagt hat.«

Ich wand mich ziemlich, fragte dann aber doch: »Sag, hast du das Gefühl, es bekommt Jess hier oben auf Dauer nicht? Vielleicht ist es hier einfach zu einsam für sie?«

Nick bohrte die Hände in die Taschen seiner Jeans. Das war Rückzug. Abwehr. »Einsam. Ich bin ja da und Amy. Freunde. Jess mag den Winter nicht. Aber den hasst sie auch in London. Wenn wir mehr Geld hätten, könnten wir im Winter mal raus, ein paar Wochen in den Süden, wo es heller, wärmer ist. Im Moment ist das finanziell nicht drin. Aber ich habe im Sommer in London Kontakte geknüpft. Es ist eine große Hilfe, dass Wolfgang zu der Ausstellung in Darmstadt wenn auch keinen großen Katalog, so doch eine Broschüre gemacht hat. Von Llangefni habe ich was Ähnliches. Daneben habe ich Fotos von den Bildern gemacht und Ausdrucke davon. Ich kann einiges zeigen. Wenn es zu einer Ausstellung in London käme, würde sicher auch mehr Geld reinkommen. Dann hätten wir mehr Möglichkeiten. Vom Museum in Manchester war auch jemand da und hat sich die Ausstellung in Llangefni angesehen. Du wirst sehen, wenn etwas Erfolg und Geld kommt, geht es auch Jess besser. Du weißt doch, wie gern sie hier lebt. Das ist unsere Heimat. Unser Zuhause. Unser mythischer Ort. Die Leute kommen nach Wales, weil sie das suchen: uralten Kulturboden, Tiefe. Ruhe. Die alte Einheit von Mensch und Natur. Schau dir nur die Eichen in diesem Land an, den majestätischen Snowdon, die Flüsse, die alten Mauern und Siedlungen. Jess liebt die Gegend genau so wie ich. Dieses Leben, das sind wir.«

»Du«, sagte ich. »Dieses Leben bist du.«

Wie es Jess ging, war schwer zu beurteilen. Vielleicht waren ihre inneren Furien gebändigt, aber sie wirkte müde, auch etwas verlangsamt und redete nicht viel. Das Karussell ihrer negativen Gedanken mochte angehalten sein, aber sie stand noch nicht wieder auf dem Boden, auf dem wir anderen uns bewegten.

Die Weihnachtstage waren windig, aber nicht besonders kalt. Wir machten lange Spaziergänge, das tat allen gut, und die Gespräche ergaben sich beim Gehen wie selbstverständlich. Der Wind blies uns durch, raufte uns die Haare, rötete uns die Wangen. Achim und ich genossen diese Stunden mehr, als wir zu hoffen gewagt hatten.

Nick und Achim gingen oft voraus, Amy sprang zwischen den Männern und Jess und mir hin und her wie ein Hütehund, der seine Schäflein beisammenhält. Jack half ihr dabei, er umkreiste uns trabend, zufrieden, dass seine Herde um zwei Köpfe angewachsen war.

Ich fragte Jess nach dem Nähen. Die alte Maschine stand zugedeckt im Wohnzimmer.

Jess zuckte mit den Schultern. »Wenn man nicht dranbleibt, verschwindet die Lust wieder. Am Anfang hab ich mich schon fast wie eine Designerin gefühlt, nur weil zwei Frauen je ein Kleid bei mir bestellt haben. Aber das ist völliger Unsinn. Ich bin nicht kreativ. Nie gewesen. Nick wollte mich nicht entmutigen, aber sein Lob war sehr halbherzig.«

»Ob du gut bist, hängt doch nicht von Nicks Urteil ab«, sagte ich. »Du hast doch gerade erst angefangen und schon was verkauft! Das ist doch total vielversprechend. Ich möchte auch was bestellen bei dir, bitte schön!«

Sie ging nicht darauf ein. »Mit dem Verkaufen ist es nicht so einfach, wie ich dachte. Die Leute haben kein Geld für so was. Zumindest hier nicht.«

Schwer zu sagen, ob das eine Ausrede war.

»Frag doch in ein paar Läden, ob sie etwas von dir in Kommission nehmen. In Bala, in Corwen, in Llanderfel, einfach in den Orten der Gegend. Für den Laden ist das kein Risiko, und du kommst an die Kunden ran. Wer weiß – vielleicht könntest du eines Tages sogar einen eigenen kleinen Laden aufmachen«, versuchte ich es. »Amy wird auch mal größer, irgendwann brauchst du eine Arbeit, die dir Spaß macht. Und du machst so schöne Sachen. Die Patchworkdecke...«

Jess sah mich an, als hätte ich nicht die geringste Ahnung. »Das kannst du vergessen. In den ersten Jahren müssen wir Amy selbst unterrichten, das wollen wir auch. Bevor sie nicht zehn, elf ist, kann man ihr den Weg bis runter doch nicht zumuten, auch wenn unten an der Straße der Schulbus vorbeikäme. Ein Auto wäre hilfreich, aber erstens ist das finanziell nicht drin, und zweitens möchte Nick gar keins.«

»Trotzdem«, ich merkte, dass ich ungehalten wurde, »die Zeit vergeht, die Frage wird wieder auf dich zukommen, wenn nicht jetzt, dann in fünf Jahren. Und vielleicht müsstet ihr doch mal überlegen, wenigstens einen Stromgenerator anzuschaffen oder Solarzellen. Ihr könnt doch auch das Kind nicht auf Dauer von Smartphone, Tablet und Computer fernhalten. Vom fließenden Wasser oder von Badezimmern und solchen Späßen mal ganz zu schweigen. Denkst du nie dran, wie kräfteverschleißend das Leben hier vor allem für dich ist und dass du auch mal älter wirst?«

Amy drängte sich zwischen uns und nahm Jess und mich an der Hand. Sie wollte immer noch, dass wir losrannten, sie in die Luft zogen und ein Stück fliegen ließen, obwohl sie eigentlich schon viel zu schwer dafür war.

Jess reagierte nicht auf meine Fragen, also wechselte ich das Thema. »Und die Dreharbeiten? Erst machst du mich neugierig, und dann schweigst du dich aus. Du warst doch ganz aufgeregt, als das Team vorbeikam, im August. Wurde nun hier gefilmt oder nicht?«

»Ja, war gut«, sagte sie merkwürdig unbestimmt.

»Ist das alles? Das ist doch toll: *König Lear* hier in diesem Tal! Mal zusehen, wie so ein Dreh abläuft. Die Schauspieler miterleben. Die ganze Technik mitkriegen, die da zum Einsatz kommt. Du hast doch geschrieben, da sei ein netter Kameramann, mit dem ihr gesprochen habt. Welche Szenen haben sie denn hier gedreht?«

Jess ließ Amys Hand los und bückte sich, zog den linken Stiefel aus und schüttelte ein Steinchen heraus. Bedächtig zog sie den Schuh wieder an, richtete sich auf, sah in die Weite und schien sich zu konzentrieren. Der Wind trieb die Wolken wie Schafe vor sich her, auch Graig Ddu und die Scheune sahen von weitem aus wie aneinandergedrängte Tiere, die unter den Bäumen Schutz suchten. Die kahlen Äste vor dem Haus bogen sich unter den Böen, es sah aus, als gestikulierten sie heftig. Jess blies es die Haare ins Gesicht. Sie waren stumpf geworden und hatten ihren Goldton verloren.

Ich hatte meine Frage schon fast vergessen, als sie endlich antwortete. »Sie haben die Szenen, die auf der Heide spielen, hier abgedreht.« Ihre Stimme klang schleppend, und sie sprach beinahe widerwillig.

»Ich durfte ganz nah mit dabei sein«, unterbrach Amy.

»Anthony hat mich mitgenommen! Ich hab den König ganz von Nahem gesehen. Aber er war gar kein König, sie haben ihm nur zum Spielen die Krone aufgesetzt. Und geschminkt haben sie ihn, ich hab es gesehen! Eigentlich war er gar nicht so alt und hässlich.«

Jess nahm den Faden nicht wieder auf. Stattdessen ergriff sie den Stock, den Jack angeschleppt hatte, drehte sich einmal um sich selbst, schleuderte ihn weit in die Landschaft, und Jack jagte begeistert davon. Wenige Augenblicke später war er wieder da und legte ihr den Stock vor die Füße.

Am zweiten Weihnachtstag kamen Freunde herauf. Gwen und Mike mit ihren zwei Kindern, die Frau vom Tea Room mit ihrem Mann und Meryl, das Mädchen vom Buchladen. Sie brachte einen selbstgebackenen Kuchen mit. Jess schien sie sehr zu mögen. Nick setzte sich beim Essen nicht in Meryls Nähe, hielt aber auch keinen übertriebenen Abstand zu ihr. Vielleicht war die Geschichte ja schon vorbei. Das Mädchen kam mir angespannter vor als Nick. Sie war nicht im landläufigen Sinn hübsch, trotzdem fand ich sie attraktiv. Der irische Typ: helle Haut mit Sommersprossen, rötliche Haare, um vieles kleiner als Nick und zartgliedrig.

Die anderen Gäste hatten sich ihre eigene Ration Wein mitgebracht und eine Pastete, die es als Vorspeise gab. Amy genoss den Trubel und die Anwesenheit der anderen Kinder, offensichtlich spielten sie häufiger zusammen. Ich freute mich darüber – es bedeutete, dass Amy nicht zu dem Schicksal »einziges Kind im Tal« verurteilt war.

Das Haus erwärmte sich dank der Kerzen und durch die Körperwärme der Menschen, die dicht gedrängt um den Küchentisch saßen. Die Worte flogen hin und her, Schüsseln wurden über den Tisch geschoben, Gläser nachgefüllt, Wasser brodelte und verwandelte sich im Filter in duftenden Kaffee. Nachdem die *mashed potatoes* und der *Sunday Roast* mitsamt seinen Gemüsen aufgegessen waren, schlug Nick Sahne für Meryls Kuchen, einen *apple pie* – Jess hatte die deutsche Sitte irgendwann eingeführt. Die Gesichter röteten sich, Amy setzte sich ab und zu auf meinen Schoß und sprang dann wieder zu den anderen Kindern, als wollte sie Gerechtigkeit walten und auch mich nicht zu kurz kommen lassen. Die Fensterscheiben beschlugen von unserem warmen Atem, Witze machten die Runde, die ich nicht verstand und über die ich trotzdem mitlachte.

Nick hatte einen Weihnachtsbaum besorgt. Im Schein der Kerzen wurde Graig Ddu zu dem gemütlichen Zuhause, von dem Jess immer geträumt hatte. Sie war sehr still, aber der Glanz des Abends fiel auch auf sie. Im Laufe der Zeit hatten die beiden das Cottage sorgfältig instand gesetzt und eingerichtet. Jedes Stück hatte, wie das Haus selbst, eine Geschichte, die irgendwann in einem Trödelladen geendet hatte und die es hier wieder erzählen durfte. Jeder Stuhl, jedes Kissen, jeder Tonkrug und jeder Teller schien zu sagen: Hört mir zu, wisst ihr eigentlich, wo ich herkomme? Im Wohnzimmer knisterte das Feuer im Kamin, alle wachten mit darüber und legten Scheite nach, Bücher lagen in Stapeln herum und warteten auf stillere Zeiten, in denen wieder gelesen wurde. An diesem Abend begriff ich wieder, wie glücklich Graig Ddu seine Bewohner machen konnte und warum sie so daran hingen.

Nick zeigte Meryl und Achim die Sterne. Sie standen frierend draußen, und Nick deutete auf Orion und den Großen Wagen, das ganze Flimmern dort oben. Durch die Tür, die sie nur angelehnt hatten, kroch kalte Luft. Jess fröstelte, ich saß neben ihr und umarmte sie in einer Aufwallung von Glück und Zärtlichkeit.

»Weißt du noch?«, fragte ich, »unser erster Sommer in Graig Ddu? Wie oft wir nachts die Sterne betrachtet haben? Nirgendwo gibt es einen solchen Sternenhimmel, hast du gesagt.«

»Das ist lange her«, murmelte sie und drückte meine Hand.

Die vielen Gäste taten dem Haus gut. Alle waren über Nacht geblieben, hatten in den eiskalten Zimmern über dem Wohnzimmer geschlafen und erschienen am anderen Morgen gähnend, mit steifen, durchgefrorenen Gliedern und zum Teil ziemlich verkatert in der Küche. Irgendeiner hatte dann die Idee: »Wir fahren ans Meer! Wollen wir nicht ans Meer fahren?«

Die Kinder waren begeistert, alle waren begeistert, nur Jess wollte nicht mit.

»Fahrt ihr nur. Es macht mir nichts aus hierzubleiben. Amüsiert euch.«

»Wir wollen nach Harlech, die alte Burg sehen!« Die Kinder waren sich einig. Achim wollte nach Port Meirion, wo Sir Bertram Clough Williams-Ellis sich von 1925 bis zur Mitte der Siebzigerjahre ein Traumdorf im italienischen Stil erbaut hatte. Ein Lebenstraum auch das, ein Kraftakt, ein künstliches Gebilde, kein Ort zum Leben; ein Anziehungspunkt für Touristen, die am grauen Meer der walisischen Küste einen italienischen Campanile bestaunten.

Ursprünglich war Port Meirion eine Anlegestelle für Schiffe, die den in der Gegend abgebauten Schiefer abtransportierten. Nachdem Williams-Ellis das Land erworben hatte, ging er daran, seine Vision umzusetzen. Nichts sollte neu aussehen, und so verwendete er Teile von Abrissgebäuden und eine Menge optischer Täuschung, um die erwünschte Wirkung zu erreichen. Ein romantisches Kuriosum, von dem Achim gehört hatte und das er gern mit eigenen Augen sehen wollte.

»So schön und schwer bewohnbar wie Graig Ddu«, flüsterte er mir zu, »allerdings eine Nummer größer. Etwas für Visionäre.«

Die Tassen, die ich im Souvenirladen von Port Meirion kaufte, habe ich immer noch.

Etwas weiter im Süden stiegen wir mit den Kindern auf dem alten Gemäuer von Harlech herum, die Männer und Jungen fantasierten sich auf den Wehrtürmen ins kriegerische Mittelalter, die Frauen drängten auf einen Spaziergang am weiten Sandstrand, alle wollten Pommes.

Meryl war nicht mitgekommen.

»Wie findest du sie?«, fragte Nick und bohrte mit der Schuhspitze ein Loch in den Sand, die Hände in den Jackentaschen vergraben. Er senkte den Kopf, die dunklen Haare fielen ihm in die Stirn. Wie früher schon musste ich mich zurückhalten, sie ihm nicht aus dem Gesicht zu streichen, vertraut, nah. Die anderen waren schon ein ziemliches Stück voraus.

»Nett«, sagte ich. »Was erwartest du, dass ich sage? Ist die Geschichte zwischen euch aus? Du hättest sie sonst wahrscheinlich nicht eingeladen.«

»Ach, Ann! Es würde mehr auffallen, wenn sie nicht käme. Sie gehört zu unserem Freundeskreis, Jess mag sie. Jess hat sie einladen wollen.« Er bohrte weiter im feuchten Sand und schleuderte ihn mit der Schuhspitze zur Seite. »Es ist nicht aus. Aber Meryl ist ein selbstständiges Mädchen. Stark. Sie weiß, dass ich Jess nicht verlassen kann und das nie tun werde. Sie kommt damit klar. Es gibt da keine falschen Hoffnungen.«

»Weil sie sich nicht viel aus dir macht? Übrigens kommt sie mir eher zart vor als stark.«

»Sicher macht sie sich was aus mir. Aber nicht so viel, dass es zum Problem wird.«

»Ah!«

»Sie fühlt sich Jess auch viel zu nahe, um sich irgendwas Weitergehendes auszumalen.«

»Quadratisch, praktisch, gut.« Was Nick sich da zusammenschusterte, regte mich auf. Sicher, wir alle drehen die Dinge gerne so hin, dass sie erträglich scheinen und wir nicht allzu schlecht dabei aussehen. Aber ich fand doch, er machte es sich sehr einfach.

»Jess ahnt nichts davon?«

»Ich glaube nicht.«

»Und Meryls Gedanken kannst du auch lesen. Ihre Gefühle, Wünsche, Hoffnungen. Schön für dich.«

»Jetzt führ dich nicht auf wie ein Moralapostel!« Nick war ärgerlich und schob mit dem Schuh den Sand zurück, wischte mit der Sohle über das zugeschüttete Loch und ging weiter. »Wir müssen zu den anderen«, sagte er harsch. »Amy wedelt schon mit den Armen.« Er ging schnell, als wollte er mich abhängen und mich mit meinen Einwänden weit hinter sich zurücklassen.

Aber ich ließ mich nicht einfach so abfertigen. »Was ich dich schon die ganze Zeit fragen wollte …« Ich lief wieder gleichauf mit ihm. »Im Herbst waren die Dreharbeiten zu *König Lear* bei euch im Tal. Das muss doch ein großartiges Erlebnis gewesen sein. Ich wundere mich, dass Jess gar nichts davon erzählt. Dabei war sie am Anfang so begeistert, als sich das abzeichnete.«

»Was abzeichnete?« Nick klang jetzt noch abweisender.
»Na, die Entscheidung, in Graig Ddu zu drehen.«
Er sah mich misstrauisch an.
»Das erlebt ja nicht gerade jeder, dass vor seiner Haustür ein Shakespeare-Drama verfilmt wird«, fuhr ich fort.
»Ja«, meinte er nur und beschleunigte noch einmal seinen Schritt. »Das war interessant. Wir haben bei der Gelegenheit noch mal den Dramentext gelesen, oder«, er lachte, »sagen wir überhaupt zum ersten Mal. Ja, die Arbeiten waren interessant.«
Er war bei Amy angekommen und hob sie hoch in die Luft. »Alles okay, Honey? Gefällt's dir hier?«
Amy begann eine lange Geschichte über einen kleinen Krebs zu erzählen, der in einem leeren Meeresschneckenhaus lebte und den sie nahe beim Wasser gefunden hatte.
Das Thema Shakespeare war abgeschlossen, zu meiner wachsenden Verwunderung. Der Herbst dieses Jahres blieb ein weißer Fleck, was Jess, Nick und Graig Ddu anging.

Als wir abfuhren, hatten wir das Gefühl, Jess sei auf einem guten Weg, zu ihrem alten Selbst zurückzufinden. Trotzdem blieb ich bei meiner Meinung, dass sie mehr Leben um sich brauchte. Die Einsamkeit ist ein starker Partner. Nicht alle Menschen können sie umarmen und ihr unerschrocken ins Auge blicken wie Nick.
»Vielleicht wäre es gut für Jess, wenn ihr ein Auto anschaffen würdet, ein altes, gebrauchtes tut es ja. Jess könnte den Führerschein machen, ich könnte helfen, was das Finanzielle angeht. Dann hätte Jess mehr Bewegungsfreiheit. Du bist im Atelier, sobald es Licht gibt, aber sie ist nicht besessen von einer Sache, wie du vom Malen. Es ist zu einsam hier für sie. Und der Aufwand zu groß, wenn man mal

etwas unternehmen möchte. Sie liebt dich, bewundert deine Arbeit und will dein Leben teilen. Sie hat nie etwas anderes gesagt. Mit einem Auto käme sie aber zwischendurch mal raus, könnte eine Psychotherapie machen. Tabletten sind nützlich. Aber sie sind nicht alles.«

Nicks Lächeln gefiel mir nicht.

»Sie hat mich nicht vorgeschickt, Nick. Ich sage nur, was *ich* denke.«

»Na gut, dann denkst du das. Jess wird selbst mit mir reden, wenn sie etwas ändern möchte. Ich glaube, *du* würdest hier gern was ändern, nicht sie. Ein Auto passt nicht zu unserem Leben hier. Das wäre ein Einfallstor für alles, was wir nicht wollen.« Er klopfte mir auf die Schulter. »Wir kommen schon klar. Jess geht es besser. Das wird wieder. Du siehst die Dinge zu schwarz. Jess hat ihre Krisen, und dann fängt sie sich wieder. Man muss nicht zu viel hineingeheimnissen. Kommt einfach bald wieder. Ihr wisst ja, Besuch ist immer willkommen.«

Ich fühlte mich ruhiggestellt und beiseitegedrängt. Hier wurde für meinen Geschmack zu viel unter den Teppich gekehrt. Warum wollten sie beide nicht näher hinschauen? Ihre Situation ehrlich überprüfen? Hatten sie solche Angst vor dem Ergebnis? Ich bin ein Mensch, der die Dinge beim Namen nennt, ich kann schlecht mit Unklarheit leben, mit Schweigen und Verschweigen, mit frischem Lack über altem Rost. Hier stimmte was nicht, ich war doch nicht blind. Und dass sie sich beide so über den Herbst ausschwiegen! Zu Beginn des Herbstes ging es Jess gut. Und dann, nach der langen Briefpause, im Winter, ging es ihr miserabel, katastrophal.

Achim nahm mich zur Seite. »Das ist nicht dein Bier, Ann«, sagte er. »Du hast versucht, mit beiden zu sprechen.

Aber es ist ihr gutes Recht, das nicht zu wollen, auch wenn du es noch so gern anders hättest. Komm her!« Er nahm mich in den Arm und küsste mich. »Ich versteh dich ja. Aber sie sind eben anders als du.«

Wenige Wochen später versuchte Jess, sich das Leben zu nehmen.

Ich habe Nick, als ich in Wrexham war, nach den näheren Umständen von Jessicas Selbstmordversuch gefragt. Er wich mir aus, antwortete bruchstückhaft. Er wollte sich nicht an diesen Tag erinnern.

Die Dreharbeiten zu *King Lear* hatten ihm Kontakte zum Fernsehen gebracht, die sich als sehr nützlich erwiesen. Es entstand die Idee, einen Dokumentarfilm über Nick und seine Arbeit im einsamen Tal von Graig Ddu zu drehen. Etwas Besseres konnte Nick nicht passieren, ein absoluter Glücksfall, eine Chance, auf die viele Künstler ein Leben lang vergeblich warten.

Seine Arbeit und auch seine Philosophie vom genügsamen Leben, dem verantwortungsvollen Umgang mit der Natur, konnten nicht besser in die Welt getragen werden als mit einem solchen Film, den Tausende sehen würden. Das Eremitenleben, die Askese, Menschen, die uns Ideale vorleben, faszinieren die Leute seit eh und je. Nick und seine Familie verkörperten den Traum vieler Menschen, die selbst die Konsequenz und Härte gegen sich nicht aufbringen, ihn zu leben.

Nicks Qualität als Maler war unbestritten, das Projekt der Filmer überzeugend – zumal sie ihre Reportage in grandiose Naturaufnahmen einbetten und eine Landschaft zeigen konnten, die mythisches Erbe und eine jahrhundertealte Geschichte berühmt gemacht hatten. Das Projekt wurde bewilligt.

Obwohl Fernsehprojekte oft über Jahre geplant, abgeändert, zur Seite gelegt und wieder aufgenommen werden, ging in diesem Fall alles schneller, als die Beteiligten es je für möglich gehalten hatten. Da viele Recherchevorarbeiten schon geleistet waren und andere günstige Umstände dazukamen – das Dokumentarteam hatte noch einen anderen Auftrag in Wales, der mit dem geplanten Dreh in Graig Ddu zusammen erledigt werden konnte –, kam Anfang Januar die Nachricht, das Projekt könne sehr bald realisiert werden.

»Ich war mir sicher«, sagte Nick, »dass der Film uns etwas Geld einbringen würde, dass wir dann unabhängiger von den *benefits* wären – die Abhängigkeit von der staatlichen Unterstützung hat Jess immer zu schaffen gemacht. Ich dachte, wir würden dann auch mal reisen können, andere Länder sehen, so wie sie sich das immer gewünscht hat. Jedenfalls kannst du dir vorstellen, Ann, was das Projekt für mich bedeutet – und mit Jess ging es ja bergauf, die Ärzte äußerten sich sehr positiv über ihren Zustand. ›Das ist die Chance deines Lebens‹, hat sie selbst gesagt, ›die bekommst du nicht ein zweites Mal.‹«

Anthony, erzählte Nick, sollte wieder der Kameramann sein, er war schon bei *King Lear* dabei gewesen, den Rest des Teams kannten Nick und Jess nicht. Anfang Februar drehten sie den Großteil ab. Für die letzten Aufnahmen und eventuell notwendige Nachaufnahmen wollten sie am 12. Februar noch mal vorbeikommen. Dazwischen hatten sie einen anderen Auftrag zu erledigen, blieben aber in Bala stationiert.

Zwei Tage vor diesem Termin, also am 10. Februar, wurde Amy krank. Nicht schlimm, aber sie hatte Fieber, und Jess sagte, sie würde bei Amy schlafen. Am anderen Morgen stand Nick auf, holte Wasser vom Brunnen, machte Tee und ging ins Atelier. Er dachte, die beiden schliefen noch, und wollte sie nicht stören.

»Nach einer Weile«, erzählte Nick, »kam Amy in die Scheune, im Pyjama und ganz aufgelöst. ›Wo ist Mom? Daddy, ich kann Mom nicht finden…‹ – ›Ich dachte, sie ist bei dir‹, sagte ich, ›sie hat doch bei dir geschlafen.‹ – ›Aber jetzt ist sie nicht mehr da.‹«

Nick nahm Amy an der Hand und ging mit ihr ins Haus zurück. »Wir suchen sie. Komm, wir rufen nach ihr.« Aber Jess war im ganzen Haus nicht zu finden. »Warte hier in der Küche, Honey«, sagte Nick, der nun selbst beunruhigt war, »ich schau noch draußen nach. Aber bleib schön hier, es ist zu kalt für dich draußen in deinem dünnen Pyjama.«

Er ging zum Hühnerstall. Vielleicht fütterte Jess die Hühner und hatte das Rufen nicht gehört.

»Plötzlich hörte ich einen Geländewagen vors Haus fahren. Amy rannte aus dem Haus und dem Auto entgegen, während ich schon die Tür zum Stall geöffnet hatte. Ich wollte die Tür wieder zumachen und nachsehen, wer gekommen war. Da sah ich sie. Da lag sie, Ann. Im Hühnerstall. Bewusstlos. Sie musste in der Nacht hierhergekommen sein, als Amy noch schlief und ich auch. Sie wusste, dass wir sie hier zuletzt suchen würden.«

Es kostete Nick Mühe weiterzusprechen. Aber jetzt wollte er auch den Rest erzählen.

»Es waren die Leute von der BBC. Die Sekretärin hat uns falsch informiert, sie hat sich um einen Tag vertan. Die Crew wollte am 11., nicht am 12. kommen, wie sie uns ausgerichtet hatte, und war pünktlich erschienen. Amy rannte den Leuten entgegen. ›Meine Mama ist weg‹, rief sie, ›wir suchen meine Mama!‹ Die Filmer, zwei Männer, eine Frau, Anthony war nicht dabei, blieben irritiert stehen. Dann sah mich die Frau in der Tür des Hühnerstalls. Irgendwie muss sie gespürt haben, dass etwas Schreckliches passiert war. Sie schickte die Männer mit Amy ins Haus, kam zu mir rübergerannt und drängte mich zur Seite. Ich stand da wie ein Holzklotz, unbeweglich, unfähig zu denken. Die Frau sah Jess und sagte: ›Ich hole einen der Kollegen. Bringen Sie mit ihm Ihre Frau zum Wagen. Der andere Kollege soll die Geräte ausladen, damit wir Platz haben. Ich bleibe so lange bei Ihrer Tochter im Haus. Wenn Sie Ihre Frau auf die Rückbank gelegt haben, holen Sie mich und Ihre Tochter. Es ist besser, die Kleine kommt mit, auch wenn der Anblick für das Kind schrecklich ist. Sie muss sehen, dass ihrer Mutter geholfen wird. Es wird ihr geholfen‹, wiederholte sie immer wieder. ›Es wird Ihrer Frau geholfen werden.‹

Wir fuhren hinunter, die Leute waren meine Rettung, vor allem diese fremde Frau. Ich hielt Amy auf dem Schoß und wiederholte immer denselben Satz. ›Wir fahren zum Doktor. Der hilft der Mama. Gleich hilft er ihr.‹

Amy war ganz still. Kein Wort sagte sie. Wir hatten Jess die Handgelenke fest verbunden und sie mit einer Decke zugedeckt, sodass Amy wenigstens kein Blut sah und Jess so gut wie möglich gewärmt wurde.

Im *Health Centre* in Bala, du weißt schon, dort hinter dem *Old School Restaurant* an der Hauptstraße, haben sie Jess den Magen ausgepumpt, dann haben sie sie in den Ambulanzwagen verfrachtet, mit ich weiß nicht was für Infusionen, und haben sie mit Blaulicht ins Krankenhaus nach

Wrexham gefahren. Das hat auch wieder über eine halbe Stunde gedauert.«

Jess hatte viel Blut verloren, aber die Schnitte waren nicht lebensgefährlich, sie waren ungeschickt angebracht, wenn man das so sagen kann. Es war die Tablettenvergiftung, die ihr Leben an einem seidenen Faden hängen ließ.

Zürich, 28. Februar

Kein Anruf von Nick.
Jessicas Tagebuch liegt auf meinem Schreibtisch. Bisher habe ich nicht darin gelesen. Ich weiß, dass ich nicht das Recht dazu habe; diese Aufzeichnungen gehen niemanden etwas an. Aber da gibt es diese Lücke, die ich allein nicht schließen kann und die mich nicht in Ruhe lässt: jener weiße Fleck im vergangenen Jahr, die Herbstmonate, über die weder Jess noch Nick Auskunft geben wollten. Die andere unbeantwortete Frage ist die nach dem Zeitpunkt des Selbstmordversuchs. Warum hat Jess gerade dieses Datum gewählt – praktisch während der Dokumentarfilmaufnahmen über Graig Ddu und Nick? Wo sie Nick doch allen Erfolg der Welt wünschte und es ihr recht gut, jedenfalls besser ging, die Ärzte zuversichtlich waren?

Nicht zuletzt drängt es mich, meine Erzählung zu einem Ende zu bringen, auch wenn es in Wirklichkeit nie ein Ende gibt. In der Wirklichkeit schreiben sich die Geschichten fort von einer Generation zur nächsten. Man steigt irgendwo in den Fluss des Lebens ein und an anderer Stelle wieder aus ...

Aus Jessicas Tagebuch

> Du hängst mir in allen Kleidern,
> Graig Ddu.
> Versprengter, wilder Hafer im Saum,
> Kletten im Schuh haben sich eingerichtet
> für immer. Den Origano hab ich gebündelt
> und getrocknet für den Winter.
> Ein Blumentopf ist mein Hausgarten.

Es ist Ende August. Wie schön in diesem Jahr vor allem der frühe Sommer war! Die Ferien in Italien haben mich so fröhlich gemacht. Hier ist die zweite Hälfte des Sommers ins Wasser gefallen, es regnet viel. Aber ab und zu zeigt sich doch auch die walisische Sonne.

Heute bin ich lange mit Amy am Fluss gewesen. Was sie alles sieht! Sie hat einen Blick für Farben und kleinste Veränderungen der Landschaft – wie Nick. Eine besondere Gabe. Hier, wo es keine Ablenkung gibt, entwickelt sich eine feine, sehr genaue Wahrnehmung. Amy langweilt sich nie. Sie beschäftigt sich mit den Steinen, den Pflanzen, sie liebt das Wasser, hört auf den Wind. Sie stellt viele Fragen. Manchmal weiß ich keine Antwort.

Ich habe ihr noch nicht erzählt, dass sie im nächsten Frühling ein Brüderchen oder Schwesterchen bekommt – man sieht ja nichts, und ich kann selbst noch nicht glauben, dass ich schwanger bin, mir ist nicht einmal übel. Es ist, als wäre gar nichts da. Aber der Arzt hat es bestätigt und auch schon den Geburtstermin ausgerechnet: Ende März nächstes Jahr. Davor noch ein ganzer langer Winter, der überstanden werden muss.

Während Amy am Fluss spielte, hätte ich gern mit Ann

gequatscht. Am liebsten mit Ann. Oder einer anderen Freundin wie Gwen oder Meryl. Weil niemand da war, bin ich zum Haus hochgegangen und habe einen Kuchen gebacken.

Nick war allein in Bala einkaufen. Nichts Süßes für mich dabei und den Kaffee vergessen, klar, er ist ein Teetrinker. »Du holst dir schon, was du brauchst«, sagte er. Was auch immer er damit meint.

Nick hat gemischte Gefühle, wenn er an die kommenden Dreharbeiten der Filmcrew denkt. Einerseits findet er es interessant, andererseits werden eine Menge Leute hier auftauchen, das bringt Unruhe ins Tal. Er hat Angst, es könnte ihn bei seiner Arbeit stören, wenn ständig die Geländewagen rauf- und runterfahren. Mir macht der Gedanke weniger aus – vielleicht kann ich ab und zu mitfahren. Ein bisschen öfter in die Stadt... das wär schön.

Wir haben gesagt, das Team kann gern jederzeit bei uns Wasser holen, und ich werde viel Tee kochen, für all die müden Geister, die Pausen brauchen. Ich bin richtig hungrig darauf, neue Menschen kennenzulernen. Aufregend ist das! Anregend! Ich beschäftige mich nicht so gern mit mir selbst, nicht ständig jedenfalls, und Amy ist noch ein Kind, kein wirklicher Gesprächspartner.

Nick verschwindet am Morgen, und dann sehe ich den ganzen Tag nicht mehr viel von ihm. Ich kann ihm ja nicht beim Malen zusehen, nur um Gesellschaft zu haben. Außerdem würde ihn das rasend machen, er würde mich wegschicken. Da er im Atelier nicht spricht, hätte ich auch nichts davon! Natürlich darf man auch die Filmleute nicht stören, aber gelegentlich wird sich hoffentlich ein Schwatz ergeben.

Mit Anthony Rivera, dem Kameramann, habe ich mich sofort unglaublich gut verstanden. Als ob wir uns schon lange kennen würden. Der Mann strahlt eine solche Lebenslust aus! Er erinnert mich an Matteo, also an Schönes: an Ferien, Italien, das freundliche Blau des Mittelmeers. Ich weiß nicht, worüber wir alles geredet haben, eins gab das andere. Wie bei Freunden, die sich lange nicht gesehen haben. Ich war sehr glücklich hinterher. Nick war eifersüchtig. Dabei haben wir uns doch nur unterhalten, und Nick war ja die ganze Zeit dabei!

Ich hoffe, sie bringen auch Pferde hier herauf. König Lear hat ja Gefolgsleute bei sich, wenn er über die Heide zieht. Eine Horde von Rittern.

Ach, ich sähe gern ein Pferd, ein feuriges, schnelles, ungezähmtes Ross, ohne Zaumzeug und Sattel, feucht vor Anstrengung, zitternde Flanken nach gestrecktem Galopp. In keiner Koppel zu halten, kein Eisen am Huf, die Mähne nicht gekämmt, nicht geflochten der Schweif. Keiner reitet es, keiner führt es, keiner fängt es, keiner streichelt es.

Quatsch, das sind ja alles zugerittene Reitpferde.

Jetzt sind alle Filmleute da! Es ist, als hätte ein kleiner Zirkus hier sein Lager aufgeschlagen. Sie haben Zelte und Camper, sogar Wohnwagen. Klar, die ganzen Requisiten und Kostüme müssen ja verstaut werden. Und wo schminken sie die Schauspieler, wenn es regnet? Denn schlechtes Wetter brauchen sie! Der von seinen zwei bösen Töchtern vertriebene Lear irrt ja in einem schaurigen Sturm über die Heide, ein König, der seine liebste Tochter verbannt und dem die beiden anderen Haus und Bett genommen haben, nachdem er ihnen doch sein ganzes Reich gab. Eine düstere Geschichte! Tragik, ohne einen Schimmer Hoffnung, ich hab es beim Lesen kaum ausgehalten. Lear wird irre am Schicksal und der Bösartigkeit der

Welt (allerdings ist er selbst auch nicht darüber erhaben: immerhin hat er Cordelia, sein liebstes Kind, verstoßen). Und dem Grafen von Gloucester stechen sie die Augen aus. Hoffentlich drehen sie das nicht hier. Lieber wär mir, wenn Cordelia und Lear sich vor unserer Haustür versöhnen würden.

Jedenfalls: Wenn es so weitergeht wie im August, kriegen sie genug schlechtes Wetter hier oben.

Die Schauspieler, der Regisseur und die meisten vom Team wohnen unten in Bala, im *White Lion*. Nur zwei Youngsters, der Regieassistent und ein Beleuchter, schlafen im Zelt. Sie waschen sich morgens bei uns in der Küche.

Amy ist total aufgeregt. Anthony hat gesagt, er nimmt sie mit zum Drehort, aber sie muss sich still verhalten und an ihrem Platz bleiben. Ich sah wohl sehr neidisch aus, jedenfalls meinte Anthony, ich könne gern auch mitkommen. Natürlich will ich das!

So viel kriegen wir gar nicht mit von den Filmaufnahmen – leider. Sie drehen ein Stück vom Haus entfernt. Aber ich gehe jeden Tag zum Set und schau eine Weile zu. Man muss Geduld haben, Anthony hat recht: Manche Szenen werden wieder und wieder gedreht. Bei Amy hat sich deshalb die Begeisterung schnell gelegt, sie kommt nur noch selten mit.

Obwohl sie tatsächlich Pferde hier raufgebracht haben. Das wirkt ganz merkwürdig. Historisch. Eigentlich passen keine domestizierten Tiere hierher. Jack und die Hühner – okay, das geht noch.

Ich bin fasziniert von der Konzentration und Geduld, mit der hier gearbeitet wird. Ich sehe ja immer an Nick, wie man sich in eine Arbeit vertiefen kann, die man liebt. Diese Hingabe sehe ich auch bei den Filmleuten hier. Alle sind mit Leidenschaft bei der Sache, aber sie arbeiten nicht jeder für sich, sondern zusammen an einem Ergebnis, zu dem alle etwas beitragen. Ich glaube, ich wäre eher ein Mensch, der gern im Team arbeitet.

Mir wird bewusst, dass ich nie einen Beruf erlernt und ausgeübt habe. Deshalb überkommt mich wohl, wenn ich Nick beobachte, der sich so völlig seiner Arbeit verschrieben hat, fast so etwas wie Neid. Irgendetwas fehlt in meinem Leben, obwohl ich Amy habe und Nick. Und bald noch ein Kind. (Es ist sehr merkwürdig, aber ich muss mich immer wieder daran erinnern, dass ich schwanger bin.) Ich glaube, es geht nicht einmal um einen Job, einen Broterwerb (obwohl ich dann eigenes Geld hätte), sondern um eine Beschäftigung, die mir etwas bedeutet – neben Mann und Kindern. Mit dem Nähen, das war so ein Versuch. Aber ich bin einfach nicht gut genug.

Anthony meint, dass ich mich unterschätze. Als Außenstehender, sagt er, sieht man sehr schnell, dass du das Haus zusammenhältst. Ich sei das Zentrum, von dem aus Amy und Nick weggehen und zu dem sie immer wieder zurückkehren könnten.

Er übertreibt, aber ich merke, wie gut mir seine Worte tun. Ist es nicht erstaunlich, dass wir über so persönliche Dinge sprechen können? Oder besser: Ich bin erstaunt, dass ich mit ihm über Sachen spreche, über die ich noch mit niemandem geredet habe. Nicht mal mit Ann.

Anthony ist dreißig. Das weiß ich, weil er vorgestern Geburtstag hatte. Er fragte, ob wir mit nach Bala kommen wollten. Er gebe einen aus. So ein runder Geburtstag müsse doch gefeiert werden.

Wir konnten im Auto mitfahren, alle drei. Die Frage war nur, wie wir abends spät wieder hier raufkommen sollten. Nick meinte, wir könnten vielleicht bei Mike und Gwen übernachten, das machen wir öfter mal. Aber die beiden waren nicht zu Hause, und bei Meryl ist nicht Platz für drei. Nick hat schon mal bei ihr übernachtet, als er den Bus verpasste und ihn niemand per Autostopp mitnahm.

Anthony sagte, er würde uns wieder rauffahren, wenn er bei uns übernachten könne.

Der Abend mit allen im Pub war toll. Ich saß neben dem Requisiteur und ließ mir von seiner Arbeit erzählen. Faszinierend! Und die Frau, die für die Kostüme zuständig ist, der Toningenieur, die Frau von der Maske – ich fand alle und alles, was sie erzählten, total interessant. Vielleicht sollte ich mit dem Schneidern doch noch mal einen Anlauf nehmen. Nick saß an einem anderen Tisch, vertieft in ein Gespräch mit dem Regisseur. Er hat kein Bedürfnis, viele Leute kennenzulernen, er unterhält sich lieber intensiv mit wenigen. Amy schlief irgendwann auf meinem Schoß ein und wurde immer schwerer.

Anthony sah, dass das Kind auf meinen Knien sich langsam in einen Kartoffelsack verwandelte. Soll ich sie mal nehmen, fragte er, damit du dir die Beine vertreten kannst? Was er alles merkt! Es ist ein wunderbares Gefühl, gesehen zu werden. Jemanden zu haben, der einen wahrnimmt, sich in einen einfühlt, meine ich.

Wir legten Amy vorsichtig auf eine leere Sitzbank im Pub, und Anthony deckte sie mit seiner Jacke zu.

Ich geh mal an die Luft, sagte er, kommst du mit?

Wir standen vor dem Pub auf der Hauptstraße von Bala, die diesen Namen nachts völlig zu Unrecht trägt. Sie liegt ziemlich verschlafen da, und der Reverend auf seinem

Denkmalsockel hat ein Auge auf seine schlafenden und träumenden Schäfchen.

Anthony zündete sich eine Zigarette an. Fragte, ob ich auch eine wolle.

Ich nickte.

Er zog eine Zigarette aus dem Päckchen, steckte sie sich in den Mund und zündete sie mit der schon brennenden Zigarette an. Dann hielt er sie mir hin, ohne mich dabei anzusehen. Unsere Hände berührten sich kurz, das war schön, und dann steckte ich mir die Zigarette, an der er schon gezogen hatte, zwischen die Lippen, während wir schweigend nebeneinanderstanden und auf die schwach beleuchtete Straße und ihre Granithäuser sahen, die tags so grau sind wie nachts.

Wo lebst du eigentlich, wenn du nicht gerade auf dem Set bist, wollte ich wissen, und er antwortete, in London. Aber da sei er selten, er habe viel gearbeitet in der letzten Zeit. In England, aber auch in Frankreich. Er sei in den letzten zwei Jahren nicht viel in London gewesen. Waren eigentlich immer nur Stippvisiten, meinte er.

Vermisst du dein Zuhause, wenn du unterwegs bist? Oder bist du jemand, der das nicht braucht, einen festen Ort?, fragte ich.

Seine Antwort hab ich wortwörtlich behalten, überhaupt behalte ich alles, was er sagt, ich wiederhol mir ja auch unsere Gespräche ständig im Kopf, Wort für Wort, immer und immer wieder. Als müsste ich sie auswendig lernen.

Muss ich auch, bald ist er wieder weg, für immer. Dann bleiben mir nur diese Gespräche.

Er sagte: Okay, sagen wir, ich hätte mein Zuhause vermisst, wenn dort jemand gewesen wäre, nach dem ich mich auf dem Dreh gesehnt hätte.

Keine Ahnung, ob er erwartete, dass ich nachfrage. Ich schwieg.

Aber da war niemand, meinte er, als von mir nichts kam. Meine Freundin Rachel und ich haben uns vor zwei Jahren getrennt.

Oh, das tut mir leid, sagte ich. Aber in Wirklichkeit tat es mir nicht leid. Im Gegenteil, ich freute mich über die Antwort, obwohl ich überhaupt keinen Anlass dazu habe und mich das gar nichts angeht.

Und mit wem bist du jetzt zusammen? Das rutschte mir einfach so raus.

Er lachte. Du bist ganz schön neugierig!

Peinlich, peinlich! Hier in Great Britain bohrt man nicht so nach. Die Deutschen fragen ziemlich direkt, sagte ich verlegen, sorry, wenn ich dir zu nahe getreten bin. Gehen wir wieder rein? Es wird langsam kalt hier draußen.

Er war aber gar nicht sauer. Schon gut, ich müsse ja das Gefühl haben, er sei eine Mimose! Nein, es gefällt mir, dass du neugierig bist.

Wir gingen in den Pub zurück, ohne dass er meine Frage beantwortete.

Anthony schlief in der Kammer über dem Wohnzimmer. Er habe prima geschlafen, sagte er am nächsten Morgen. Ich hab miserabel geschlafen. Ich schiebe meine kalten Füße gern unter Nicks Waden, wenn ich nicht einschlafen kann. Aber das half diesmal überhaupt nicht.

Die ganze Nacht beschäftigte mich die Frage, ob Anthony wohl mit jemandem zusammen ist – weiß Gott eine Frage, die mich nichts angeht. Und weil ich mir genau das immer wieder sagte, konnte ich erst recht nicht einschlafen.

Und dass er in dieser Nacht so nah war, nur ein paar Meter von mir entfernt...

Anthony ist eher der dunkle Typ, wie Nick, nicht weiter verwunderlich bei den italienischen Vorfahren. Aber sonst haben sie nicht viel gemeinsam. Zum Beispiel hat Anthony nicht diese Erdenschwere, die Nick manchmal ausstrahlt. Er ist vom Typ her irgendwo zwischen Nick und mir. Nick behauptet ja, ich sei eher flatterhaft. Das ist Anthony nicht. Aber was soll das schon wieder? Das alles weiß ich doch gar nicht, ich kenne ihn ja kaum.

Als ich anfing, Tagebuch zu führen, hab ich gar nicht darüber nachgedacht, in welcher Sprache ich es führen soll – ich schrieb einfach auf Deutsch, weil das meine Muttersprache ist. Gestern habe ich mich bei dem Gedanken ertappt: Gut, dass Nick nicht lesen kann, was ich hier aufschreibe. Ich bin sehr darüber erschrocken, dass ich Heimlichkeiten vor ihm habe.

Es wäre ein Desaster, wenn er die letzten Einträge lesen würde und sie verstände. Ich schäme mich. Klappe das Tagebuch zu, ohne hineinzuschreiben, was mir auf der Seele und der Zunge liegt.

Ich habe Anthony erzählt, wie ich Nick kennengelernt habe, wie schnell alles mit uns ging. Wie im Märchen. Alles auf den ersten Blick und ohne Zweifel und Zögern.

Schön, wenn es so was gibt, meinte er. Davon träumen alle. Das klingt so, als ob nichts auf der Welt Nick und dich trennen kann.

Es kann uns auch nichts trennen, sagte ich und war überrascht, wie trotzig das klang, so hatte ich es gar nicht gemeint.

Und dann sagte er was, das mich total aufregte: Der Gedanke sei ihm völlig fremd, jemandem nach ein paar Tagen einen Ring überzustreifen und zu sagen: Du gehörst jetzt zu mir. Das klinge für ihn so, als wollte man sagen: Du gehörst jetzt mir.

Diese Bemerkung hat mich unheimlich gekränkt und verletzt. Als wollte er mir was madig machen. Kaputt machen.

Genau das wollte ich!, schrie ich ihm fast ins Gesicht. Ich wollte, dass mich einer will. Mit Haut und Haaren, verstehst du? Ohne Einschränkung. Absolut.

Okay, das schmeichelt, sagte er, so gewollt zu werden.

Er begriff einfach nicht. Ich war auf einmal völlig aufgelöst. Shit, dachte ich, was ist denn jetzt los? Ich heule, und das, während ich von meiner Liebe zu Nick spreche, von der Liebe meines Lebens. Das ist ja das Letzte. Aber ich konnte trotzdem nicht aufhören zu heulen. Anthony sah mich ganz erschrocken und verwundert an.

Sie waren für heute fertig mit dem Dreh. Wir saßen etwas abseits, eigentlich hatten wir nur eine zusammen rauchen wollen.

Es geht gleich wieder, sagte ich.

Er saß einfach da, sagte, er müsse nicht mit den anderen runter. Er könne bis zur Straße laufen und dann trampen. Er sah zum Himmel hinauf und auf seine Uhr. Halbe Stunde? Damit ich es noch vor der Dunkelheit schaffe?

Ich nickte.

Also?

Es ist was anderes, murmelte ich. Meine Mutter ist mit einem Typen ab, als ich noch klein war. Mein Vater ist weggezogen und hat eine andere Frau geheiratet. Ich bin bei meiner Großmutter aufgewachsen.

Ein Hoch auf die Großmütter, sagte Anthony feierlich.

Seine Bemerkung irritierte mich.

Ja. Meine Oma war schon okay, sagte ich. Trotzdem möchte man, dass einen die eigenen Eltern lieben und sich nicht einfach davonmachen. Man möchte ihnen was bedeuten. Nick hab ich was bedeutet. Ich wollte gewollt werden. Er hat mich gewollt und hat es mir gezeigt, mit dem Ring.

Na ja, schob Anthony ein, aber malen will er auch.

Das muss er! Ich regte mich schon wieder auf. Das ist seine Bestimmung. Aber mich *will* er. Fraglos. Er kann sich nicht vorstellen, dass ich nicht da bin. Und er ist ganz schön eifersüchtig.

Darauf sagte Anthony doch tatsächlich mit so einem kleinen Lachen: Die meisten Menschen achten eifersüchtig auf ihren Besitz.

Plötzlich hatte ich eine rasende Wut auf Anthony. Ich kriegte ein Stechen in den Schläfen, so klopfte die Wut in meinem Kopf. Ich hätte ihn ohrfeigen können. Ich war schon ewig nicht mehr so aufgebracht gewesen. Die Wut hob alles aus den Angeln, ohne dass ich wusste, was ich jetzt tun sollte. Aber komisch, ich genoss die Hitze, die mir durch den Körper schoss.

Was ist denn?, fragte Anthony, du läufst ja an wie ein Krebs. Du hast doch gesagt, die Deutschen sind direkt. Also hab ich auch gesagt, was ich denke.

Ich starrte ihn an. Du machst dich lustig über mich!

Nein, mach ich nicht. Aber es ist doch gut, wenn andere Menschen einspringen, wenn es nötig ist, so wie deine Großmutter. Sonst wärst du noch in ein Heim gekommen.

Nick ist oft in einem Heim gewesen, antwortete ich, weil seine Mutter so krank war. Aber meine Mutter war nicht krank. Sie hat meinen Vater und mich sitzenlassen, weil ihr ein anderer besser gefiel. Findest du das normal?

Anthony verzog das Gesicht. Was heißt normal, sagte er

ganz ruhig, so was kommt vor. Es ist einfach eine Tatsache, dass so was vorkommt. Andere haben Eltern, die sich ständig streiten. Saufen. Gewalttätig sind.

Es gibt aber auch Kinder, die haben einfach nette Eltern und wachsen in einer glücklichen Familie auf, sagte ich.

Er nickte. Ja, das gibt es auch.

Und? Ich war unglaublich aufgewühlt.

Na ja, sagte er, man kann es sich einfach nicht aussuchen. Man muss was machen aus dem Stoff, den man mitkriegt. Es gibt keine andere Lösung.

Ja, genau so sagte er es.

Aber kannst du verstehen, dass ich mich so in Nick verliebt habe?, fragte ich. Es war mir unheimlich wichtig, dass er das verstand.

Anthony sah auf die Uhr. Ich muss gleich los, sagte er, aber ich glaube, er wollte nur Zeit gewinnen, weil er nicht wusste, was er antworten sollte.

Sag, kannst du das verstehen, hakte ich nach, dass Nick in dem Moment genau das machte, was ich brauchte, worauf ich immer gewartet hatte?

Ich sah, dass ihm die Fragerei unangenehm war, aber ich konnte einfach nicht aufhören damit.

Wahrscheinlich habt ihr's beide gebraucht, sagte er endlich und stand auf. Er hielt mir die Hand hin und zog mich von der Decke hoch, auf der wir gesessen hatten.

Rachel und ich, wir haben uns auch gegenseitig gebraucht. Das ist eben so. Man kommt zusammen, weil jeder was vom anderen braucht. Aber Bedürfnisse können sich auch verändern. Bei Rachel und mir haben sie sich verändert. Aber vielleicht ist das einfach nicht die ganz große Liebe gewesen, und wir haben es eben nicht hingekriegt, unsere Beziehung mit zu verändern. So, dass sie wieder passte, für uns beide.

Es klang nicht mal sarkastisch, als er das von der großen Liebe sagte. Trotzdem merkte ich, wie die Wut wieder in mir hochstieg. Ich kam mir vor, als hätte ich in mir drin ein Meer statt Herz und Lunge und Magen. Ein Meer, das ständig von Ebbe zu Flut und zurück wechselte. Ein Aufruhr der Gezeiten.

Bye, sagte er dann, ich muss los. Und: In drei Tagen sind wir mit den Dreharbeiten durch. Bist du morgen wieder hier? Du bist hoffentlich nicht so böse auf mich, dass du dich morgen nicht blicken lässt...

Ich lief in der Gegend rum, bis es dunkel war. Ich musste die Ebbe und Flut in mir beruhigen. Vergaß ganz, dass Amy und Nick auf das Abendessen warteten. Und vielleicht auch auf mich.

Wo warst du denn?, empfing mich Nick, als ich zur Tür reinkam. Er hatte Spiegeleier gemacht und saß mit Amy am Tisch. Für mich war kein Teller gedeckt.

Habt ihr was für mich übrig gelassen?

Nein, sagte Nick, wir wussten ja nicht, wo du bist. Hast du dich wieder mit Anthony getroffen?

Diese Diskussion fehlte mir jetzt gerade noch! Ja, sagte ich, und dann bin ich rumgelaufen. So spät ist es ja nun auch wieder nicht.

Dann er: Sag doch vorher, wenn du vorhast wegzubleiben. Ich dachte, du wärst mit Anthony nach Bala gefahren.

Amy sah mich gespannt an. Liebst du Anthony?, fragte sie, wie Kinder so fragen.

Wie kommst du denn auf so was?! Hat Nick das behauptet?

Unsinn, sagte Nick, sie hat selber Augen im Kopf. Wieso sollte ich mit Amy darüber reden, was dich und mich angeht.

Ich konnte nicht mehr. Wirklich nicht. Auf jeden Fall

macht ihr euch mehr Gedanken als ich. Ich sag schon Bescheid, wenn ich einen Abend wegbleiben will.

Ich ging zum Herd, erhitzte die Pfanne und schlug ein Ei rein. Ich ließ das Spiegelei auf einen Teller rutschen und setzte mich an den Tisch.

Guten Appetit, sagte Amy artig.

Danke. Das nächste Mal könntet ihr auch mal für mich mitdecken. Ich war sauer, wütend, traurig und immer noch in Aufruhr.

Ich geh noch mal rüber ins Atelier, sagte Nick.

Amys Blicke gingen zwischen Nick und mir hin und her. Sie nuckelte an ihrem Zeigefinger. Das macht sie, wenn sie sich sehr auf etwas konzentriert. Wollen wir gleich eine Geschichte lesen, wenn ich fertig gegessen habe?, fragte ich.

Ich kann es nicht leiden, wenn ihr euch streitet, sagte Amy.

Und ich kann es nicht leiden, wenn man mich fälschlich verdächtigt, antwortete ich. Aber Nick, für den die Antwort bestimmt war, war gar nicht mehr da.

Konnte nicht schlafen. Stand schließlich auf und legte mich zu Amy. Zum ersten Mal, seit wir uns kennen, ertrug ich Nick nicht neben mir.

Ich kriegte die Wut nicht weg, für die es gar keine Ursache gab. Anthony hatte nichts gesagt, was eine solche Wut gerechtfertigt hätte. Nick auch nicht. Amy auch nicht. Am ehesten noch Nick mit seiner ewigen Eifersucht. In drei Tagen wird die Filmcrew abreisen. Dann ist hoffentlich der Frieden wiederhergestellt. Dann ist alles wieder, wie es war. Dann ist mir Anthony aus den Augen und hoffentlich auch aus dem Sinn. Wenn mich die Gespräche mit ihm so aufregen, ist es besser, nicht mehr solche Gespräche zu führen. Schon wieder kamen mir die Tränen. Wenn Anthony weg ist, bin ich ganz allein, dachte ich plötzlich. Mutterseelenallein. Dabei bin ich das gar nicht. Ich bin ja schwanger. Mein Gott.

Die Wut ist eigentlich Verzweiflung.

Ich wälzte mich neben der schlafenden Amy im Bett herum. Selbstmitleid ist völlig unangebracht. Von Anfang an wusste ich, dass Nick malen will. Dass er auf dem Land leben will. Und, seit wir diesen Ort gefunden haben, dass er hier, in Graig Ddu, leben will. Ich weiß auch schon lange, dass er eifersüchtig ist. Das alles wusste ich schon vor der Heirat. Und ich wusste, dass ich eines nicht machen würde: abhauen, so wie meine Mutter abgehauen ist. Wenn ich einen Grundsatz habe, dann den: Du wirst es nicht so machen wie deine Mutter und alle anderen ins Unglück stürzen. Amy vertraut darauf. Nick vertraut darauf. Er hat mir nie ein anderes Leben versprochen als dieses. Er liebt mich. Er liebt Amy. Er freut sich über das Baby. Und für ihn ist klar: Er bleibt. Das stellt er nicht infrage, das ist für ihn selbstverständlich.

Warum bringt mich Anthony jetzt so aus der Fassung? Weil er recht hat? Weil sich meine Bedürfnisse geändert haben? Weil ich Angst habe, ich könnte mit ihm abhauen wollen?

Meine Mutter ist doch reingefallen mit ihrer Flucht, weg von meinem Vater, hin zu einem neuen Mann. Ist sie dabei glücklich geworden? Davon stand nichts in dem Brief, den sie Oma geschrieben hat.

Ich stand auf und machte mir Tee. Ich bemerkte gar nicht, dass Nick oben auftauchte.

Was geisterst du da nachts im Haus rum?, fragte er von der Treppe her. Willst du nicht endlich wieder ins Bett kommen?

Nick, sagte ich plötzlich, ohne nachzudenken, einfach so, könntest du dir vorstellen, woanders zu leben? Unten in Bala zum Beispiel? Oder wenigstens ein Auto zu haben?

Mein Gott, Jess, es ist mitten in der Nacht. Nein, ich kann mir nicht vorstellen, woanders zu leben. Dies ist mein Haus. Warum sollte ich es aufgeben? Und ein Auto – willst du ein Auto? Um besser wegzukönnen? Um mich besser betrügen zu können? Im Winter bist du so depressiv, dass du dich kaum aus der Küche rausbewegst, und im Sommer lernst du dann gern jemand neuen kennen.

Seine Stimme klang so kalt, dass es mir ins Herz schnitt. Böse. Verächtlich.

Ich sagte: Du weißt genau, dass das nicht wahr ist! Ich merkte, wie meine Stimme kippte und brüchig wurde – das ist schrecklich, denn so was heißt für ihn immer, dass er recht hat. Meine Stimme verrät es ihm, sagt er. Deine Stimme verrät mir alles. Ich sagte noch mal: Du weißt doch, dass ich dich und Amy liebe und euch nie verlassen würde.

Im Moment sieht es ganz anders aus, sagte er. Vielleicht liebst du mich ja nicht mehr. Wäre ja möglich. So, wie du dich aufführst.

Ich hätte schluchzen, schreien können. Aber ich wollte mir keine Blöße geben. Jede Blöße gab ihm recht. Wie führe ich mich denn auf? Nur weil ich gern unter Leuten bin? Ist das schon zu viel?

Ich seh sogar im Finstern, wie rot du wirst, sagte er. Meinst du, ich bekomme nicht mit, wie ihr zwei ständig zusammenhängt? Jetzt, wo es dir mal gut geht, schenkst du deinen Charme und deine Aufmerksamkeit einem anderen. Der Krankenpfleger bedankt sich.

Willst du nicht runterkommen und einen Tee mit mir trinken? Ich flehte schon fast. Ich ertrug es nicht, dass er mir böse war, dass er mir seine Zuneigung entzog. Dass er mir unterstellte, ich liebe ihn nicht mehr. Ich bekam schreckliche Angst. Weiß nicht, was das für eine Angst war.

Er wieder: Um jetzt was zu diskutieren? Ich hab nichts mit dir zu besprechen. Du vielleicht mit mir. Aber die Beichte kannst du auch morgen ablegen. Oder ist es so dringend? Willst du am liebsten gleich loswerden, dass du beschlossen hast, mit dem Wanderzirkus weiterzuziehen? Kannst du deshalb nicht neben mir liegen bleiben, weil du im Kopf schon neben einem andern liegst?

Wenn ich den Führerschein machen würde und wir irgendeine alte Karre kaufen würden, dann hätte ich nicht so das Gefühl, eingesperrt zu sein ...

Hört, hört, ich sperre dich ein. Davon wusste ich noch gar nichts. Das ist wirklich furchtbar. Ich schmiede dir die Füße an den Block!

Ich war in der Falle. Da kommt man nicht raus, ich nicht. Nick, sagte ich, lass mich doch ausreden. Ich liebe diesen Ort und möchte hier mit dir leben. Ich verstehe, dass du hier nicht wegwillst. Aber mit einem Auto wäre das Leben im Winter nicht so hart. Wenn es mir wieder schlecht gehen sollte, könnte ich eine Psychotherapie machen. Ohne Auto ist das unmöglich, einfach zu aufwendig. Ich könnte Amy zur Schule fahren – irgendwann muss sie zur Schule, auch wenn wir sie am Anfang selbst unterrichten. Amy wird älter, sie braucht andere Kinder um sich. Und ich könnte eine Ausbildung machen, einen Beruf erlernen.

Ich merkte sofort, dass der letzte Satz falsch war, aber er war schon draußen, hing groß, dick und falsch im Raum.

Das hast du mit Ann ausgebrütet, stimmt's? Sie hat mir schon in den Ohren gelegen wegen eines Autos, aber angeblich hat sie mit dir nicht darüber gesprochen. Und jetzt steht schon eine Ausbildung an. Ein gutes Sprungbrett für den Absprung.

Auf diese Ideen kann man auch von allein kommen, sagte ich heftig.

Oder dem anderen ein Ultimatum setzen! Nick redete sich jetzt in Rage. Ein Auto oder ich gehe! Ein neuer Mann ist ja schon da. Vielleicht hat deine Mutter auch ein Auto von deinem Vater haben wollen. Vielleicht habt ihr euch ja schon besprochen, Anthony und du. Nein, Jess, ich möchte kein Auto und kein fließendes Wasser und keine Zentralheizung. Falls das die nächsten Verhandlungspunkte sein sollten.

Er kam nicht einmal die Treppe herunter, um mir das alles ins Gesicht zu sagen. Ich ging nicht hoch. Nicht zu ihm und nicht zu Amy. Ich trank am Küchentisch meinen Tee und wartete auf das Morgengrauen. Irgendwann schluchzte ich nicht mehr, irgendwann weinte ich nicht mehr. Auf dem Tisch lag das Brotmesser. Merkwürdig, auf was für Gedanken man kommt, wenn man sich verletzt fühlt, hilflos, gefangen und voller Angst.

Ich stellte mir vor, mir mit dem Messer in die Beine zu stechen. Mir eine tiefe Wunde zuzufügen. Das beruhigte mich.

Ich bin tatsächlich nicht aus dem Haus gegangen, um Anthony zu treffen. Warum auch? Die Crew wird sich verabschieden kommen, wenn es so weit ist. Und warum einen neuen Streit mit Nick vom Zaun brechen? Der Streit von gestern Nacht reicht für eine Weile. Ich fühlte mich müde, zerschlagen und unglücklich. Nick sagte kein Wort am Morgen und verschwand im Atelier. Amy war nervig. Ich versuchte sie zu beschäftigen, aber alles, was ich ihr vorschlug, quittierte sie mit einem störrischen Kopfschütteln. Sie merkt, dass der Haussegen schief hängt.

Bald ist Mitte September. Die Tage sind schon merklich

kürzer, abends kann es empfindlich kühl werden. Wenigstens ist das neue Holz da und auch schon zersägt.

Im Wetterbericht haben sie einen Temperatursturz angekündigt. Wenn die Temperaturen erst mal kräftig gefallen sind, war's das. Dann ist der Herbst da und bald der Winter.

Anthony ließ sich nicht blicken. Das verursacht mir ein Ziehen in der Magengrube. Ich fühle mich alleingelassen. Von allen. Das stimmt natürlich nicht, aber ich fühle mich trotzdem so.

Ann hat geschrieben. Aber ich mag nicht antworten.

Ich muss immer an Anthony denken. Sie sind hier vorbeigefahren, aber er hat nicht reingeschaut. Da bin ich doch zum Set gegangen. Er sah mich, war aber beschäftigt und hatte keine Zeit. Winkte nur herüber und rief: Ich komme später bei dir vorbei.

Amy wollte unbedingt nach Bala. Ich hab Jeff und Kim so lange nicht gesehen, quengelte sie.

Aber wir haben nichts verabredet, sagte ich. Ich weiß nicht, ob Gwen zu Hause ist. Kann sein, dass wir eineinhalb Stunden unterwegs sind, und dann ist niemand da. Ich hab keine Lust, umsonst runterzulaufen und wieder rauf.

Anthony will nachher vorbeikommen, dachte ich, das letzte oder vorletzte Mal. Darf ich selber denn gar nichts haben?

Ich will aber zu Jeff und Kim, jammerte Amy. Sie sind sicher zu Hause.

Ich war ungeduldig, gereizt, die Nerven gingen mir durch. Ich packte sie heftig am Ärmel, zerrte sie zu mir her und sagte böse: Halt jetzt den Mund. Du gehst mir auf den Wecker. Dann: Okay, wir gehen. Pack deinen Rucksack. Wenn Gwen und die Kinder zu Hause sind, kannst du dort schlafen.

Ich kann mir nicht vorstellen, wie ich das alles schaffen soll mit zwei Kindern.

Ich ging in die Scheune, Nick tat, als ob er mich nicht bemerkte. Eigentlich muss er es nicht einmal spielen, dachte ich, er nimmt mich ja auch sonst nicht wahr. Er sieht nur die Jess, die so ist wie er, als wäre ich ein Stück von ihm, sein verlängerter Arm, der nach den Anweisungen und Vorstellungen seines Gehirns funktioniert. Als wäre er blind für die Person, die sich von ihm unterscheidet. Oder: als wäre die Jess, die anders ist als er, sein Feind. Ich bin selber schuld: Ich wollte ja immer eins sein mit ihm, in Liebe verschmelzen.

Wir gehen zu Gwen, sagte ich gegen die Mauer seines Rückens, wir bleiben über Nacht.

Er drehte sich kaum merklich in meine Richtung. Und was sage ich deinem Lover, wenn er vorbeikommt?

Er war grausam, er wollte mich quälen. Wenn Anthony vorbeikommt, sag ihm, ich bin mit Amy bei Freunden in Bala.

Jetzt bin ich also der Liebesbote. Eine passende Rolle für einen Ehemann, findest du nicht?

Ich bin hilflos, wenn er so ist. Mir fällt keine Antwort ein, nur immer und immer zu wiederholen, dass ich ihn doch liebe, dass ich bisher alles mit ihm gewollt habe: lieben, leben, Kinder haben. Mit jeder Wiederholung klingen die Beteuerungen hohler. Ich erschrecke selber: Sie verwandeln sich langsam zu Lügen, obwohl sie der Wahrheit entsprechen. Er dreht mir das Wort im Mund um, verwandelt die Wahrheit in Lüge. Und immer mehr fühle ich mich wie eine Lügnerin.

Ich bin gegangen, ohne seinen letzten Satz zu beantworten.

Das ist das Schlimmste: die Versuchung, aus Liebe zu Nick die zu werden, die zu sein er mir unterstellt: eine Frau, die ihn zu wenig liebt und am Ende betrügt.

Es beunruhigt mich, dass ich die Fantasie vom Küchenmesser nicht mehr vertreiben kann. Sie ist jetzt in der Welt, ich kann sie nicht mehr mit dem Schwamm von der Tafel wischen.

Siehst du, sie sind da! Sie sind da!, jubelte Amy, als wir zu Gwen kamen. Gwen und Mike wohnen am Rand des Ortes, nahe dem See. Ein Granithaus, grau, mit spitzem Giebel, nicht sehr groß, Parterre, erster Stock, recht großer Garten, in dem Gwen Gemüse zieht. Ein schöner Blick in die sanft hügelige Landschaft hinaus. Ein Stück vom Haus entfernt hat Mike am Ast einer ausladenden Eiche eine Schaukel für die Kinder angebracht. Wir waren nicht der einzige Besuch. Gwens beste Freundin Iris saß in Gwens Küche, ihr Baby auf dem Schoß. Es ist winzig, nicht mehr als ein paar Wochen alt.

Gwen stört es überhaupt nicht, wenn man unangemeldet vorbeikommt, im Gegenteil. Sie ist immer so unaufgeregt, unkompliziert, herzlich. Man fühlt sich gleich wohl bei ihr. Ich spürte, dass mir die Tränen kamen. Eigentlich, weil mir so wohl war. Aber ich weiß, das ist ein schlechtes Zeichen. So fängt es an, wenn ich abstürze, passend zur kommenden düsteren, toten Jahreszeit. Ich musste mich sofort ablenken. Ich kitzelte das Baby von Iris am Bauch, und es gab einen gurrenden, gurgelnden Laut von sich.

Ich hab gehört, du kriegst auch ein Baby, sagte Iris. Wann ist es so weit?

Oh, das ist noch lange hin, sagte ich. Nächstes Frühjahr. Und du, wie geht's dir? Ich hatte mich wieder im Griff, äußerlich wenigstens. Innen dieses Zittern. Das kenne ich inzwischen. Wenn es nicht aufhört, bringt es das Gerüst, das mich im Innern zusammenhält, zum Einsturz. Man muss das Zittern um jeden Preis anhalten, sonst ist man verloren.

Mir geht's gut, sagte Iris, ich habe Gwen gerade erzählt, dass das Haus neben unserem frei wird. Es ist günstig zu haben und ziemlich hübsch. Garten, freier Blick. Ganz ähnlich wie dieses Haus hier, ist wohl zur gleichen Zeit gebaut worden.

Gwen kennt das Haus. Es ist wirklich schön, sagte sie mit Nachdruck und sah mich dabei an. Eine echte Gelegenheit! Wäre das nichts für dich und Nick – vor allem in Hinblick auf das Baby. Bus, kurze Wege zum Einkaufen, Strom, Wasser. Ein Haufen Kinder in der Nähe zum Spielen. Und ich hätte dich ganz in der Nähe, für Klatsch und Tratsch, sagte sie, auch schön.

Ich muss ein komisches Gesicht gemacht haben, jedenfalls unterbrach sie sich und sagte, entschuldige, ich weiß, Graig Ddu ist ein Juwel. Etwas ganz Besonderes. Die Leute werden eines Tages zu euch hinaufpilgern, um einmal im Leben zu sehen, wie man auch leben könnte. Romantik pur, ganz so ist es hier unten natürlich nicht.

Ich sagte nur: Abgesehen davon hätten wir gar kein Geld, das Haus zu kaufen.

Nein, nein, warf Iris ein, man kann das Haus auch pachten. Es ist sogar sehr günstig, allerdings mit der Auflage, dass man es auf eigene Kosten unterhält. Die Besitzer haben das Haus geerbt und wollen nicht selber drin wohnen, es aber auch nicht unbedingt verkaufen. Ihr wisst ja, die Häuser steigen seit Jahren im Preis. Viele träumen davon, ein Häuschen in Wales zu haben. Mit jedem Jahr verdienst du mehr dran.

Schon wieder stiegen mir die blöden Tränen hoch. Ich seh mal nach Amy, sagte ich.

Ach, lass die doch spielen. Bleibt ihr über Nacht?, fragte Gwen.

Gern, sagte ich, sonst müssen wir in ein paar Minuten schon wieder los.

Gwen freute sich, Mike war nicht da, er wollte in Liverpool übernachten. Da können wir uns einen gemütlichen Frauenabend machen, sagte sie schmunzelnd.

Ist was?, fragte Gwen, als die Kinder im Bett waren und wir allein in der Küche saßen. Ich druckste herum. Sagte dann aber doch: Wenn's dir nichts ausmacht, würde ich gern noch mal los und im *White Lion* nachsehen, ob der Kameramann da ist. Du weißt schon, Anthony, ich hab dir von ihm erzählt. Sie sind mit den Dreharbeiten fast fertig. Anthony wollte heute Nachmittag zum Abschied noch mal in Graig Ddu vorbeikommen, aber Amy wollte unbedingt zu euch.

Klar, mach nur, sagte Gwen. Ich schließe die Tür sowieso nie ab. Komm zurück, wann du möchtest. Du weißt ja, wo du schlafen kannst. Ich muss dir ja keinen Zimmerschlüssel aushändigen. Vielleicht penne ich schon, wenn du kommst, okay? Ich bin ziemlich müde.

Gwen ist wirklich toll.

Anthony saß mit den anderen im Pub. Er sah mich hereinkommen, stand auf und kam schnell auf mich zu. Hej, sagte er leise, schön, dass du da bist. Ich war ziemlich enttäuscht, dass ich dich heute Nachmittag nicht angetroffen habe. Er wirkte fast verlegen. Ich wollte dich wirklich gern sehen.

Ich nahm ihn am Arm und zog ihn auf die Straße, weil mir, verdammt noch mal, schon wieder die Tränen kamen.

Jess, was ist denn los? Geht's dir schlecht? Ist was passiert?

Ja, sagte ich und spürte, wie mir die Tränen runterliefen,

ohne dass ich es kontrollieren konnte, hast du zufällig ein Taschentuch?

Hatte er nicht, aber er zog den Ärmel seines Pullis über seine Hand und wischte mir damit übers Gesicht. Willst du ein bisschen laufen?

Ich nickte, zog die Nase hoch, sah ihn nicht an. Wir gingen die Hauptstraße runter. Aber ich konnte gar nichts sagen, kein Wort. Wir gingen die Straße wieder hoch. Das Weinen hatte aufgehört.

Nimmst du mich mit auf dein Zimmer?

Jetzt? Er schien nicht zu verstehen.

Ja.

Also, ich weiß nicht. Hast du dir das gut überlegt? Du hast mir doch erzählt, wie eng du und Nick... Und ich reise bald ab...

Eben, sagte ich. Deshalb.

Aber..., fing er wieder an.

Ja oder nein?, fragte ich.

Natürlich. Ja.

Anthony war viel verwirrter als ich. Kein Wunder. Ein subtiler Verführungsakt war das nicht. Und außerdem kannte er meine Situation. Nicht ganz natürlich, nur die eine Seite.

Kannst du denn überhaupt hierbleiben?, fragte er hilflos, als wir in seinem Zimmer standen.

Ich war auf einmal ganz furchtbar müde und erschöpft wie noch nie im Leben, mir war, als müsste ich gleich ohnmächtig werden.

Du bist ja ganz blass!, sagte Anthony, legte mir die Hände auf die Schultern und drückte mich sanft aufs Bett. Ich saß da wie bestellt und nicht abgeholt, nur dass mich niemand bestellt hatte.

Anthony brachte mir ein Glas Wasser. Soll ich dir einen Whisky holen?, fragte er unsicher, vielleicht brauchst du einen Whisky oder so was. Ich geh mal runter und hole was.

Aber ich wollte keinen Whisky.

Er setzte sich neben mich aufs Bett.

Ich weiß gar nichts mehr, sagte ich. Es ist, als ob alles, was wahr war, plötzlich gelogen wäre. Als ob nichts mehr stimmt, obwohl alles gestimmt hat. Ich bin durcheinander, unglücklich, obwohl ich doch glücklich bin. Ich wollte Nick und habe ihn. Ich wollte ein Kind und habe eins. Ich wollte hier leben und lebe hier. Warum stimmt plötzlich nichts mehr? Von meiner Schwangerschaft sagte ich nichts, warum auch. Ein, zwei Tage, und er ist für immer weg.

Anthony sagte nichts. Was hätte er dazu auch sagen können?

Als ihr oben im Tal Theater gespielt habt, in mittelalterlichen Gewändern, sagte ich, falsche Kronen auf dem Kopf, in einem Englisch, das keiner mehr spricht, hatte ich plötzlich das Gefühl, was ihr da macht, ist nicht Schauspielerei, sondern das wahre Leben. Ihr wart so wirklich. Und mein Leben mit Nick war auf einmal so unwirklich wie ein Theaterstück. Dabei trugen doch eure Schauspieler die Kostüme, nicht wir. Schon wieder liefen mir die Tränen übers Gesicht.

Wie viele Tränen du weinen kannst, sagte Anthony, da ist ja ein riesiges Reservoir.

Hat sich wahrscheinlich über Jahre angesammelt, sagte ich durch die verstopfte Nase. Ich stand auf, holte das Klopapier und stellte die Rolle neben mich.

Anthony lachte. Er hat so ein zärtliches Lachen, als ob er einen damit streicheln wollte. Warum ich dieses Reservoir gerade hier in seinem Zimmer ablassen wolle? Er lächelte mich an, und ich musste zurücklächeln.

Weil ... Keine Ahnung. Weil es hier möglich ist, ohne dass es jemanden verletzt. Weil ich dich sehr mag. Ich fühle mich nicht einsam, wenn du da bist.

Das ist sicher Einbildung, sagte er. Außerdem würdest du dich mit mir auch irgendwann einsam fühlen. Ich bin ja selten zu Hause. Immer unterwegs, von einem Dreh zum nächsten. Aber, dabei sah er zur Seite, mir geht's auch gut, wenn du da bist. Ich hol uns jetzt doch was zu trinken. Bin gleich wieder da.

Er lehnte die Tür nur an. Das hieß, ich komme gleich wieder, und trotzdem hatte ich Angst, er könnte vor einem solchen Problemhaufen wie mir die erste Gelegenheit zur Flucht ergreifen. Er kam mit einer Flasche Whisky wieder, klemmte sie unter den Arm und nahm die Zahnputzgläser aus den Metallringen über dem Waschbecken. Dann zog er mit dem Fuß den einzigen Stuhl, der im Zimmer stand, vor das Bett und setzte sich vor mich hin.

Dann Folgendes: Ich muss dir was sagen, halt mal die Gläser, damit ich einschenken kann.

Ich hielt die Gläser, er füllte sie halb, schraubte die Flasche zu.

Wenn ich zurück nach London komme ...

Nein, dachte ich, nein, ich will nicht, dass du nach London gehst, ich will das nicht.

Wenn ich zurück nach London komme, hörte ich ihn sagen, heirate ich. Mir wurde ganz schwarz vor Augen. Aber das sagte er gar nicht.

Wenn ich zurück nach London komme, sagte er, werde ich dich schrecklich vermissen. *Das* sagte er. Und: Ich war schon lange nicht mehr so verliebt. Aber ich sei ja verheiratet und er ständig unterwegs. Das alles habe keinen Sinn. Aber sagen müsse er es mir trotzdem.

Nur ich, ich sagte ihm nicht, dass ich auch noch schwanger war.

Gwen schlief, als ich zurückkam, und stellte am anderen Morgen auch keine Fragen. Und ich sagte auch nichts. Ich glaube, sie hätte sich gewundert, wenn ich ihr erzählt hätte, dass ich zwar die ganze Nacht weg war, aber nicht mit Anthony geschlafen hatte. Ich bin sicher, sie hätte kein großes Problem damit gehabt, wenn es anders gewesen wäre, und es einfach für sich behalten. Aber es gab nichts zu beichten. Ich konnte nicht. Und Anthony wollte nicht.

Du bist zu betrunken, sagte er, morgen tut es dir leid. Aber bring mich nicht noch mal in die Situation. Ich bin kein edler Samariter.

Als Gwen Amy und mich mit dem Auto bis zur Straße brachte, damit wir nicht trampen mussten, ging es mir hundeelend. Ich hätte nichts trinken dürfen in Anthonys Zimmer, wegen des Babys. Einfach nicht. Aber dass ich so abgrundtief traurig war, hatte einen anderen Grund.

Es regnete. Nicht heftig, aber stetiger Nieselregen ist trostloser als ein Regenguss, der heftig und schnell vorbeizieht. Amy plapperte mir die Ohren voll, sie war glücklich und hatte es genossen, mit Kim und Jeff bis zum Umfallen zu spielen, drinnen, im Garten und auf der Straße mit den Nachbarskindern.

Anthony.

Ich wünsch dir alles Gute, hab ich gesagt.

Ich dir auch.

Amy sang irgendein Lied vor sich hin. Kindersingsang.

Ich klaubte die Regensachen und die Gummistiefel aus der Betonröhre am Straßenrand.

Ich brauche keine Gummistiefel!, protestierte Amy.

Und wieder war ich ungeduldig mit ihr, unfreundlich und ungerecht. Zieh die Stiefel jetzt einfach an und fertig, sagte ich streng. Ich hab keine Lust, später die verdreckten Schuhe zu putzen.

Sehen wir uns wieder?

Nie wieder.

Aber es regnet gar nicht so schlimm, begehrte Amy auf, wenn es so ist, muss ich sonst die Stiefel nie anziehen.

Sie hatte recht, aber ich ertrug ihren Widerspruch nicht.

Aber jetzt ziehst du sie an und hörst auf zu maulen, verstanden?, fuhr ich sie an.

Sie hielt erschrocken den Mund und machte, was ich sagte. Aber sie schmollte und trödelte in einem Riesenabstand hinter mir her. Sie wusste, dass mich das auf die Palme brachte, und obwohl ich es nicht wollte, rief ich sie so wütend und scharf wie einen Hund, der nicht folgt. Sie folgte nicht. Ich schäme mich, es aufzuschreiben, aber ich ging zurück und ohrfeigte sie so heftig, dass sie zu weinen begann, und zerrte sie an der Hand hinter mir her.

Noch einen Kuss? Den letzten?

Ja, ja. Noch einen Kuss.

Die nieselige Kälte kroch mir in die Knochen, ein Vorgeschmack auf die kommenden Monate. Die Sehnsucht nach Anthony zog mir die Brust zusammen. Jetzt, da die Geschichte vorbei war, ehe sie überhaupt angefangen hatte. Gab es etwas Dämlicheres? Ich war wütend auf mich, dass ich nicht wenigstens einmal mit ihm geschlafen hatte, ein einziges Mal, wenn wir nun schon auseinandergingen. Der Wunsch danach breitete sich in mir aus wie Fieber, wie Hunger, wie Durst.

Wo fängt der Betrug an?
Wie misst man Treue?
Wann beginnt man jemanden zu verlassen?

Warum ist meine Mutter eigentlich von meinem Vater weggegangen? Ich habe nie danach gefragt.

Alles wegen dieser Schmalzlocke, haben die Nachbarinnen gesagt.

Ich bin eine schlechte Mutter und Ehefrau. Ich habe nicht an mein Baby gedacht. Nicht an Nick und nicht an Amy.

Ich war nicht im Haus, als die Crew sich verabschiedete. Sie haben zum Dank ein Foto dagelassen, das der Regieassistent gemacht hatte. Die Schauspieler in Kostümen, König Lear mit wirrem Haar, dahinter das Team, seitlich Nick, Amy, ich. Anthony steht auf der anderen Seite und blickt zu mir herüber, ich aber sehe Nick an und habe eine Hand auf Amys Schulter gelegt. Auf der Rückseite des Fotos haben alle unterschrieben.

Ich hätte es nicht ertragen, Anthony noch einmal zu sehen. Er hat mir seine Adresse gegeben, als wir uns in Bala trennten, vor Gwens Haus. Besser jetzt, sagte er, man weiß ja nie.

Am besten klebe ich den Zettel hier an diese Stelle.

Natürlich sollte ich ihn wegwerfen.

Jetzt sind sie fort. Der Winter kann sich schon mal auf den Weg hierher machen. Geschneit hat es noch nicht.

Nick spricht wenig. Er hat sich das eine kleine Zimmer über dem Kaminzimmer als Arbeitszimmer eingerichtet, wo er meditiert, liest und schreibt.

> Ich träume von Gedichten,
> die fliegen wie Vögel
> im Zimmer, in meinem Kopf
> und schweigen, wenn ich
> die Augen öffne und
> versuche, mich zu erinnern.
> Und doch war etwas da:
> Ich glaube, es war die Liebe.

Ich bin in einer Blutlache aufgewacht. Fühlte erst nur das klebrig Feuchte unter meinen Fingern, sah nichts, tastete nur mit den Händen das Laken unter mir ab. Verwunderung, Unglauben, ich mach nicht mehr ins Bett. Andere Konsistenz. Gestern das Ziehen im Bauch, aber nicht besorgniserregend, leichte Bauchkrämpfe, aber wir haben Linsen gegessen, das gibt es. Nick schläft, es muss also noch sehr früh sein. Draußen natürlich noch dunkel.

Ich stand auf, zitternd, eine Ahnung jetzt. Ich zündete eine Kerze an.

Blut, alles voller Blut.

Nick wachte auf. Was machst du denn da mitten in der Nacht!

Dann sah er's.

Das Baby ist nicht mehr da. Ein Abort, dritter Monat. Der Arzt in Bala hat eine Ausschabung gemacht und mir Beruhigungspillen gegeben. Kommen Sie, wenn Sie Antidepressiva brauchen, oder Schlaftabletten. Es ist klar, dass es Ihnen schlecht geht.

Nick ist traurig, enttäuscht.

Ich war allein beim Arzt, es war mir lieber so. Der Sanitäter fuhr mich danach mit dem Auto bis zur Stelle, wo der

Aufstieg beginnt. Es tut mir leid, dass ich Sie nicht rauffahren kann, sagte er, aber das ist kein Geländewagen. Wie machen Sie das bloß, wenn jemand in Ihrer Familie so krank ist, dass er den Weg runter oder rauf nicht schafft? Und ohne Telefon. Das dauert ja ewig, bis ein Arzt benachrichtigt ist oder die Ambulanz.

Ich ging den Berg hoch. War gut so allein, niemand, dem man die Tränen erklären musste. Trauer und auch, das ist schlimm, Erleichterung. Ein einzelnes Schaf stand auf dem Weg, wo das nur herkam, und sah mich an mit seinem freundlichen Schafsgesicht. Schafe sehen gar nicht dumm aus.

Das Schaf war ein Trost. Es blieb unbeweglich in einiger Entfernung stehen, auch als ich plötzlich schrie. Ich hörte mich selbst schreien, als schreie sich da eine andere die Lunge aus dem Leib. Ich erbrach alles auf den Weg, dieses Gemisch aus Trauer, Angst, Schuldgefühl, Sehnsucht, Verzweiflung. Aber es war ja nur der Mageninhalt. Alles andere bleibt in mir, ein braun-grau-schwarzer Klumpen, der wächst und immer weiter wächst wie ein Kind. Das Baby hat er schon verdrängt, jetzt macht er sich an dessen Stelle breit.

> Vorahnung
> Ich sehe die Grashalme zittern
> Als ob ein Wind ginge
> Spüre den Sonnenuntergang
> Schon vor der Zeit

Ich habe eine schwere Zunge, das Sprechen strengt mich an. Dabei spreche ich doch sonst so schnell! Bleigewichte an Händen und Füßen. Ich bringe mich nur mit Mühe vorwärts.

Nick steht sehr früh auf. Ich schlafe schlecht, deshalb

bleibe ich morgens liegen, bis Amy ungnädig wird. Am liebsten würde ich den ganzen Tag liegen bleiben.

Ann hat wieder geschrieben. Aber was sollte ich schon antworten.

Dass die Menschen immerzu essen müssen! Ein ewiger widerlicher Vorgang: oben rein, durch das Gedärm, unten raus. Ich hab überhaupt keinen Appetit. Bringe nichts runter.

Wenn wir wenigstens ein Bad im Haus hätten, eine Toilette. Gestern, als ich zum Klohäuschen ging, hackte der Hahn nach mir. Das hat mich in Tränen ausbrechen lassen.

Es regnet seit zwei Wochen. Ich bin allein mit Amy. Nick ist nach London gefahren. Eine Galerie hat Interesse, seine Bilder auszustellen. Und aufgrund der Dreharbeiten zu King Lear ist irgendjemand auf die Idee gekommen, man könnte einen Film über Nick, seine Malerei und sein Leben auf Graig Ddu drehen.

Ich kann mich so schlecht konzentrieren, dass ich Amy nicht mal ein Kinderbuch vorlesen kann. Ich breche mitten im Satz ab. Sie hat böse gesagt: Du liest aber nicht schön vor!
Ich fange etwas an und höre wieder auf. Die Anstrengung ist zu groß, es fertig zu machen: alle Kartoffeln zu schälen, die auf dem Tisch liegen. Fertig abzuwaschen. Meinen Teller leer zu essen. Mich anzuziehen. Einen Satz fertig zu denken. Einfach zu schwer. Ich kann die Augen kaum aufhalten vor Müdigkeit. Aber schlafen kann ich auch nicht.
Leere im Kopf.
Trotzdem bin ich schrecklich nervös. Komisch, dass das

miteinander möglich ist. Ich könnte alles fallen lassen: Teller, Tassen, das Hundefutter, die Eier, die ich im Stall eingesammelt habe. Amys Spielzeug, das ich zusammenräumen will. Alles fallen lassen, hinschmeißen. Einfach loslassen.
Weil ich nicht die Kraft habe, es festzuhalten.

Ich brauche alle Kraft, um das innere Zittern aufzuhalten. Wenn das Zittern zu stark wird, falle ich auseinander.
Es gibt mich nicht mehr.

Niemand versteht, wie das ist. Von außen sieht man ja nichts.

Nichts bleibt von den Sommerworten, wenn du sie im Winter wiederholst.

Ich nehme Amy und Nick kaum wahr. Alles wie in Watte gepackt. Ich dringe nicht zu ihnen durch. Und sie nicht zu mir. Ein nebliges Land.

Nick hat mich gefragt, ob das Kind von ihm war. Das tut unglaublich weh. Natürlich war es von ihm, und doch hat er recht mit seinem Argwohn.
Aber es kommt mir vor, als sei die Begegnung mit Anthony nur geträumt. Ganz weit weg.
Nick glaubt, dass ich mich schuldig fühle, weil ich ihn betrogen habe. Dass ich mir die Schuld gebe, für den Tod des Babys verantwortlich zu sein, und mich damit selbst bestrafe. Anders, sagt er, kann er sich meinen Zustand nicht erklären. Gib es zu, sagt er, dann wär's endlich heraus. Vielleicht geht es dir dann besser. Er ist sehr feindselig jetzt.
Ich kann darauf nichts antworten. Ich bin, was er mir vorwirft. Eine schlechte Mutter und eine schlechte Ehefrau.

Nick hat sich angewöhnt, so zu tun, als ob ich nicht da wäre. Ich bin Luft für ihn. Er steht auf, holt Wasser, meditiert, geht in die Scheune. Wenn Amy zu ihm hinüberläuft, schickt er sie zurück. Das ist grausam. Dann steht Amy vor mir und erwartet etwas von mir. Aber da ist nichts, was ich geben könnte. Ich bin müde. Ausgelaugt. Eine leere Hülle.

Die Fantasie vom Brotmesser ist das Einzige, was mich beruhigt. Das Messer nehmen und mir in Arme und Beine stechen. Bei der Vorstellung werde ich ruhig. Mich bewegungsunfähig machen. Als könnte ich mich damit erlösen. Und die anderen von mir.
    Nick braucht gar nichts zu sagen, ich weiß selbst, dass ich für nichts tauge. Es ist ja offensichtlich. Die anderen sind nicht schuld daran, nur ich.

Der Traum vom Schlaf, der alles wegbläst, mir eins herbeiweht: eine Mutter, die mich zudeckt mit Erde und Schnee.

Der Gedanke mit dem Brotmesser wird zu einer fixen Idee. Er taucht alle paar Minuten auf, aus dem Nichts. Immer sehe ich das Messer vor mir. Ich habe Angst, ich könnte damit Amy etwas antun. Mütter können ihre Kinder töten. Ich habe Angst, dass ich Amy töte und dann mich.
    Wie abscheulich ich bin.

Es hat geschneit.
    Schneebälle mache ich aus meinen Ängsten, jongliere mit Eis.

Ich weiß, dass ich nicht zu ertragen bin. Ich liege als schwere Last auf allen. Ich möchte die Welt von mir befreien und mich selbst von mir auch. Ich bin nicht mehr ich selbst.

Hat man aufgehört zu lieben, wenn man geht? Oder gibt es ein Gehen, bei dem man die Liebe mitnimmt? Hat meine Mutter mich geliebt, obwohl sie mich zurückgelassen hat? Das ist die Frage, die ich nie gestellt habe aus Angst vor einer Antwort, die nach billiger Ausrede klingt.

Oder um meinen Groll gegen sie aufrechterhalten zu können.

Auf leisen Pfoten schleicht der Winter hinter mir her. Ich biege die letzten Gräser im Frostklang und mache mich auf nach der anderen Seite des Erdballs.

Ich klappte Jessicas Tagebuch zu.

Die Aufzeichnungen brechen hier ab, es ist der Zeitpunkt Ende November des letzten Jahres, als Nick und Gwen sie in die Health Care brachten. In der Psychiatrie in Wrexham, wo sie bis kurz vor Weihnachten blieb, hat sie nichts notiert. Wahrscheinlich hatte sie das Tagebuch nicht dabei, hat wohl auch nicht verlangt, dass Nick es ihr in die Klinik bringt. Vielleicht aus Angst, er könnte Anthonys Adresse darin finden.

Auch über die Weihnachtstage, als Achim und ich in Graig Ddu waren, ist nichts vermerkt.

Zwei weiße Seiten, dann erneut einige Aufzeichnungen aus dem Januar dieses Jahres, also aus den Tagen kurz vor dem Selbstmordversuch.

Aus Jessicas Tagebuch

Wie soll ich das ertragen? Anthony ist wieder da.

Du hast dich nicht gemeldet, hat er gesagt, das hätte ich mir denken können.

Er hat sich dem Dokumentarfilmteam als Kameramann angeboten. Das lag nahe, wo er vor wenigen Monaten schon mal hier gedreht hat und alles kennt.

Er sagt: Es ist nicht so, dass ich mir nicht Gedanken darüber gemacht hätte, ob ich das darf, dich sozusagen zwingen, mich wiederzusehen.

Und ich? Ich weiß nicht, wie ich meine Gefühle vor Nick geheimhalten soll. Gott sei Dank ist er derart von den Aufnahmen in Anspruch genommen und darauf konzentriert, dass er mich wenig beachtet.

Ich habe mit Anthony geschlafen.

Weiß selbst nicht, wie ich es geschafft habe, mir den Abend in Bala zu erlügen. Ich schäme mich unendlich. Es waren die schönsten Stunden, die ich je mit einem Mann verbracht habe.

Wenn ich das drehen müsste, meinte Anthony, käme die verrückteste Liebesszene des Kinos dabei heraus: Zärtlichkeit, Leidenschaft, Liebe und eine Frau, die ununterbrochen weint.

Ich kann nicht. Ich kann mich nicht von Nick trennen. Es zerstört eine Welt. Alles, was ich denke und glaube.

Du gibst mir, uns keine Chance, sagte Anthony.

Das ist wahr. Ich kann sie ihm nicht geben.

Ich will dich nicht wiedersehen, hab ich gesagt. Kannst du das verstehen?

Ich weiß nicht, ob ich das wirklich verstehen kann, antwortete er.

———⚘———

Lange hatte ich das Gefühl, ich dürfte nicht ohne Jessicas Erlaubnis in ihrem Tagebuch lesen. Nun scheint mir der Gedanke belanglos, und ich frage mich eher, warum ich es nicht früher getan habe. Denn jetzt, nach diesen Zeilen, weiß ich endlich, was ich tun kann, statt nur dazusitzen und zu warten und zu hoffen. Ich begreife etwas, das Jessica vielleicht gar nicht sieht. Obwohl sie es selbst aufgeschrieben hat.
Man ist so heillos verstrickt in die eigene Geschichte.

Ich wollte mit Jessicas Großmutter sprechen. Ich wusste, dass sie noch immer in ihrem Dorf bei Marburg lebt, denn Jessica hatte sie dort mit Amy nach der Eröffnung von Nicks Ausstellung in Darmstadt besucht. Erleichtert schrieb sie mir danach, die Oma habe sich über den Besuch sehr gefreut.
Von den neuesten Ereignissen wusste die alte Frau mit Sicherheit nichts. Nick war so wenig Familienmensch, dass er vermutlich nicht einmal wusste, wo Jess ihr Adressbuch hatte. Ich rief beim Einwohnermeldeamt in Marburg an und klapperte die entsprechenden Auskunftsstellen in allen Dörfern in der Nähe von Marburg telefonisch ab. Und ich hatte tatsächlich Glück. In London hatten Jess und ich über den merkwürdigen Vornamen der Oma gelacht, jetzt verschaffte er mir eine Adresse und auch eine Telefonnummer. Der merkwürdige Vorname war mir im Gedächtnis geblieben, und tatsächlich gab es im ganzen Umkreis nur eine einzige Friedhild.

Ich erreichte Jessicas Großmutter schon beim ersten Versuch.

Es war früher Abend, ich hatte mir stichwortartig aufgeschrieben, was ich sagen wollte, um mich vorzustellen und sie auf den Grund meines Anrufs vorzubereiten.

»Sie können sich sicher vorstellen, dass ich Sie nicht anrufen würde, wenn nicht etwas vorgefallen wäre«, sagte ich, nachdem ich ihr von Jess und mir erzählt hatte. »Aber Jessica kann sie im Moment nicht selbst anrufen.«

Die vom Alter dünn gewordene Stimme, die mir antwortete, war viel weniger barsch, als ich es nach Jessicas Erzählungen von der Oma erwartet hatte. Es fiel mir schwer, ihr von Jessicas Selbstmordversuch zu erzählen.

»Sind Sie noch da?«, fragte ich, als ich es ihr gesagt hatte.

Die alte Frau antwortete nicht. Dann hörte ich, dass sie weinte.

»Darf ich Sie noch einmal anrufen, morgen vielleicht? Ich habe mir Gedanken gemacht, über die ich gern mit Ihnen sprechen würde. Sie sind gegenstandslos, wenn Jessica nicht durchkommt, aber vielleicht wichtig, wenn sie es schafft.«

Wahrscheinlich hätte ich besser einen Brief geschrieben, dachte ich im selben Moment. Wie soll man am Telefon auf eine solche Nachricht reagieren? Oder ich hätte selbst hinfahren müssen ...

»Rufen Sie in ein paar Minuten noch mal an. In einer halben Stunde.« Endlich sagte sie etwas. »Vielleicht geht es mir morgen schlechter als heute. Ich bin alt. In meinem Alter weiß man nie, wie man sich am nächsten Tag fühlt.«

Obwohl ich inzwischen an meinem Vorhaben zweifelte, rief ich noch einmal an. »Jessica hat mir erzählt«, sagte ich, »dass sie bei Ihnen aufgewachsen ist. Sie sagt, ihre Mutter sei mit einem Tanzlehrer auf und davon und nie mehr zurückgekommen. Wegen ›einer Schmalzlocke‹, habe es geheißen, hätte sie Mann und Kind verlassen.«

»Ach, mein Gott, ja!«, unterbrach mich die alte Frau. »Lügen halten sich länger als die Wahrheit! Was sich in einem Kinderkopf so festsetzt!«

»Heißt das, die Geschichte ist gar nicht wahr?« Ich war sprachlos.

»Nicht wahr und nicht gelogen.«

»Aber diese Geschichte bestimmt Jessicas Leben! Wegen diesem Satz, dass ihre Mutter für einen anderen Mann einfach alle anderen hat sitzenlassen, quält sich Jessica zu Tode! Sie stirbt ja lieber, als so zu sein wie ihre Mutter! Das, was ihre Mutter ihr zugefügt hat, will sie keinem Menschen zufügen.«

»Lydia hat Jessica nichts zugefügt. Lydia konnte nicht für ihr Kind sorgen. Und bei mir hat Jessica es nicht schlecht gehabt, auch wenn sie das vielleicht anders sieht.« Sie schien verletzt, aber das war auch die knappe, pragmatische Oma, die sich mit den Ängsten und Fantasien der kleinen Jessica nicht groß auseinandergesetzt hatte.

»Aber was ist denn wirklich passiert? Die Geschichte, an die Jess glaubt, macht es ihr unmöglich, auch nur darüber nachzudenken, was sie selbst braucht. Vielleicht käme sie sonst zu der Erkenntnis, dass sie sich in der Einsamkeit von Graig Ddu verliert, dass sie ein Mensch ist, der Kontakt braucht, mehr als Nick, anders als Nick. Oder dass das Leben dort oben ihr einfach zu schwer ist. Oder dass sie die dunklen Winter im Norden krank machen. Oder dass sie von Nick Verständnis für ihre Bedürfnisse einfordern könnte, statt immer nur ihm Verständnis entgegenzubringen. Das heißt ja nicht, dass sie Nick nicht liebt. Nur weil sie anders ist als er. Sie glaubt, sie liebt ihn nur dann richtig, wenn sie ›eins‹ mit ihm ist. Wie im paradiesischen Traum von der Geborgenheit.

Wie im Traum vom Einssein mit der Mutter. Jess sucht noch immer ihre Mutter, verstehen Sie? Sie möchte geliebt werden wie ein Kind. Und sie hat das Gefühl, wieder so verlassen zu sein wie damals, wenn Nick und sie in zwei Einzelwesen zerfallen. Denn ja, das ist so: *Zwei* Menschen können ihrer Wege gehen, unterschiedliche Wege, und andere zurücklassen. Ich glaube, es gibt für Jessica keine furchterregendere Vorstellung als die, dass der Traum vom Leben in Graig Ddu kein gemeinsamer Traum mehr wäre. Damals, als Ihre Tochter wegzog...«

»Meine Tochter ist nicht weggezogen«, unterbrach mich Jessicas Großmutter. »Meine Tochter kam in eine psychiatrische Anstalt. Das war damals eine Schande. ›Die Mutter ist im Irrenhaus, in der Klapsmühle‹ – ich wollte nicht, dass Jessica mit solchen Sätzen aufwachsen muss. Sie wissen doch, wie die Leute sind. Unser Dorf macht da keine Ausnahme. Unbarmherzig. Die zerreißen sich bei jeder Gelegenheit das Maul.«

»Aber es ist doch nicht besser, wenn die Nachbarinnen die eigene Mutter als Schlampe hinstellen, die ihr Kind wegen eines Abenteuers verlässt. Jess hat schreckliche Angst, dass sie keine gute Ehefrau, keine gute Mutter ist. Sie wird bleiben, weil ihre Mutter gegangen ist, egal, welche Konsequenzen das für sie hat. Nur um ihrer Mutter nicht ähnlich zu sein!«

»Hätte sie keine Angst gehabt, wie ihre Mutter zu werden, wenn ich ihr die Wahrheit gesagt hätte? Wenn sie gewusst hätte, dass ihre Mutter in einer psychiatrischen Anstalt lebt?«

Da schwieg ich, weil mir die Antwort fehlte.

»Aber an einer Krankheit ist man nicht schuld«, sagte ich endlich. »Das ist doch ein Unterschied. Jess fühlt sich schuldig für jeden Gedanken, der nicht in den gemeinsamen Traum passt.«

»Lydia hat auch Schuldgefühle gehabt. Schuldgefühle, weil sie nicht funktionierte. Weil sie nicht für Mann und Kind sorgen konnte, wie man das von ihr erwartete. Sie hatte sich tatsächlich in diesen Tanzlehrer verliebt, aber das war nicht die Ursache für ihr Problem. Sie hatte schon eine schwierige Zeit, als sie mit Jessica schwanger war. Eigentlich war das Kind nicht vorgesehen. Der Andreas war eher eine Zufallsbekanntschaft. Die beiden merkten, dass sie nicht besonders gut zueinander passten. Als Lydia schwanger wurde, beschlossen sie, trotzdem zu heiraten. Das war vielleicht nicht die beste Idee. Aber damals war das bei uns so, dass ein Mann eine Frau heiratete, die von ihm schwanger war. Und dann fing das alles an.

Lydia hatte Schlafprobleme, und wer nicht schläft, fängt an zu grübeln. Ich habe immer gesagt, trink ein Bier, das schadet dem Kind schon nicht. Das bringt dich zum Einschlafen und weg von deinen ganzen haltlosen Befürchtungen. Deine ewigen Sorgen darum, dass du es nicht schaffen wirst, eine gute Mutter zu sein, die ersticken das Baby noch. Alle Mütter haben mal ihr erstes Kind gehabt und Angst, sie könnten mit dem Kind was falsch machen. Das ist normal. Da hilft auch kein Babykurs. Aber sie verlor sich in fantasierten Problemen und saß nur noch rum, statt sich mit etwas Normalem zu beschäftigen, zum Beispiel damit, ein Kinderzimmer einzurichten. Sie begann, sich zu vernachlässigen, achtete nicht mehr auf ihre Kleidung, wusch sich nicht mehr die Haare – das war für den Andreas auch keine Freude. Was sollte er denn machen mit einer Frau, die nur noch dasitzt und trübe Gedanken bläst?

Er kam abends immer später heim, er scheute sich einfach vor Lydias Anblick. Er dachte wohl, dass sie ihn verantwortlich machte für ihren Zustand, weil er sie geschwängert hatte.

Das wollte er nicht auf sich sitzen lassen. Ich weiß, dass er fremdging damals. Und ich hab es verstanden. Männer sind nun auch nicht an allem schuld. Ich habe Lydia gesagt, du musst dich zusammenreißen, sonst verlierst du den Andreas noch. Aber das hat alles nichts genützt. Der Hausarzt hat mich dann angerufen, man müsse auf sie aufpassen, sie sei so schwermütig, dass sie an Selbstmord dächte. Das schadet dem Kind, sagte er, und das leuchtete mir ein. Ich holte sie zu mir, damit sie unter Aufsicht war. Andreas, der ging ja arbeiten, der war den ganzen Tag weg. Der wusste mit seiner Frau gar nichts mehr anzufangen.

Dann kam Jessica zur Welt. Eine Weile ging es gut, dann kamen die Probleme wieder. Lydia behauptete, sie sei so müde, dass sie das Kind nicht wickeln und füttern könne. Sie ließ das Kind einfach liegen. Teilnahmslos. So weit war es gekommen. Oder sie reagierte so gereizt, dass ich Angst um den armen Wurm bekam. Babys schreien nun mal, und manche schlafen nachts lange nicht durch. Lydia hat selbst die ersten zwei Jahre ihres Lebens nicht durchgeschlafen, das war für mich auch kein Zuckerschlecken. Aber statt mit dem Kind an die Luft zu gehen, damit es rauskommt und auf natürliche Weise müde wird, saß Lydia mit dem hilflosen Wesen in der Wohnung. Ich ging damals jeden Tag nach dem Rechten schauen. Es war ein wirkliches Elend, das kann ich Ihnen sagen.

Ich habe lange nicht begriffen, dass Lydia krank war, dass das eine Krankheit sein sollte, aber der Hausarzt hat sie irgendwann zu einem Psychiater überwiesen. Aus freien Stücken geht man zu so einem nicht hin. Lydia hätte sich in ihrem Zustand auch gar nicht dazu aufgerafft.

Der Psychiater hat mir und dem Andreas erklärt, Lydia könne sich nicht aufraffen, wie ich es immer verlangte. Das sei gerade ihre Krankheit, dass sie das nicht könne und dass sie keine Freude mehr empfinde, über nichts. Dass da nur Leere war, gar kein Gefühl, nicht mal Traurigkeit.

Er behandelte sie fast ein Jahr lang, aber die Zustände, wie ich das nannte, kamen immer wieder. Schließlich sagte er, sie müsse in eine Klinik. Es bestehe sonst die Gefahr, dass sie sich und vielleicht sogar das Kind umbringe. ›Erweiterten Suizid‹ nennt man so was.

Glauben Sie mir, ich wusste nicht, dass es so was gibt, und nun hatte ich es in der eigenen Familie.

Und so kam Jessica zu mir. Andreas ließ sich scheiden und zog nach München. Das hat Lydia sehr verletzt. Dass er sie im Stich gelassen hat mit ihrer Krankheit. Dabei war die Trennung an sich richtig. Nur hätten sie darüber sprechen und es gemeinsam entscheiden sollen. Wenn ich es jetzt betrachte, hätten sie gar nicht erst heiraten sollen. Ich hab mich damals falsch verhalten. Damals dachte ich, das geht doch nicht, dass Lydia ein uneheliches Kind aufzieht. Was sollen die Leute von uns denken.«

Ich sagte nichts darauf. Es war gut, dass das Fass angestochen war. Wer weiß, ob sie über all das je gesprochen hatte. Jetzt war die Zeit für die Wahrheit gekommen, nicht nur für Jessica, auch für die Oma. Vielleicht erleichterte es sie, darüber zu reden.

»Andreas hat sich nicht viel um Jessica gekümmert. Er war weiß Gott nicht das Gelbe vom Ei. Aber das Kind und ich, wir hatten es gut miteinander. Ich hab nicht verstanden, dass Jessica trotzdem zum Vater wollte. Dabei hatte er das nur so dahingesagt: Ich hole dich dann zu mir. Ich war erwachsen, ich durchschaute das. Es war nicht wirklich ernst gemeint. Aber Jessica klammerte sich an den Satz. Sie kannte ihren Vater ja kaum, aber irgendeinen Elternteil wollte sie wohl doch haben. Ist ja auch verständlich, denke ich heute, wenn Sie mich fragen. Als er wieder verheiratet war, holte er sie tatsächlich zu sich. Aber das ging ja dann auch schief. Er kümmerte sich wenig um sie, und die neue Frau hatte andere Sorgen und Wünsche, als das Kind seiner ersten Frau, die in der geschlossenen Abteilung war, zu hüten.«

Die alte Frau am anderen Ende der Leitung schwieg erschöpft.

»Ja«, sagte ich, »Jess hat es mir erzählt. Sie hat es in München nicht ausgehalten. Sie wollte zurück zu Ihnen, und Sie haben sie wieder aufgenommen.«

»Aber ja«, seufzte Jessicas Großmutter. »Was hätte ich denn tun sollen? Sie in ein Heim stecken? Sie ist doch mein Enkelkind und konnte für das alles nichts.«

»Jess sagte, einmal hätte ihre Mutter einen Brief geschrieben, den hätten Sie ihr vorgelesen ...«

»Ja, sie war zehn oder elf damals. Den Brief habe ich selbst geschrieben, der kam nicht von ihrer Mutter. Jessica hat mich so geplagt mit ihren Fragen, ich musste mir irgendwas einfallen lassen für das Kind. Dass es besser wäre, wenn sie sich nicht sähen, dass Jess es bei mir, der Oma, besser hätte, als sie es bei ihr, der Mutter, haben könnte.«

»Aber das war doch schrecklich für Jess! Noch einmal endgültig zurückgewiesen zu werden von der eigenen Mutter! Das ist doch, als würde man verflucht! Verstoßen, ohne was verbrochen zu haben. Das kann ich nicht begreifen.« Ich war so erregt, dass jetzt auch mir die Tränen kamen. Es waren Tränen der Trauer und Empörung. »Auch ein Kind hat doch ein Recht auf Wahrheit, auch wenn es eine schmerzliche Wahrheit ist. Und vielleicht hätte es Ihrer Tochter geholfen, ihr Kind zu sehen. Sie hätten sich doch lieben können über die

Krankheit hinweg. Kinder vertragen eine Menge, wenn man sie nicht belügt.«

In diesem Moment fiel mir ein, dass Nick und ich Amy auch angelogen hatten. Nicht gar so arg wie diese Frau ihre Enkelin, aber doch aus demselben Motiv. Wir wollten Amy schonen. Wir sagten, was mit Jess geschehen ist, versteht das Kind doch noch gar nicht. Aber im Grunde schonten wir uns selbst. So gab es weniger Fragen, und wir mussten keine Antworten suchen. Plötzlich schämte ich mich und schwieg.

Wir schwiegen beide. Ich spürte, das Gespräch war zu Ende.

»Lebt Ihre Tochter noch? Fragt sie manchmal nach Jessica?«

»Nein«, antwortete Jessicas Großmutter. »Sie lebt nicht mehr. Sie ist in einem unbeaufsichtigten Moment, als es ihr besser ging und sie in die offene Abteilung verlegt werden sollte, aus dem Fenster gesprungen.«

Ich war sehr aufgewühlt, es hielt mich nicht mehr zu Hause. Ich hatte keinen Hunger, mochte nicht den Rest der Zeitung lesen, die noch herumlag, und interessierte mich nicht für die Nachrichten. Es war dunkel, und draußen schneite es leicht. Der März stand vor der Tür, aber im Moment schien er noch sehr weit weg. Und obwohl ich mich nach Licht, nach Sonne, nach Wärme sehnte, zog ich den Mantel an und ging hinaus.

Ich lief durch die Straßen, ziemlich lange, wie betäubt, die Hände in den Manteltaschen vergraben. In der rechten Manteltasche fand ich noch eine Kastanie, die ich im Herbst aufgehoben und eingesteckt hatte. Eine alte Gewohnheit, als Kind hatte ich Männchen und Tiere daraus gebastelt. In Graig Ddu gibt es keine Kastanien, ich würde welche für Amy sammeln, im kommenden Herbst. Ich ging bis zum See hinunter, ruhig und schwarz lag er da, gesäumt von den Lichtern der Stadt. Als ich das Funkeln sah, begann ich zu weinen.

In dieser Nacht rief ich meine Mutter an.

Sie kam verschlafen und aufgeschreckt ans Telefon. »Du lieber Himmel«, sagte sie unwirsch, »was ist denn mit dir los? Weißt du, wie spät es ist? Was ist denn passiert?«

»Gar nichts, Mama. Ich wollte dir nur sagen, dass ich dich lieb habe. Ich komm dich bald besuchen. Wir sollten ein paar Tage zusammen wegfahren. Was Schönes unternehmen.«

»Und die Mitteilung konnte nicht warten bis morgen?! Ann, manchmal bist du nicht ganz dicht. Wie dein Vater.«

»Nein, Mama, das konnte nicht warten«, sagte ich.

Dann setzte ich mich an meinen Schreibtisch und schrieb an Jessicas Oma. Ich dankte ihr, dass sie mit mir gesprochen hatte, und bat sie, Jessica einen Brief zu schreiben und ihr die traurige Geschichte, die Wahrheit, zu erzählen. Dass sie eine Mutter gehabt hatte, die vor Traurigkeit und Verzweiflung als ein kranker Mensch gestorben war und die ihr Kind geliebt hatte, so gut sie konnte. Und dass das sicher mehr war, als Jessica dachte.

Manche Träume erfüllen sich nicht, egal, was wir anstellen, um sie dazu zu zwingen. Andere werden Wirklichkeit und enden als Albtraum. Ohne Träume wäre das Leben arm, und ohne die Hoffnung auf die Erfüllung unserer Träume müssten wir verzweifeln. Unsere Lebensträume sind wie Lichter in der Ferne, die dem Weg ein Ziel geben. Aber manchmal passt das Ziel nicht mehr zum Leben, und das umliegende Gelände zwingt dem Weg eine andere Richtung auf.

Und gar nicht so selten müssen wir erkennen, dass wir unsere Träume auf Sand gebaut haben, auf Lebenslügen und falsche Sätze, die wir arglos für wahr gehalten oder die wir einfach missverstanden haben. C'est la vie.

Aber wenn man das mal entdeckt hat, geht das Leben weiter. Eine ganze Liste von Möglichkeiten fällt mir ein, was Jess tun könnte, wenn sie durchkommt. Während ich ihre Geschichte aufgeschrieben habe, sind sie von ganz allein aufgeblitzt. Sie warten nur darauf, ergriffen zu werden.

Übermorgen kommt Achim von seiner Studienreise heim. Ich hab ihn in diesen letzten Tagen schrecklich vermisst. Deshalb sprang ich aus dem Bett und rannte zum Telefon, als es klingelte. Achim wollte mir sicher gute Nacht sagen, wie jeden Abend, wenn er nicht zu Hause ist.

Aber es war Nick.

»Jess ist aufgewacht«, sagte er.

ENDE